JFK
Le dernier témoin

Du même auteur
aux Éditions J'ai lu

Mafia S.A., *J'ai lu* 6529

William Reymond
Billie Sol Estes

JFK
Le dernier témoin

Pour la traduction française :
© Éditions Flammarion, 2003

À Jessica, Thomas et Cody.

Je sais qui a tué Kennedy

Mon nom est Billie Sol Estes. Pour deux générations d'Américains, j'ai incarné le meilleur et le pire du système que nos ancêtres ont bâti dans la sueur, les larmes et le sang. Aujourd'hui, à soixante-dix-huit ans, je sais que le succès, la gloire, l'argent ou la chute ne sont guère plus que des questions de circonstances et de temps.

Le temps, voilà la seule chose qui compte vraiment. Ma vie est une magistrale alternance de cycles. Il y a eu un temps pour aimer, un temps pour souffrir, un temps pour réussir, un temps pour tout perdre, un autre pour payer et un dernier pour reconstruire. Aujourd'hui, après la période du silence et des secrets, il est désormais temps de parler.

*

Mon nom est Billie Sol Estes et mon existence est jalonnée de conversations et de correspondances échangées avec certains de nos plus grands présidents. Je me souviens de Franklin Delano Roosevelt, d'Harry Truman, de John Fitzgerald Kennedy et, évidemment, de Lyndon Baines Johnson.

J'ai également eu le privilège, et parfois le malheur, de croiser le destin des personnalités qui ont fait l'Amérique de l'après-guerre. Je n'oublierai jamais Vito Genovese, Carlos Marcello, Jimmy Hoffa, le docteur Martin Luther King et Robert Kennedy. Tous, à leur manière, étaient habités par la lumière.

Pour ma part, dans mes succès comme dans mes défaites, je crois avoir toujours agi dans l'intérêt de mes semblables. Bien sûr, pour certains je ne suis qu'un malfrat, mais pour d'autres, je suis un saint. Entre les deux se cache ma vérité.

*

Mon nom est Billie Sol Estes et, en 1961, ma fortune flirtait avec les cent millions de dollars. J'avais un palais dressé au milieu du plus bel endroit du monde. J'avais une magnifique épouse, et nous étions heureux avec nos quatre enfants.

Je n'oublie pas non plus mes secrétaires, mes assistantes, mon chauffeur, ma gouvernante, mon pilote d'avion et mon armée de servantes.

Ma fortune s'est évaporée en même temps que mon mirage texan. La descente a été rude, la chute brutale. Si l'argent a compté plus que tout dans ma vie, ce n'est plus le cas désormais. Alors que le bout du chemin approche, cela m'importe peu. Mes enfants ont grandi et ont fait de moi le grand-père comblé de onze petits-enfants. Et aucune monnaie ne peut remplacer cette fierté-là.

Et puis, tout perdre n'est rien en comparaison de la disparition de ma femme, Patsy. Il y a trois ans, elle m'a laissé seul sur terre, mettant ainsi fin à une relation de cinquante-quatre ans. Patsy était à mes côtés lorsque nous étions plus pauvres que la misère, lorsque nous étions riches à ne pas pouvoir le croire et encore présente lorsque nous sommes à nouveau revenus de tout. Notre amour a résisté à deux peines de prison, à mes problèmes avec l'alcool, à de nombreuses faillites, à mes étranges amis et à d'innombrables rumeurs. Nous nous sommes aimés au premier regard et je l'ai perdue le jour de la Saint-Valentin.

*

Mon nom est Billie Sol Estes et j'ai enfin réalisé que nous étions tous mortels. Moi comme les autres. Ma lutte contre un cancer de la prostate en 1998, les dernières paroles de Patsy, m'ont convaincu de dévoiler mes secrets. Ces derniers temps, j'ai acquis la certitude qu'il fallait tout dire.

Je me souviens de ce jour où William Reymond et Tom Bowden tentaient une fois de plus de me convaincre de parler. À mon habitude, j'avais répondu que je le ferais certainement un jour. C'est alors que Patsy était intervenue. Avec autorité : « Sol, fais-le maintenant ! » En près d'un demi-siècle de vie commune, c'était la première fois qu'elle s'immisçait dans une de mes conversations.

Alors j'ai passé un pacte avec William et Tom : tout dire. Tommy est de la même région que moi, ce Texas qui offre ses trésors uniquement aux hommes qui les méritent. Il a reçu la même éducation religieuse que moi et est devenu un homme à partir de valeurs que j'apprécie. Lui seul pouvait comprendre mes paradoxes, mes racines et mes motivations. C'est sûrement pour cela qu'il m'a présenté William, voilà cinq ans déjà. William est un excellent auteur dont la vision et l'expérience étaient nécessaires pour raconter mon histoire de la meilleure manière possible. William, comme son prénom ne l'indique pas, est français. J'ai pris cela comme un nouveau clin d'œil du destin : j'ai épousé Patsy un 14 juillet.

*

L'aventure de ce livre a débuté six mois avant le décès de mon épouse. William et Tom avaient été parfaitement clairs avec moi. Ils ne se satisferaient pas du simple rôle de confesseurs. Ils voulaient prouver que mes confidences étaient vraies. Non pour satisfaire mon orgueil, mais parce que c'était l'unique manière d'en finir avec le mystère de l'assassinat de John F. Kennedy. Et le plus étonnant, c'est qu'ils y sont parvenus.

Ainsi, un jour, ils sont venus me faire écouter une cassette. Or les bandes magnétiques, enregistrées si possible à l'insu de mon « correspondant », représentent une part essentielle de mon histoire. Objets de pouvoir et de pression entre mes mains, je leur dois la vie aujourd'hui. Quelque temps après la disparition de mon épouse, mes deux investigateurs m'ont donc fait entendre un enregistrement clandestin, et inédit, des auditions du Grand Jury de 1984 relatives au décès d'Henry Marshall. Ce nom ne vous dira certainement rien. Pourtant éclaircir son assassinat constituait l'une des clés permettant de démasquer les hommes se cachant derrière les événements du 22 novembre 1963.

L'existence non prouvée de cette cassette représentait l'une des plus excitantes rumeurs courant le Texas depuis des années. D'abord parce qu'ici les auditions du Grand Jury sont *ad vitam aeternam* classées secrètes. Quelle que soit la raison, le délai écoulé, le pouvoir en place, les confidences reçues derrière les épais murs de la salle de délibération doivent rester à tout jamais soustraites aux yeux du public. Cette obsession du secret absolu permet d'assurer aux participants des débats une totale sécurité et, en retour, à la justice de recevoir une complète confession.

Mais au-delà de l'aspect inédit de ce présumé enregistrement illégal, la classe politico-médiatique texane murmurait aussi que la bande magnétique contenait des informations capitales sur la face cachée du président Lyndon Johnson.

J'ai écouté l'enregistrement avec attention. J'y ai reconnu ma voix, celle du capitaine Clint Peoples ou encore de Griffin Nolan, le seul témoin de l'assassinat d'Henry Marshall. Et à mesure que la cassette tournait, j'ai senti mes souvenirs remonter à la surface.

Billie Sol Estes

Retrouvailles

Granbury, lundi 4 août 2003.

Le dernier témoin est encore debout. Certes, la voix est parfois hésitante, les rides plus profondes et les absences plus fréquentes mais, finalement, il est toujours maître du jeu.

Voilà maintenant presque trois ans que je ne l'ai pas vu. Nous nous sommes parlé quelquefois au téléphone mais je n'avais jamais refait le voyage vers Granbury. J'en avais eu envie parfois, motivé par la curiosité. Comment vieillissait-il ? L'absence de sa femme Patsy avait-elle été surmontée ? Se déplaçait-il toujours en Cadillac ? Regrettait-il ses confessions et son désir de les laisser publier ? De peur peut-être de le voir changer d'avis, j'avais remis ma visite à une autre fois. En prenant bien soin de ne surtout pas fixer d'échéance. Et puis, enfin, il y avait eu le feu vert de Canal +. Après deux années à vivre au gré des remous vivendesques de la chaîne à péage, mon projet de documentaire autour de la mort de JFK prenait enfin forme. Le quarantième anniversaire de l'assassinat pointant le bout de son nez, il fallait désormais aller vite.

*

Billie Sol Estes ne fut même pas difficile à convaincre. Un peu comme s'il s'attendait à ma demande, il accepta immédiatement de reprendre la conversation où nous l'avions laissée. Cette fois, il ne s'agissait plus de se confier à Tom et à moi dans l'intimité d'un bureau avec pour seuls appareils des stylos et des magnétophones, mais de répondre à nos questions face à l'œil froid de la caméra. Sol devait désormais se plier à ce que, bien longtemps, il avait refusé d'envisager. Je l'avais prévenu que je lui demanderais de répéter les révélations qu'il avait égrenées lors de nos nombreux entretiens. De revenir sur quatre décennies de protection maladive de ses secrets. Je souhaitais qu'il parle sans tabou et avec précision de la vingtaine de meurtres qui avaient jalonné sa relation avec Lyndon B. Johnson. Et il savait que mes questions conduiraient inévitablement au mystère Kennedy. Après tout, n'était-ce pas la promesse de découvrir enfin la vérité qui avait motivé mon départ pour le Texas ?

*

Tandis que Jean-Claude Fontan prépare ses lumières, Billie Sol s'approche de moi. Loin d'être inquiet, il est impatient. Impatient de parler et surtout de venir en France.

— Les Américains sont résignés, m'assène-t-il. Le 11 septembre a fini de tuer le peu d'esprit critique des habitants de ce pays. Regarde l'Irak. Je ne dis pas que le président nous a menti, mais personne ne semble intéressé par la vérité. Alors JFK...

C'est triste, mais Sol a sûrement raison. Voilà trois ans que je vis ici. L'Américain n'est pas la brute patriotique souvent décrite dans les médias français mais, en bête blessée, il n'ose plus regarder l'horizon.

Alors l'espoir de savoir vraiment un jour ce qui est arrivé à JFK, il n'y croit plus. Si plus de 80 % de la population rejette les conclusions de la fameuse commission Warren qui évoque la responsabilité du seul Lee Harvey Oswald, l'élite politique et la presse du pays continuent de défendre cette hypothèse régulièrement battue en brèche.

Au son, Jean-Marc Blanzat est prêt. Bernard Nicolas me fait signe qu'il est temps de commencer. Je m'installe face à Billie. Comme il y a trois ans, Tom est là.

Tout devrait bien se dérouler et pourtant l'interview avance avec peine. Ce n'est pas la faute de Billie Sol. Il offre seulement ce qu'il peut donner. Et le problème est bien là. Après avoir passé une année à disséquer chacun de ses mots et tenter de comprendre ses silences, il est difficile d'obtenir de lui la spontanéité dont la télé raffole. J'ai beau multiplier les mains tendues, ouvrir mes questions, rien ne se passe. L'entretien sombre dans une bienfaisante somnolence rythmée par les mouvements réguliers du ventilateur, chaque tour de pale nous éloignant des coups de feu de Dealey Plaza.

Et puis soudain, sans crier gare, le fauve se réveille. Ses yeux prennent vie, ses bras s'agitent. Le temps n'existe plus, la lassitude n'est plus qu'un lointain souvenir : Estes tourne désormais à plein régime.

Alors que je viens de lui demander une nouvelle fois les véritables motivations des assassins du président des États-Unis, il me rétorque :

— Pourquoi veux-tu rendre tout cela si compliqué ? Cela fait quarante ans que tout le monde cherche alors que la vérité est élémentaire. Il n'y a pas de mystère ! La mort de Kennedy est un truc simple à crever. C'est l'histoire d'un homme qui voulait le pouvoir à n'importe quel prix. Et qui était prêt à tout pour arriver au sommet. Ce n'est pas plus compliqué. Non, c'est même très simple. Et tu le sais...

Tout est dit.

Maintenant il me reste à raconter.

PREMIÈRE PARTIE

Chasse à l'homme

1

Ombre

La porte vient de se refermer pour la dernière fois et je n'éprouve pas le besoin de me retourner. Avec le temps, j'ai appris à sentir sa présence et le poids de son regard sur mes épaules. Au début cela me gênait mais, aujourd'hui, je n'aurais pas accepté qu'il en soit autrement.

Tom vient d'ouvrir le coffre où, machinalement, nous calons notre matériel d'enregistrement. Je m'enfonce dans mon siège, côté passager. J'hésite un moment, puis je tourne la tête vers la droite et je le vois. Il est là, impassible et droit, derrière la baie vitrée. Les reflets et l'épaisseur du verre me renvoient une silhouette déformée. Floue certes mais si juste. À ce moment-là, je donnerais cher pour pouvoir croiser son regard. Avec Tom, nous avons vite compris que l'unique baromètre des sentiments et de la sincérité de Billie Sol Estes était ces deux minuscules pupilles claires. Près de soixante-dix ans de contrôle de son image n'ont pas réussi à altérer leur étrange capacité à virer au noir ébène lorsqu'il est traversé par un sentiment puissant. À tel point que si les limiers du FBI, les employés du fisc et les agents de Robert Kennedy s'étaient un peu plus intéressés à ses yeux et moins à sa comptabilité, ils seraient parvenus à le faire tomber bien plus rapidement.

Dans quelques secondes nous prendrons la première rue à gauche et il aura disparu. Comme d'habitude, depuis maintenant presque un an, ni Tom ni moi n'avons brisé le silence. Avant, c'était une sorte de réflexe d'investigation. Nous attendions d'être sorti de son champ de vision pour confronter nos impressions. Là, en réalité, mentalement, nous sommes encore assis dans son salon. Non seulement je le regarde mais j'entends toujours sa voix qui, par moments, décroche pour se perdre dans les aigus. Comme si le vieillard d'aujourd'hui tendait la main à l'enfant qu'il était.

Nous venons de passer devant la maison de sa fille, le bed and breakfast qu'elle loue l'été aux touristes. Tom accélère enfin et lâche :

— Alors ?

Alors, je ne sais pas ou, plutôt, je ne sais plus. Je viens de passer onze mois dans un territoire inconnu, aux règles étranges et à l'histoire terrifiante. Un an ou presque à tenter d'apprivoiser une langue, des mœurs et des codes mystérieux. Trois cent trente nuits au sommeil agité, à essayer de terrasser mes peurs.

En fait, je viens de vivre une vie...

— Tu crois que l'on pourra écrire tout cela ? Raconter toute la vérité ?

*

Les questions de Tom sont désarmantes, parce que simples et justes à la fois.

Ces derniers mois, elles nous ont permis de traverser avec une sereine relativité les moments de doutes. L'investigation m'a appris, bien plus que n'importe quel cours de philosophie, à quel point la notion de vérité est subjective. Nous avons beau nous armer de preuves, de témoignages et autres documents, nous relatons une vision personnelle d'un événement. Coupable ou innocent ? Victime ou salaud ? Mensonge ou sincérité ? En fin de compte, c'est toujours notre éducation, notre culture, nos valeurs ou notre inconscient qui déterminent l'angle. L'expérience, l'éthique, le savoir-faire nous font seulement espérer un peu plus de justesse dans le jugement. Cette dose infime qui, finalement, permettra à la balance de pencher du bon côté. C'est pour cela que je ne trouve rien d'autre à lui dire que :

— Je crois qu'avant tout nous devons essayer d'être le plus honnête possible. Avec notre éditeur, avec nos lecteurs, avec lui et avec nous. Tu sais, Tom, ce qui fait toujours la différence, c'est la sincérité. On te pardonne la passion, la colère, et même l'erreur de jugement si tu es sincère.

Tom sourit. Et comme à chaque fois qu'il est d'accord avec moi, il feint l'emportement :

— Vous, les Français, vous êtes des fous dangereux ! Vous débarquez de nulle part avec l'intention de vous attaquer au crime du siècle en étant persuadés de pouvoir découvrir la solution. Car si je t'ai bien compris, lorsque tu parles de sincérité, cela veut dire que tu es prêt à tout balancer. C'est bien cela, n'est-ce pas ?

Je réfléchis un instant afin d'être certain d'avoir saisi chacune de ses paroles, broyées par son accent texan. Le feu vient de passer au rouge. Notre véhicule s'immobilise. Je me tourne vers lui et réponds :

— Exactement...

2

Perspective

Le 22 novembre 1963, John F. Kennedy, 35ᵉ président des États-Unis, était assassiné à Dallas, Texas. Il était 12 heures 30 exactement. Une demi-heure plus tard, les larmes roulaient en mondovision. Les jours suivants, l'œil des caméras n'épargna à l'Amérique ni l'émotion des funérailles nationales ni la stupeur d'un autre meurtre, en direct qui plus est, celui de Lee Harvey Oswald, coupable présumé. La mort d'un président était sur toutes les chaînes. Et les questions dans toutes les têtes.

Le 22 novembre 1963, Billie Sol Estes avait trente-huit ans et sa chute était proche. Comme n'importe quel Américain, à l'exception de Richard Nixon et George H. Bush, il se souvient précisément de ce qu'il faisait au moment où il a appris le décès de JFK. Il était à Pecos, extrême sud du Texas, en train de déjeuner d'un hamburger dans le *dinner* de l'entrée de la ville. Sa première réaction fut la surprise. La deuxième, un soulagement. Et puis, enfin, il se dit que, finalement, « ils » avaient eu les couilles de le faire. Sur ce, il termina son Coca-Cola et sortit.

Le 22 novembre 1963, moi, je n'étais même pas né.

3

Illusion

Jusqu'alors je n'avais jamais traqué une légende. Et, contrairement aux apparences, rien dans mon passé de journaliste ne m'avait préparé à ce genre de quête.

Je suis à Dallas, pour la deuxième fois en moins d'un an. Nous sommes en novembre 1998 et il fait doux.

Depuis deux mois, *JFK, autopsie d'un crime d'État* est disponible en librairie en France. Même si cela en surprend plus d'un, jusqu'au sein de ma maison d'édition, le succès est au rendez-vous. Le public achète, la presse apprécie. Que demander de plus ?

— Et si on faisait la couv' du *Figaro Magazine* ?

*

L'idée est de moi. Thierry a les yeux qui brillent. Depuis bientôt trois ans que nous travaillons ensemble, il n'a jamais cessé de me soutenir. Sa confiance et son enthousiasme ont été des alliés précieux dans ma lutte contre les agios. Si le métier est beau, en vivre est rude. Et à force, ma première spécialité est devenue la négociation d'un découvert autorisé avec ma banque.

— Cela serait extraordinaire... Mais tu crois que c'est possible ?

Justement, depuis quelques jours, l'agence de presse Sygma m'a contacté, alertée par une dépêche AFP consacrée à mon livre. Ses responsables aimeraient beaucoup que l'on travaille ensemble. L'idée est simple : partir à Dallas, rencontrer des témoins, ramener des clichés et monter un papier. J'y gagnerais une publicité supplémentaire, eux les fruits de la vente. Sygma a un bon contact avec la rédaction en chef du Fig Mag.

Rendez-vous est pris avec Franz-Olivier Giesbert, intéressé mais loin d'être persuadé de l'intérêt d'évoquer à nouveau une affaire où tout, et son contraire, semble avoir été dit. En fait, j'aime assez ce genre de situations et le mystère Kennedy me passionne suffisamment pour tenter moi-même de convaincre FOG.

— Que peut-on raconter de plus que mon ami Norman Mailer n'ait pas écrit sur le sujet ?

À côté de moi, les pontes de Sygma regardent leurs souliers. Franz vient d'ouvrir le feu et d'entrée convoque la grosse artillerie. Je n'ai pas bougé, mon regard est bien posé dans le sien. Pour tout dire, je m'attendais à ce genre de question. Quelques mois plus tôt, c'était Jean Daniel, le patron du *Nouvel Observateur*, qui m'avait servi le même numéro. Lui, le 22 novembre 1963, il se baignait dans l'océan en compagnie de Fidel Castro. Kennedy venait de le recevoir à la Maison-Blanche et lui avait demandé de transmettre à Cuba un message de paix. Aussi, lorsqu'on a tutoyé l'Histoire, on peut bien se permettre quelques coups de griffes.

— Je crois que Mailer ne détenait pas les éléments que nous possédons aujourd'hui. En plus, et il sera le premier à l'admettre, son voyage à Minsk a été une formidable manipulation des services secrets russes. Là-bas, il n'a vu que ce qu'on a bien voulu lui montrer.

Giesbert m'écoute. C'est le moment idéal pour lancer la contre-attaque :

— Sans négliger non plus que la motivation de son livre me semble étrange. Quelques semaines avant sa sortie, il signait encore la préface d'un ouvrage pro-conspiration...

Le directeur de la rédaction du *Figaro* parcourt ses notes et plonge dans ses souvenirs.

— Vous savez, j'ai grandi aux États-Unis et je me souviens que la bonne de la maison était convaincue de la culpabilité du vice-président Lyndon Johnson. En fait, vous me proposez de prouver qu'elle avait raison...

22

Et voilà comment on se retrouve une nouvelle fois à l'aéroport de Dallas-Fort Worth. Grâce à la femme de ménage de la famille Giesbert.

*

Pascal, le photographe de Sygma, qui découvre *Big D.* pour la première fois, est pressé de se mettre au travail. Le compteur tourne et nous ne sommes pas là pour faire du tourisme. Les consignes du *Figaro* sont claires : axer le papier sur le témoignage de Madeleine Brown, ancienne maîtresse de LBJ, persuadée de son implication dans le meurtre de JFK.

La courtisane nous offre de la rencontrer dans quatre jours. En attendant, je décide de passer par le Conspiracy Museum. La communauté s'intéressant au crime du 22 novembre 1963 est un tout petit monde, dont le centre de gravité est ce bâtiment en brique rouge, à quelques pas du massif bloc de béton élevé en hommage au président assassiné.

Tom Bowden, le président de cet espace, persuadé d'un lien entre différentes disparitions violentes ayant secoué les années 1960, nous reçoit chaleureusement dans son bureau. Les Américains sont comme cela. Ils ont cette faculté extraordinaire de vous donner l'impression de vous connaître depuis toujours pour vous oublier dans la minute qui suit votre départ.

Évidemment, à cet instant, je ne sais pas encore que je vais passer les prochains mois à parcourir le Texas de long en large. Et encore moins que Tom fera partie du voyage.

*

— Et as-tu pensé à Billie Sol Estes ?

Bowden m'observe. Il attend de voir si ce nom signifie quelque chose pour moi. Je le sens et une sorte d'intuition me conseille de ne pas me tromper.

La première difficulté, lorsque j'ai commencé à travailler il y a trois ans sur l'affaire Kennedy, c'était le nombre impressionnant d'intervenants. Les homonymes sont nombreux et les noms d'emprunt légion. Là, je me sens comme dans la peau d'un candidat au grand oral. Ma mémoire est encombrée de milliers de futilités que j'essaie d'évacuer. Et soudain je me souviens.

— Tu veux parler de cet ancien financier de Johnson, dont certains pensent qu'il connaît l'identité des meurtriers de JFK ?

Tom acquiesce. Billie Sol Estes n'était qu'une note de bas de page de mon livre. Alors que j'avais presque terminé mon enquête, divers contacts m'avaient en effet suggéré son nom. Estes, ancien milliardaire texan proche de LBJ, aurait détenu à les croire des éléments qui auraient permis de boucler l'énigme du siècle. Seul problème, et il était de taille, c'est qu'Estes constituait une sorte de mirage texan. Insaisissable et intouchable. Certains avaient tenté de l'approcher pendant des années, mais en vain. D'autres s'y étaient refusés, effrayés par les rumeurs de décès violents dont auraient été victimes ceux qui lui cherchaient des noises. Mais comme le bouclage du livre approchait, j'avais préféré ne pas m'aventurer sur ce terrain glissant. Et puis je m'étais rendu compte du risque encouru par tout enquêteur : ne pas savoir s'arrêter. À poursuivre des chimères, je pouvais passer ma vie dans les arcanes du mystère Kennedy.

— Estes est une illusion, Tom, lui dis-je. Une légende impossible à mettre sur papier. Personne n'a jamais réussi à le faire parler. Oublions...

*

Mais c'est trop tard. Le serpent m'a mordu. Le poison est trop fort, la montée puissante. C'est fait, je suis serpent à mon tour.

Au moment même où j'explique à Tom qu'il ne sert à rien d'y penser, je ne peux m'empêcher de le faire. Alors, avant que ce soit trop tard, je lâche :

— Et puis, après tout, pourquoi pas ? Nous avons du temps avant de voir Madeleine Brown.

— Combien ? demande Tom.

Et sans même me rendre compte de la stupidité de mon idée, je lui réponds :

— Quatre jours...

Le responsable du Conspiracy Museum éclate franchement de rire. Il se redresse sur son bureau, s'approche de moi et me glisse, comme s'il s'agissait d'une confidence :

— Tu es fou.

4

Crabe

Le lundi 2 novembre 1998, tandis que, sans le savoir, Tom Bowden venait de sceller mon avenir texan, Billie Sol Estes était admis à l'hôpital de Fort Worth.

Quelques semaines auparavant, son médecin avait diagnostiqué un cancer de la prostate. Le mal n'était pas encore étendu, mais Estes avait soixante-treize ans, et ses années derrière les barreaux l'avaient physiquement marqué. Son futur immédiat devenait incertain. Aussi ironique que cela puisse paraître, Estes était pour la première fois de sa vie confronté à sa propre fin.

Or la mort, chez certains, procure un nouveau sens des responsabilités.

Ce lundi 2 novembre 1998, Billie Sol songea à assumer la sienne, celle du dernier témoin.

Cela tombait bien, je ne demandais qu'à l'écouter.

5

Invisible

Deux mois se sont écoulés et je n'ai toujours pas rencontré Billie Sol Estes.

Une fois, je lui ai parlé au téléphone pendant environ deux minutes. Mais rien de plus.

En fait, si. Je l'ai vu. Ou plutôt entr'aperçu. Mes quatre journées n'avaient finalement pas été vaines. Une indiscrétion m'avait permis de savoir qu'il devait passer la fin de semaine chez une de ses filles à Granbury, à deux heures et demie de voiture de Dallas. L'information était à mettre au conditionnel. Seule certitude, s'il était là, sa Cadillac noire ne serait pas loin. Estes est un fidèle de la marque. La voiture sied au personnage, on pourrait même dire qu'elle a la gueule de l'emploi. Et puis, comme il aime à le dire, le coffre est suffisamment volumineux pour y placer un million de dollars en petites coupures. Ou pour y glisser un cadavre, comme il me le fera remarquer lui-même plus tard, lorsqu'il n'aimera pas certaines de mes questions. Pratique et classique en quelque sorte.

*

Avec Pascal, nous avions donc pris la décision de « planquer » Estes. Si lui avait l'habitude, moi je ressentais mes premiers frissons de paparazzi. Lui, blasé, venait de rentrer de Washington où, comme des centaines d'autres journalistes, il avait traqué Monica Lewinsky. Du sexe d'un président à la mort d'un autre...

Cela faisait maintenant deux heures que nous attendions. La Cadillac était là et, derrière les rideaux, nous pouvions apercevoir du mouvement. Si j'avais mieux connu les mœurs du personnage, j'aurais reporté cette traque au dimanche : Estes n'ayant jamais manqué une messe, la sortie de l'église nous aurait offert un cliché au goût de pardon.

Enfin la porte s'ouvrit. Pascal arma. Si Estes sortait, il ne pourrait pas le rater. Nous étions plein axe, tout juste à une vingtaine de mètres.

Mais Billie Sol ne franchit pas le seuil de la porte. Il se contenta d'être une ombre fugace qui, le temps d'un soupir, s'était approchée d'une fenêtre.

Au jeu du chat et la souris, le félin n'est pas forcement celui que l'on croit...

*

Aujourd'hui la donne est différente. Il y a quelques jours de cela, Estes a passé une heure avec Tom. Ils n'ont pas parlé de Kennedy mais du bon vieux temps. Du Texas, de ses hommes et de son histoire.

Désormais Billie Sol se sent en confiance et, encouragé par sa femme, il souhaite s'avancer.

Prudemment.

6

Filature

J'ai donc rendez-vous avec le mirage. Et, sincèrement, je n'y crois pas trop. C'est la deuxième fois que Billie accepte de me rencontrer. La première avait été un coup pour rien. Et l'occasion d'une vraie crise de paranoïa.

Tout juste rentrés de Dallas, après notre planque manquée, Pascal et moi décidons de repartir immédiatement pour le Texas. Un e-mail vient de m'informer que Billie devrait se rendre à une soirée organisée par Madeleine Brown. L'ancien financier du président en visite chez l'ex-courtisane, l'occasion est trop belle.

Premier avion pour DFW. Et là, dès l'aéroport, mauvaise surprise. L'immigration et le FBI nous attendent. Interrogatoires séparés, vérification de nos papiers et fouille des bagages. Rapidement l'intérêt de notre officier traitant se porte sur un exemplaire de *JFK, autopsie d'un crime d'État* que je transporte avec moi afin de l'offrir à Estes. Mieux, l'employé de l'INS va directement au cahier-photo et me demande la source des clichés de l'autopsie de Kennedy. Silence. Puis, bredouillant, je dis :

— Des Archives nationales...

— Votre venue à Dallas aurait-elle un rapport avec la mort de Kennedy ?

— Non, JFK c'est fini... C'est pour un autre projet.

Il nous regarde. Il sait, ce n'est pas possible autrement, que cela fait un bon moment qu'on lui raconte n'importe quoi. À part JFK, pourquoi viendrions-nous à Dallas ? J.R. ? L'équipe des Dallas Cow boys ? Il ferme mon livre et me le tend :

— OK, vous pouvez y aller. Bon séjour au Texas.

Fausse alerte ? Contrôle de routine ? Je n'en sais rien et, tandis que la *skyline* de Dallas se dessine devant nous, Pascal pointe du doigt notre rétroviseur intérieur :

— Ils sont là depuis notre départ de l'aéroport.

Autant la situation peut être excitante dans un bon film, autant elle est effrayante dans la réalité. Et comme nous ne savons pas comment y faire face, nous décidons de faire avec. Et de prendre pour habitude de traîner dans notre sillage cette Ford grise à travers les rues de Dallas.

*

L'hôtel Adolphus est l'endroit idéal pour oublier cette étrange arrivée. L'épaisse moquette de ses chambres est rassurante. Nous avons demandé une suite équipée de notre propre système de fax. Billie Sol, qui ne souhaite pas passer par le standard, doit nous contacter de cette manière. L'installation est vérifiée et fonctionne. Je lui laisse donc notre ligne directe sur un numéro qu'il m'a fait passer par Tom. Finalement, tout cela s'annonce bien.

7

Balle magique

En attendant d'avoir des nouvelles de Billie, nous partons pour le nord de la ville, à Plano, où nous attend James Tague. Sans lui, il n'y aurait sûrement jamais eu de balle magique et donc de doute quasi-immédiat sur la validité des explications de la commission Warren.

*

Le 22 novembre 1963, Tague était à Dallas. Pas pour Kennedy, mais pour profiter de la pause déjeuner de celle qu'il épousera quelques années plus tard. Il était midi passé et le cortège présidentiel avait du retard. Au niveau de Dealey Plaza, le trafic routier était interrompu. Alors, comme finalement il n'y avait rien de mieux à faire, Tague sortit de sa voiture et s'installa contre l'un des piliers du pont de chemin de fer délimitant les contours de la place. L'excitation de la foule grandissait. JFK s'approcha. Tague aperçut, dans le virage, la lourde limousine s'engager maladroitement sur Dealey. Et puis, soudain, une explosion. Puis une autre. Tague comprit qu'il s'agissait de coups de feu et, comme tout le monde autour de lui, il se baissa. Dans le mouvement, il sentit une piqûre intense au niveau de la joue. Machinalement, il y passa sa main. Ses doigts étaient couverts de sang. S'il pensa d'abord avoir été touché par une balle, il constata rapidement qu'il s'agissait en fait d'un éclat de béton provenant d'un des piliers. Un des coups tirés sur le président avait manqué sa cible et était venu s'écraser à quelques mètres de Tague. James reprit son souffle.

Il serait en retard à son rendez-vous.

L'Histoire venait de se pencher sur lui.

*

James Tague passa l'heure suivante sur la future plus célèbre place des États-Unis. Un journaliste du *Dallas Morning News* le photographia. Sur le cliché, la joue coupée, on le voit répondre aux questions d'un agent du Dallas Police Department. Le lendemain, James se rend au FBI pour apporter son témoignage.

Pourtant, pendant longtemps, James Tague n'exista pas aux yeux des enquêteurs.

*

À Washington, Lyndon B. Johnson a ordonné à Earl Warren de prendre la tête d'une commission d'enquête sur les événements de Dallas. En façade, il s'agit de la plus formidable campagne de recherche de vérité jamais entreprise par le gouvernement américain. En coulisses, on le verra, se joue la plus extraordinaire opération de camouflage de la vérité. Warren sait pertinemment que le président l'a choisi pour souder un pays traumatisé et non pour découvrir les véritables assassins de John Kennedy.

Aussi, le travail de la commission d'enquête se résume-t-il à valider la thèse des premiers jours. Celle défendue par le FBI de J. Edgar Hoover, décrivant Lee Harvey Oswald comme un déséquilibré solitaire. Et puis, comme l'originalité n'est pas le point fort des fonctionnaires du Bureau, l'assassinat en mondovision d'Oswald tombe dans la même catégorie. Jack Ruby – le patron du Carrousel Club –, habitué des couloirs du DPD, trafiquant d'armes, ancien informateur du FBI, ami des parrains de la Cosa Nostra, l'homme qui exécute à son tour Oswald quelque temps plus tard, se voit présenté comme un citoyen ayant lui aussi agi sous l'emprise de la folie.

*

Ne riez pas trop fort, certains y croient. Prenez Jerry Hill, un bon flic du DPD. Un des premiers officiers à fouiller le Texas School Book Depository, d'où, d'après de nombreux témoins, des coups de feu ont été tirés. Quelques minutes plus tard, Hill se trouvait à Oak Cliff, sur les lieux de l'assassinat de J. D. Tippit, un patrouilleur du DPD qu'Hill – encore lui ! – avait eu sous ses ordres cinq années plus tôt. Le même Hill qui, informé par radio de l'étrange comportement d'un individu à proximité du Texas Theater, s'était précipité pour participer à l'arrestation de Lee Harvey Oswald et qui, concluant son marathonien 22 novembre 1963, sera en charge du transport d'Oswald vers le quartier général du DPD et de sa mise sous écrou...

Aujourd'hui, il s'amuse de cet ensemble de coïncidences. Et prend beaucoup de plaisir à écouter les thèses conspirationnistes le plaçant au cœur du complot, lui qui n'était même pas de service au début de ce vendredi 22 novembre 1963. Si Hill adhère aux conclusions de la commission Warren, il n'en est pas moins très critique envers les méthodes de travail des limiers du FBI. Pour lui, il ne fait aucun doute que la motivation d'Hoover n'avait rien à voir avec la découverte de la vérité. À en croire ce flic, le souci d'Hoover était avant tout de maquiller les erreurs du Bureau. Ou bien encore, dit en bon texan : *to cover his ass !* Mais quels que soient les manquements constatés, Hill se satisfait pleinement des explications d'Earl Warren. À ses yeux, s'il y a eu crime du siècle, c'est tout simplement parce que, en 1963, deux fêlés vivaient à Dallas.

*

Tague, lui, n'a jamais émis de jugement aussi péremptoire. L'affaire ne l'intéresse pas et il n'a pas le goût du mystère. Ses conclusions sont simples, documentées et basées sur son expérience. Si J. Edgar Hoover a mis autant d'énergie à l'empêcher d'exister, c'est que la vérité qu'incarnait ce témoin imprévu ne l'arrangeait pas.

Pour comprendre James Tague, il faut connaître l'Ouest, le vrai. Car James est un digne héritier du shérif joué par John Wayne dans Rio Bravo. Quelle que soit la puissance de son opposant, il est en effet prêt pour un duel au soleil s'il estime être dans son droit.

8

Silence

Été 1964.

Tandis que Lyndon Johnson attendait sereinement son élection à la Maison-Blanche, la commission Warren terminait ses travaux dans la langueur. En son sein, le taux d'absentéisme était à la hausse et les réunions de plus en plus espacées. En fait, à quelques corrections près, le rapport était prêt. La presse de la Côte Est, toujours bien placée lorsqu'il s'agit d'hériter des fuites organisées par le gouvernement, se permit même d'en publier à l'avance les grandes lignes. Les informations officielles assuraient qu'Oswald avait agi sans complices et dévoilaient la séquence de la fusillade. La première balle tirée par le Carcano d'Oswald avait blessé Kennedy. Le deuxième coup avait raté sa cible et touché le gouverneur John Conally qui partageait la limousine présidentielle. Enfin, le troisième et dernier coup avait fait voler en éclats le crâne de JFK. Rythmée par les images du film d'Abraham Zapruder, confirmée par les douilles retrouvées au cinquième étage du Depository, l'explication était donc implacable. Sauf qu'elle négligeait complètement James Tague et sa blessure à la joue.

*

Déjà, au cours de l'année, le Texan avait suivi avec perspicacité la ronde des témoins convoqués devant la commission. Non seulement il n'avait jamais fait le voyage à Washington, mais personne n'était venu lui demander de livrer sa version des faits. Il s'en était inquiété et, par deux fois, on lui avait promis que cela ne saurait tarder. L'été touchait à sa fin, le rapport était bientôt prêt, mais personne ne voulait l'écouter. Alors Tague avait une nouvelle fois effectué le voyage jusqu'au Federal Building de Downtown Dallas pour faire une déposition. La démarche avait été brève. Un agent l'avait informé que non seulement rien n'était prévu le concernant, mais qu'il n'existait ni dossier « Tague, James T. », ni trace de ses visites précédentes ni le moindre morceau de papier relatif à la balle perdue du 22 novembre 1963.

Tague aurait pu en rester là. Et, suivant les amicales recommandations de l'employé du Bureau, rentrer chez lui et garder ses souvenirs pour ses futurs petits-enfants. Mais cela ne correspondait pas à l'éducation du bonhomme. Là où Wayne aurait chargé son Colt, Tague a lui pris un avocat. Et a déclenché, en direction de la presse et de l'appareil judiciaire texan, une inédite et bruyante opération de reconnaissance en paternité historique. Quel que soit le nom à lui donner, la démarche de James a réussi. Confrontée aux clichés de Tague et à sa balafre, la commission Warren a révisé in extremis son scénario. Mais comme il ne s'agissait surtout pas de remettre en question la seule et unique culpabilité de Lee Harvey Oswald, il fallut trouver autre chose pour justifier l'étrange équation entre le nombre de blessures, la balle perdue et la quantité de douilles retrouvées.

Alors Arlen Specter, jeune enquêteur récompensé depuis par une longue, tranquille et lucrative carrière politique, inventa la balle magique. Une balle fabuleuse qui aurait connu des changements de trajectoire improbables, un temps de suspension étrange, et ce en violant les plus élémentaires lois physiques. Sans Tague, la commission se serait épargné ce ridicule, et, sans doute, rassemblerait-elle plus de fidèles aujourd'hui.

*

Dans son confortable salon de Plano, Tague n'en retire aucune vanité. Son combat face à la bureaucratie des hommes d'Hoover était juste, donc nécessaire. Pire : normal. Comme il le dit lui-même, sans que l'on soit obligé

36

de partager son avis, il n'est ni un héros ni plus courageux qu'un autre. Et s'il ne cherche pas à capitaliser sur son 22 novembre 1963, Tague souhaite comprendre les raisons du camouflage du FBI. Un refus de la vérité qui a dépassé le cadre de la rédaction du rapport Warren.

Depuis des années, Tague essaie donc minutieusement de reconstituer le dossier du Bureau le concernant. Car, loin de l'ignorer, le FBI a enquêté en coulisses sur les déclarations du Texan. Mais voilà... alors que, grâce à une source avisée, Tague possède de nombreux doubles des rapports le concernant, le FBI, lui, continue d'en nier l'existence.

*

Tandis que Tague nous raccompagne, il insiste une nouvelle fois, incrédule :

— Je peux comprendre ces silences en 1964... Mais pourquoi maintenant ? Que cache l'assassinat de JFK qui les effraie tant ?

9

Dérangement

Retour à l'Adolphus.

Pascal, qui découvre l'affaire, a apprécié la simplicité de Tague. Je crois qu'il a raison, le Texan n'est rien de plus qu'un homme carré. Motivé par une seule chose : sa volonté, chaque matin, de pouvoir se regarder dans un miroir.

Pas de fax de Billie.

Trouvant ce silence étrange, nous téléphonons à Tom.

Certes, il sait que Billie est un habitué du rendez-vous raté mais, pour avoir parlé avec lui la veille, il peut nous assurer que nous devrions avoir notre fax. Peut-être, glisse-t-il en fin de conversation, est-ce notre machine qui ne fonctionne pas.

Impossible. Avant de quitter la chambre, Pascal et moi avons vérifié l'installation.

Je décroche quand même le combiné. Et là, je trouve le son bizarre, presque étouffé. Pascal est d'accord : il ne s'agit en rien d'une tonalité normale. Du moins, ce n'est plus celle de tout à l'heure.

Dix minutes plus tard, le technicien du palace entre dans la chambre. Il commence par nous rassurer : la réparation prendra à peine quelques minutes. Les appareils sont neufs, donc le problème ne peut venir que de la prise murale.

Il puise dans sa trousse à outils et, tout en continuant de nous parler, ouvre le boîtier. Tout d'un coup, le silence. Il ne termine pas sa phrase. Sa gêne est flagrante. Sans nous laisser le temps de dire quoi que ce soit, il replace le cache et bredouille :

— Je ne sais pas... Ce n'est pas pour moi... Je dois partir.

Et sans en dire plus, il nous plante là, ne nous laissant pas d'autre choix que de boucler nos valises et d'opter pour le plan B.

10

Planque

Perdu entre Dallas et Fort Worth, notre ranch est la
planque idéale. J'avais repéré les lieux il y a quelques
mois. Uniquement fréquentée durant les week-ends par
des couples en voyage de noces, la ferme se loue aussi en
semaine. S'il n'y avait pas la distance le séparant de Dallas, le *bed & breakfast* aurait été notre premier choix.
Avant de partir, le propriétaire des lieux, se voulant rassurant, lâche :

— Le système d'alarme est tout neuf. Vous pouvez
dormir tranquille.

Moi, pensant qu'il plaisante :

— Vous voulez nous refaire le coup de Massacre à la
tronçonneuse ?

Lui, définitivement sérieux :

— Il vaut mieux être prudent. C'est loin de tout... Faut
faire attention aux rôdeurs. Mais ne vous inquiétez pas
trop, c'est supercalme par ici.

L'évidence vient de me frapper en pleine face. Si, un
jour, je dois rédiger un guide du journaliste d'investigation en déplacement, ne pas oublier cette règle essentielle : un lieu coupé du monde l'est pour le meilleur et
pour le pire.

Mais bon, ne voulant pas sombrer dans la paranoïa,
nous oublions la mise en garde du rancher et roulons
vers notre prochain rendez-vous.

11

Photographies

Jack White est une légende controversée du monde de la conspiration. Ses travaux photographiques sur les clichés et les films amateurs de l'affaire JFK ne laissent personne indifférent. Jack, pas vraiment convaincu que les Américains ont marché sur la lune, est persuadé que derrière l'assassinat du président se cache une coalition d'intérêts où la CIA figure en bonne place. Il est convaincu aussi que Lee Harvey Oswald avait un double. Et attend avec impatience que son intuition photographique fondée sur différentes comparaisons soit confirmée par John Armstrong. Armstrong, lui, est un chercheur au long cours qui, au lieu de s'intéresser au meurtre de Kennedy dans sa globalité, dépense son énergie et sa fortune personnelle à tenter de prouver que Lee et Harvey font deux. Si, de prime abord, la thèse peut paraître loufoque, les travaux de John, construits sur des documents officiels, sont néanmoins troublants. Et démontrent, en attendant de me convaincre, que la vie de Lee Harvey Oswald n'est sûrement pas celle construite post mortem par la commission Warren.

*

Jack White est également prêt à jurer que le fameux film de Zapruder a été truqué par les conspirateurs. Que des « frames », ces minuscules images, ont été découpées. Mieux encore, il estime que certains trucages ont été réalisés sur le 8 mm d'Abraham Zapruder. Dans l'absolu, le trucage sur film est vieux comme le cinéma et, à partir de là, tout reste imaginable. Maintenant, en pratique, on ne voit pas à quelle étape le bidouillage aurait pu avoir lieu. Même s'il reste des questions sans réponse.

Pourquoi, par exemple, la difficile courbe de la limousine n'apparaît-elle pas sur le 8 mm ? Est-ce parce qu'elle démontre qu'en repérant le parcours, le Secret Service a approuvé, dans la version Warren, un virage forçant le véhicule présidentiel à ralentir dangereusement ? Pourquoi encore, alors que les témoignages sont nombreux, l'arrêt presque complet de la limousine durant la fusillade n'apparaît-il pas à l'image ? Est-ce parce qu'il éveillerait des doutes sur le comportement de Bill Greer, le chauffeur ? Où se glisse la déclaration de Paul Rothermel, le responsable de la sécurité du milliardaire Texan H.L. Hunt, qui affirme avoir remis à son riche employeur une copie du film de Zapruder quelques heures après le crime ? Cette copie, si elle existe, ne se trouve pas dans la chronologie détaillée de l'histoire du 8 mm. Cela signifie-t-il que le reste de la chaîne des événements n'est pas fiable ?

Et quid des déclarations aux États-Unis et ailleurs de personnes affirmant avoir vu un « autre film » ? Moi-même, je me suis retrouvé au centre de cette polémique suite à une note de bas de page de *JFK, autopsie d'un crime d'État*. J'écrivais alors, et je le répète ici, que j'avais eu la possibilité de visionner un film qui n'était pas celui d'Abraham Zapruder. Je n'ai aucune légitimité technique pour affirmer que ce que j'ai vu est une version complète du plus célèbre film amateur de l'assassinat de Kennedy. Les conditions de son visionnage en 1995 et ma méconnaissance alors de l'affaire ne m'autorisent pas à affirmer quoi que ce soit. D'où ma réticence à traiter l'information dans l'ouvrage. Mes confidences à Jack White et à d'autres chercheurs m'avaient incité à m'exprimer sur le sujet sans preuve formelle. Ce qui m'a valu, principalement par Internet, d'être la cible de nombreuses attaques. Je les comprends. Et, en attendant d'être dans la possibilité de prouver mes dires sur le fond, je les respecte.

*

Si l'on peut reprocher beaucoup de choses à Jack White, il est impossible en revanche de remettre en cause sa passion photographique pour l'affaire. Sa collection de clichés est légendaire, et son investissement dans la recherche de la vérité n'est pas à prendre à la légère. Si l'on ne peut suivre Jack dans l'ensemble de ses raisonnements, une grande partie de son travail instille toutefois le doute. Et les quatre heures passées à son domicile à suivre sa projection commentée sont en mesure d'ébranler les convictions du plus ardent défenseur des conclusions du rapport Warren.

À commencer par son étude du polaroïd de Mary Moorman. La photographie en noir et blanc est le seul instantané pris au moment de l'impact mortel. Mary se tenait à l'opposé du Grassy Knoll avec, dans son champ, la fameuse barrière en bois où certains témoins placent un deuxième tireur. Malheureusement la qualité du polaroïd ne permet pas une analyse parfaite de l'arrière-plan, là où pourrait se dissimuler un des assassins de Kennedy. Par chance, Jack a eu accès il y a quelques années à une copie de première génération. Un tirage de qualité suffisante pour permettre une analyse poussée de l'arrière-plan. En compagnie d'un autre chercheur, Gary Mack, White a identifié ce qui pourrait être un homme en position de tir. Mack et White ont même déterminé que leur suspect portait un uniforme de la police de Dallas et, s'inspirant du reflet de son badge, l'ont baptisé « *Badgeman* ». Illusion d'optique ou réalité, la découverte est bien visible sur les diapositives que Jack nous projette.

*

Tout comme sont bien ancrées encore les certitudes de Gary Mack.

Pour beaucoup Mack est un traître. Ancien chercheur indépendant, persuadé de la présence d'un deuxième tireur, il a rejoint depuis les rangs du Sixth Floor Museum. Installé dans le Texas School Book Depository, le musée est, quoi qu'il en dise, le temple de l'histoire officielle. Un tour dans sa boutique suffit à convaincre les plus sceptiques. Ici pas d'ouvrages mettant en cause

43

la Mafia, la CIA ou évoquant la piste cubaine. Par contre, le rapport Warren est bien là, tout comme des livres plus mineurs démontant les thèses conspirationnistes. À chaque fois que c'est possible, le Sixth Floor Museum, une des attractions les plus populaires du Texas, affirme sa volonté d'éducation. Mais cette volonté ne passe apparemment pas par l'ouverture d'esprit.

Il y a plus troublant encore. Le cinquième étage propose une exposition plutôt réussie sur la présidence Kennedy, dont le parcours se termine évidemment par les événements de novembre 1963 en proposant le visionnage du film d'Abraham Zapruder. Ce qui est plutôt normal puisque, en 1998, la famille de l'ancien tailleur de Dallas a légué le 8 mm au musée.

Popularisé en Europe par le JFK d'Oliver Stone, le film de Zapruder est souvent utilisé par les critiques de la commission Warren pour démontrer qu'Oswald n'était pas seul. Je dois dire, pour en avoir fait l'expérience à plusieurs reprises, que n'importe quelle personne confrontée aux images du bond en arrière et à gauche de John Kennedy a du mal à croire ensuite que les seuls coups de feu venaient de l'arrière. L'image valant un million de mots, cela explique peut-être pourquoi, au moment de sa publication dans ses annexes, la commission Warren a inversé l'ordre des clichés, donnant l'illusion logique d'un mouvement de l'arrière vers l'avant. Et c'est encore peut-être pour cela que le film a été tenu éloigné des yeux du public américain pendant de nombreuses années. Soit dit en passant, même s'il ne s'agit pas de l'unique raison, il faut remarquer que la cassure entre l'institution américaine et l'opinion date de la première diffusion télévisée du film de Zapruder. Dès que le spectateur moyen a eu accès aux terribles images de l'assassinat du président, il a rejeté massivement les conclusions de la commission Warren.

Le film de Zapruder, saint Graal de l'affaire JFK, est donc visible dans ce haut lieu de l'éducation des masses qu'est le Sixth Floor Museum de Dallas. Sauf que l'on n'efface pas comme cela quarante ans de conditionnement des esprits.

Le 8 mm est bien diffusé mais là, soudain, alors que le coup fatal va être porté, que JFK va bondir de l'avant vers l'arrière... l'écran est noir.

Et non, ce n'est pas une panne, ni une erreur. Le Sixth Floor Museum diffuse une version censurée du film Zapruder.

*

L'explication passe par une visite immédiate à Bob Porter, le M. Relations Publiques du musée.

Bob est affable. En 1963, il travaillait au *Dallas Morning News*, la voix bien pensante de Big D.

Bob ne croit pas aux conspirations, tout comme il ne croit pas aux ovnis. Ce n'est pas moi qui me gausse c'est lui qui le dit. Comme si croire à une complicité dans l'assassinat du président des États-Unis signifiait naturellement que vous êtes un candidat à l'asile psychiatrique, un client du complot mondial, un fan des petits hommes verts, un ami des esprits.

Oh Bob ! Un avion s'est bien écrasé sur le Pentagone, je n'en sais rien pour les Martiens et je ne crois pas au contrôle de l'univers par une alliance judéo-maçonnique. En revanche, Bob, je sais que Lee Harvey Oswald n'était pas seul.

Mais Bob, le sourire en coin, s'en fout. Il parle du musée, de son impact sur la jeunesse, du nombre croissant de visiteurs, d'investissements, de projets. L'entretien touche à sa fin, c'est le moment de lui poser mes vraies questions :

— Quel est le positionnement du musée vis-à-vis des thèses conspirationnistes ?

— Ce n'est pas notre rôle de juger. Le public doit se faire sa propre opinion.

La réponse était toute faite. Question suivante :

— Avez-vous le sentiment que vous leur offrez les outils pour y parvenir ?

— Ce n'est pas à moi de le dire. Je n'ai pas à avoir une opinion personnelle.

C'est certain, Bob n'a jamais dû rater un seul des séminaires de communication du musée. Et, comme il se doit, il a toujours le sourire aux lèvres.

— Vous diffusez le film de Zapruder...

— Oui, c'est une pièce importante.

— Vous le diffusez sans la fin.

— Oui.

Bob commence à triturer son stylo. L'œil devient fuyant. C'est évident, il se demande où je veux en venir :

— Pourquoi ?

— Cela n'a pas sa place dans un lieu public.

Il y a dix minutes, j'étais un petit Français à l'accent sympathique. Soudain, je viens d'accéder au rang de Frenchy arrogant. Et ce n'est pas fini :

— Mais cela permet de se bâtir une opinion, non ? Vous coupez le bond de l'avant vers l'arrière, la scène rendant caduques les conclusions de la commission Warren.

— Ce passage n'a rien à faire dans un lieu public... Comment dire ? C'est pornographique.

Là, c'est moi qui suis cloué :

— Comment cela ?

— On y voit un homme se faire assassiner, c'est choquant. Cela peut gêner nos visiteurs.

La perche est trop belle. J'assène le coup de grâce :

— Et l'agrandissement de la photographie de Bob Jackson prise au moment où Oswald se fait assassiner par Jack Ruby, il est bien là, pourtant. Ce n'est pas choquant, l'agonie d'Oswald ?

Bob se tait, puis se lève en me tendant la main :

— Je crois que je dois y aller.

Voilà, quarante ans après l'assassinat de JFK, Bob est l'instantané d'une certaine Amérique : puritaine et faux cul.

12

Agression

L'histoire n'étonne même pas Jack White. Il ne souhaite pas vraiment en parler, mais il est évidemment touché du passage de Gary Mack à « l'ennemi ». Cela ne signifie pas forcément que Gary soit devenu un défenseur acharné du rapport, mais il apparaît en tout cas depuis comme l'un des plus fervents critiques des travaux de Jack. White en parle toutefois comme d'un chercheur de talent, un ami précieux. En fait, dans la fêlure des mots, on devine qu'il y a plus que cela. Et au visionnage d'une ancienne interview des deux hommes pour un documentaire britannique, l'idée de filiation s'impose d'elle-même. Mack y apparaît parfait en fils prodigue, « Jedi » ultra-doué qui a trahi pour les « Forces du mal ». La communauté JFK a parfois ces accents galactiques.

*

La projection vient de se terminer. Dehors, le tonnerre texan gronde. Jack White nous sert du Dr Pepper et me demande si je connais le colonel Fletcher Prouty.

Fletch est une légende dans le petit monde de la conspiration. Un haut gradé américain persuadé que John F. Kennedy a été assassiné par une coalition militaro-industrielle. Et le colonel parle en connaissance de cause, puisqu'il a longtemps été en charge des opérations noires des services de l'armée américaine. Le coup d'État constituant sa spécialité, il en retrouve tous les ingrédients dans l'affaire de Dallas du 22 novembre 1963. Prouty est convaincu que Kennedy a été abattu parce qu'il souhaitait se désengager du Vietnam. Une explication qui n'a pas laissé Oliver Stone insensible au moment où celui-ci réalisait JFK. Certes, Prouty n'apparaît pas sous son nom, mais il ne fait aucun doute que le Monsieur X incarné par Donald Sutherland est une parfaite copie du militaire. Et ses confidences washingtoniennes face à un Kevin Costner médusé représentent un des moments clés du film.

— Tu vois, reprend Jack les yeux brillants, un jour Prouty m'a dit que j'étais le chercheur le plus craint par la CIA. Sais-tu pourquoi ?

— Non ?

— Parce que je travaille uniquement sur du factuel. Je ne m'intéresse pas aux théories, aux scénarios, aux témoignages humains. J'étudie l'instant capturé, l'image et c'est cette vérité-là qui peut devenir terrifiante.

*

La nuit vient de tomber, il est temps de reprendre la route pour notre *bed & breakfast*. Je n'avais pas remarqué auparavant que Jack se déplaçait à l'aide d'une canne. Avant de le remercier pour son accueil, je lui souhaite un rapide rétablissement. Amusé, il me répond :

— C'est gentil, mais ce n'est pas le genre de chose qui s'arrange avec le temps.

Évidemment, je ne rate pas l'occasion de lui demander l'origine de son mal. Et là, comme si je lui avais organisé un rendez-vous avec un agent traitant de la CIA, Jack glisse du bout des lèvres :

— Je ne sais pas si je dois te raconter... Je n'ai pas envie de vous effrayer.

Une telle introduction ne peut rester sans suite. Et Jack le sait.

— Cela remonte à quelques années déjà... Au moment du tournage à Dallas du film de Stone.

*

Le tournage de JFK s'était déroulé sous haute tension. Entre paranoïa et espionnite aiguë. Stone, persuadé que l'establishment voulait l'empêcher de raconter son Kennedy, avait été furieux de constater qu'une première version de son scénario avait atterri dans *Time*. Et l'hebdomadaire avait convoqué la garde et l'arrière-garde des fidèles de la commission Warren pour descendre en flamme ce qui n'était qu'une copie de travail. À Dallas, Stone avait fait écrire son script à l'encre rouge afin d'éviter les photocopies et chaque exemplaire avait reçu un numéro.

*

— Je devais apporter ma contribution technique... mais il y a eu l'accident.

Jack n'est visiblement pas à l'aise. Mais ni Pascal ni moi n'avons envie de lui demander de s'interrompre :

— C'était un matin, vers 5 h 30, 6 heures. J'étais encore au lit avec ma femme. Et puis soudain, j'ai senti une présence. Comme si quelqu'un était en train de me regarder dans mon sommeil. J'ai ouvert les yeux et il était là.

Nous sommes sans voix, quelques éclairs illuminent encore la nuit.

— Il était entièrement nu. Je ne sais pas comment il était arrivé dans notre chambre. Aucune des alarmes de la maison n'avait fonctionné...

Jack a le regard dans le vide. Son récit a pris le contrôle.

— Et puis, soudain, avant que je ne dise quoi que ce soit, il s'est jeté sur moi. C'est là que j'ai vu son pic à glace... Il l'a planté plusieurs fois. M'a perforé un poumon. À quelques centimètres près... Et la canne, c'est parce que, depuis, j'ai perdu l'équilibre.

Avant que l'on pose la moindre question, Jack anticipe et conclue :

— Il a disparu aussi vite qu'il était apparu. Je gisais dans mon sang. La police ne l'a jamais retrouvé...

Et puis, se penchant vers la portière, il glisse, presque amusé :

— Attention, je n'ai pas dit que cela avait un rapport avec le meurtre de JFK. Mais je ne dis pas non plus le contraire.

13

Visite

Le récit de White nous hante. Et bien sûr, nous le ramenons à nos soucis de ces derniers jours à Dallas. L'arrestation à l'aéroport, notre voiture suiveuse, puis le départ de l'Adolphus. Mais l'heure de trajet nous séparant du ranch permet de relativiser. Tout a une explication logique et l'agression de Jack montre bien qu'aux États-Unis tout peut arriver.

— Et puis, précise Pascal, je vois mal la CIA envoyer un tueur à poil. Tu en penses quoi ? C'est improbable comme histoire, non ?

Je suis songeur. Non pas à cause du récit de Jack, mais parce que voilà deux jours que nous sommes au Texas et que nous n'avons toujours pas de nouvelles de Billie Sol Estes, l'homme qui n'existe plus.

*

— C'est quoi cette lumière rouge ?

Nous sommes devant la porte de la ferme et le bloc alarme clignote, indiquant une intrusion.

— Cela doit être l'orage... Cela arrive parfois.

Autour de nous le sol est détrempé, l'allée est recouverte de feuillages. Comme c'est souvent le cas au Texas, les caprices du ciel sont brefs mais d'une violence extrême. J'ouvre la porte et tente d'éclairer.

— Tu vois, la foudre n'a pas dû tomber loin. On n'a pas de courant non plus.

Je sais qu'aujourd'hui je n'aurais pas mis un pied dans ce lieu inconnu, isolé et complètement dans le noir. Mais sur le coup, l'idée de ne pas entrer ne nous a même pas traversé alors l'esprit. Pascal avait laissé son matériel photo dans sa chambre et la priorité du moment était de vérifier qu'il ne manquait rien. Et puis, cela pouvait vraiment être l'orage.

*

Éclairés par l'étroit faisceau de la mini-*maglite* de Pascal, nous entrons.

La bâtisse est immense. Ma chambre se trouve dans une aile du ranch. Celle de Pascal à l'opposé. Entre les deux, il y a la cuisine, un énorme salon, deux salles pour les séminaires et les banquets. Dehors, l'orage est reparti de plus belle. Les gouttes de pluie se fracassent sur le toit, le vent s'écrase sur les fenêtres. Sous nos pieds, les lambris craquent. Dans une sorte de réflexe salvateur, nous décidons de vérifier toutes les pièces avant d'aller nous coucher. Il doit être près de 3 heures du matin. En cuisine, dans un commun élan de stupidité, nous nous armons de couteaux à viande. Finalement, le tour du propriétaire se termine dans un fou rire. Un peu comme si nous nous amusions à nous faire peur. Il y a bien le cellier de la cuisine dont la porte ne s'ouvre pas, mais Pascal croit se souvenir que c'était déjà le cas avant notre départ. Dernier verre pour oublier les soucis de la journée. L'ambiance est presque intime depuis que nous nous éclairons à la bougie. Pascal vient de monter se coucher.

Soudain un craquement.

Je me retourne.

Pascal est planté là, livide. La peur dans ses yeux est animale. Il me fait signe et, sans dire le moindre mot, balaie de sa lampe torche le sol du salon. La lumière accroche un reflet, puis deux. Des minuscules flaques d'eau. Pascal projette son faisceau de droite à gauche. Aucun doute, ce sont des traces de pas.

Nous devons en avoir le cœur net. Nous suivons les empreintes. Une, deux, trois, quatre, cinq, dix.

Silence !

Nous sommes face à la porte arrière du bâtiment, celle qui donne sur la cour. Et son loquet est ouvert... de l'intérieur !

Panique. Peur. Courir. Putain ! Le cellier. Fermé de l'intérieur. Et si...

*

Les sacs, la bagnole, les portes claquent, les pneus crissent. La nuit n'a jamais été aussi noire, le freeway aussi loin.

Enfin, la lumière blafarde d'une enseigne de station-service. Nous garons la voiture et nous nous engouffrons. Pascal n'a toujours pas lâché sa *maglite*. Le gardien de nuit nous regarde, hagard :

— *What's up, guys ?* On dirait que vous venez de croiser un fantôme...

Pas l'envie de faire de l'humour. Ça y est, je déteste Dealey Plaza.

14

Ogre

Comme dans les séries B américaines, nous logeons désormais dans un motel crapoteux. Du moment que nous payons en liquide, le patron ne demande rien. Ni qui nous sommes ni pourquoi nous ne cessons de regarder par-dessus nos épaules.

Le sommeil est difficile à trouver. Le lit est pourri et son odeur infecte. Les murs sentent le tabac froid et l'émail de la salle de bains est repoussant. Surtout ne pas commencer à se demander ce que nous foutons à Dallas. La situation est ridicule. Et, heureusement, le ridicule ne tue pas.

*

Récapitulons. Nous devons convaincre Billie Sol Estes de nous livrer ses secrets.

Estes, celui qui a préféré un long séjour dans les quartiers de haute sécurité d'un pénitencier plutôt que de se mettre à table.

Estes, celui qui a refusé plusieurs millions de dollars plutôt que de vendre ses souvenirs.

Estes, dont personne ne sait vraiment où il habite ni de quoi il vit.

Estes, dont les proches collaborateurs ont été touchés par une étrange épidémie de suicides en série.

Tom a raison. Je suis fou. Complètement malade. Et sérieusement, j'espère quoi ? Boucler l'affaire ? Ramener un scoop ? Gagner le Pulitzer ? Empocher le prix Albert

Londres ? Je veux seulement rentrer chez moi. Me blottir dans les bras de ma femme, embrasser mon fils.

*

Le mystère Kennedy me dévore peu à peu. Surtout, je dois l'empêcher de devenir une obsession. Je ne veux pas devenir comme ces chercheurs égarés dans les couloirs de la raison, ne vivant plus qu'au rythme du film de Zapruder, tentant de résoudre l'équation du nombre des coups de feu. J'en ai rencontré des fêlés de ce facteur X, de ces accros à l'Internet, de ces paranos du quotidien. Je ne sais lesquels sont les pires. Les théoriciens de la conspiration universelle ou les gardiens de l'ordre établi ?

Si les deux camps abritent autant d'extrémistes, c'est évidemment dans celui des défenseurs de la commission Warren que je compte le plus d'ennemis.

Car voilà un enseignement étonnant : le 22 novembre 1963, ce n'était pas hier, mais aujourd'hui et demain encore. Et la propagation de la foi est violente. Elle s'accompagne de lettres anonymes, de menaces aux familles, de virus informatiques, de rumeurs. En France comme aux États-Unis. La publication de *JFK, autopsie d'un crime d'État* m'a valu son tombereau de haine. Pourtant ce n'était ni un livre révolutionnaire ni un ouvrage parfait. Juste un éclairage sur l'affaire du siècle, destiné à un public sevré d'informations récentes.

En fait, c'est peut-être pour cela que cette nuit je suis dans ce motel paumé en bordure de la I-35.

Pour comprendre.

15

Courtisane

La chasse peut reprendre. La brièveté de notre séjour ne nous permet pas de ressasser le passé. Et, au bout du compte, c'est un sacré avantage.

Tom a parlé avec Billie. Finalement, l'ancien contributeur aux campagnes de Lyndon Johnson n'a plus envie de nous rencontrer. Attention, cela ne signifie pas qu'il ne veut plus nous parler, mais qu'il considère que le moment n'est plus propice. Pourquoi ? Il est sûrement le seul à le savoir.

Pour autant, le séjour n'a pas été inutile. James Tague, Jack White, des tonnes d'instantanés et surtout des souvenirs pour plus tard. Et puis, il nous reste une dernière chance.

— Ce n'est pas moi qui vous l'ai dit, confesse Tom, mais Billie m'a confirmé qu'il serait à la soirée de Madeleine ce soir.

*

Madeleine Duncan Brown est une vieille dame adorable et attentionnée. Le parfait exemple de la gentillesse et de la générosité des gens du sud des États-Unis.

Son interview, il y a quelques jours, fut un moment de bravoure. Madeleine possède en effet un talent particulier : elle est capable de vous décrire avec précision l'anatomie du président Johnson tout en sirotant avec délicatesse une tasse de thé. Miss Brown a en effet longtemps permis à LBJ de satisfaire sa débordante libido. La formule n'a rien de choquant, elle est en deçà des mots

55

mêmes de Madeleine. Car l'ex-jeune fille de bonne famille ne se fait aucune illusion : si elle a aimé Lyndon, elle sait très bien que le Texan ne l'a jamais considérée comme autre chose qu'un exutoire pour bourses trop pleines.

La questionner, c'est donc d'abord s'acclimater à ce rythme étrange où, entre deux considérations sur le temps qui passe, la vieille dame glisse ses souvenirs enflammés d'assauts à la va-vite.

Mais le récit de la Texane n'est pas seulement celui d'une courtisane. Madeleine Brown constitue l'un des derniers vestiges du Dallas des années 1960, cette petite ville – à l'échelle américaine – hésitant entre la province et l'essor urbain effréné. Une grosse bourgade où un milliardaire pouvait passer ses fins d'après-midi dans le club miteux d'un gars venu de Chicago, le célèbre Carrousel.

Prenez Haroldson Lafayette Hunt. Ce nom ne s'est jamais imposé de notre côté de l'Atlantique, mais il aurait pu. En 1963, H.L. était tout simplement l'homme le plus riche du monde. Une fortune quasi spontanée, obtenue grâce aux champs de pétrole de l'Est texan et amplifiée sur les tables des clubs de poker. En 1963, la société qui employait Madeleine louait des bureaux dans l'immeuble abritant les quartiers du magnat. Et chaque matin, ou presque, la maîtresse de LBJ parquait son véhicule à quelques mètres de celui de Hunt. H. L, fier de ses bonnes manières sudistes, tenait souvent la porte à la flamboyante rouquine. Et puis, histoire de marquer la fin de la journée, tous se retrouvaient, sur le coup de 17 heures, dans ce club enfumé de Commerce Street où officiait le fameux Jack Ruby. Brown, comme beaucoup de monde à Dowtown Dallas, le connaissait. Hunt aussi. L'établissement n'était-il pas l'une des rares adresses en ville où l'on pouvait boire de l'alcool ? Et puis, le Carrousel était réputé pour son arrière-salle, ses discrètes parties de poker et l'accueil chaleureux de son patron.

*

Aussi, quand Madeleine Brown commence à vous parler de l'assassinat de John Kennedy, vous lui prêtez une oreille plus qu'attentive.

56

Mais avant de livrer ses secrets, la courtisane sait se faire désirer. Ainsi, au détour d'une phrase, presque par accident, parlant de Ruby, elle chuchote :

— Jack n'a jamais tué Lee Harvey Oswald pour venger l'honneur de Jacqueline Kennedy. C'est une affirmation ridicule.

Et avant même de vous offrir le temps de passer à la relance, elle conclut :

— Cela devait être au milieu de la semaine, quelques jours avant le 22... Nous étions au club comme très souvent. Les journaux évoquaient la visite de JFK. Jack se trouvait à notre table. Il faut comprendre que ce Dallas-là détestait Kennedy. Et, comme tout le monde, lui aussi exprimait sa haine du président.

Dallas la conservatrice, Dallas l'extrémiste ne supportait pas, en effet, l'arrogance de Kennedy, représentant doué et forcément jalousé du pouvoir de la Côte Est. Tenter de comprendre l'assassinat de JFK, c'est savoir qu'en 1963, la guerre de Sécession, c'était hier. Que le Sud n'avait toujours pas digéré sa défaite et l'éparpillement de ses richesses au bénéfice du Nord. Pour les Hunt, les Murchinson, les Byrd et autres Richardson, Kennedy représentait aussi cet ennemi-là.

Madeleine a considérablement baissé le volume de sa voix. Il me faut désormais me pencher pour saisir son murmure.

— C'est Dallas qui a tué Kennedy. C'est Dallas qui a tué le président...

*

Le regard est perdu dans les souvenirs. Je n'ose pas l'interrompre. Et puis, avouons-le, le discours me plaît. Car ses vagues me ramènent en permanence vers mes propres questions.

Depuis la fin de la rédaction de *JFK, autopsie d'un crime d'État*, je m'intoxique avec cette unique énigme : pourquoi Dallas ? Le lieu de l'assassinat ne peut être vide de sens.

Aussi, effeuillant l'éternelle liste des candidats à la culpabilité, j'élimine la CIA. Je me dis que si l'Agence avait voulu se débarrasser du président, elle aurait utilisé des moyens limitant la polémique. JFK aurait été empoisonné, son avion aurait explosé en vol ou il serait mort noyé dans la piscine de la Maison-Blanche. Mieux encore, lourds antécédents médicaux obligent, JFK aurait pu tomber malade et rapidement s'éteindre.

Dès lors, je songe à nouveau à l'explication que Jim Marrs, l'auteur de *Crossfire* – l'un des livres utilisés par Oliver Stone au moment de la préparation du film avec Kevin Costner –, m'avait donnée durant mon enquête. Ancien journaliste à Fort Worth, Jim, avec ses airs d'Indiana Jones empâté, assure aujourd'hui l'unique cours universitaire consacré à l'assassinat de Kennedy dans une classe d'Arlington, Texas, qui voit chaque année se presser des étudiants peu enclins à croire les conclusions de la commission Warren. Or Jim a travaillé sur la symbolique du crime et est convaincu que John F. Kennedy a été exécuté parce que ses options politiques ne satisfaisaient plus le complexe militaro-industriel. Et de fait, il y voit une analogie avec la peine capitale :

— Au-delà de la punition, quelle est la vocation de la peine de mort ? m'avait-il expliqué. La valeur d'exemple. Historiquement, les exécutions étaient publiques. Le message était clair : regardez ce qui va vous arriver si vous ne respectez pas la loi.

— Et donc...

— Donc, le 22 novembre 1963 constitue une exécution publique sous les yeux de millions de personnes. Et le message est passé. L'attentat disait clairement : voilà ce qui arrive lorsque vous ne respectez pas notre volonté. C'était une mise en garde destinée à la classe politique. Et cela explique les rapports de soumission entre la Présidence et le complexe militaro-industriel depuis ce jour. Le vrai pouvoir est là.

Si Marrs est convaincant et si sa thèse rencontre un véritable écho quand on la rapproche de la politique extérieure des États-Unis, la seule valeur d'exemple ne me semble pas justifier le choix du lieu. Le même message aurait pu passer à Chicago, Los Angeles ou Miami.

Reste donc cette entêtante question : pourquoi Dallas ?

Avant même de gagner la confiance de Billie Sol Estes et d'accéder enfin aux dédales de l'explication de l'assassinat, mon esprit balançait donc vers une explication plus... rationnelle.

La vision répétée du film d'Abraham Zapruder et les haltes par Dealey Plaza ont installé durablement dans mon inconscient une impression forte : l'assassinat de JFK n'est rien d'autre que la mise à mort d'un gibier recherché. Un trophée pris dans le feu croisé de tireurs exercés. Et si les tueurs étaient des chasseurs, ils ont surpris Kennedy alors que celui-ci venait de s'aventurer imprudemment sur leur territoire.

Avant même Madeleine, avant même Billie, avant même le Texas, j'ai le sentiment d'avoir un début de réponse à mon interrogation. Pourquoi Dallas ? Parce qu'il était l'habitat naturel, le terrain de chasse, des tueurs du président. De ceux qui se trouvaient sur Dealey Plaza, le 22 novembre 1963, comme de tous les autres qui avaient pris cette gravissime décision.

*

Madeleine repose délicatement sa tasse de thé. Son rouge à lèvres a laissé une trace sur la fine porcelaine. D'un œil discret, je m'assure que le magnétophone continue de tourner. La maîtresse de LBJ est d'humeur partageuse.

— Le 21 novembre 1963, Clint Murchinson a organisé une soirée pour ses amis. Je devais y rejoindre Lyndon.

L'histoire ne m'est pas nouvelle. Déjà pour la rédaction de *JFK, autopsie d'un crime d'État*, Madeleine Brown m'avait raconté ce qu'elle avait vu la veille de l'assassinat : le passage éclair de Lyndon Johnson et sa curieuse prophétie. Au moment de quitter la résidence du millionnaire texan, LBJ aurait en effet déclaré : « À partir de demain, ces maudits Kennedy ne seront plus un problème. » Dès lors, si l'existence de la soirée et la présence de LBJ étaient confirmées, l'implication texane dans le meurtre de Kennedy ne pouvait plus guère faire de doute.

Mais voilà... Si les souvenirs de Madeleine sont beaux, ils manquent cruellement de confirmations. Pis encore, une des rares personnes vivantes de sa liste d'invités ne se souvient pas de cette soirée. Un détail qui ne semble pas gêner l'ancienne courtisane.

— Ma liste est incomplète. Certains sont encore en vie et, un jour, je donnerai leur nom. Mais pas maintenant, c'est trop dangereux.

L'argument ne m'impressionne pas. Cette paranoïa me paraît même totalement injustifiée. Nous sommes en 1998, JFK est mort depuis trente-cinq ans, et, à moins d'être un fan assidu de la série X-Files, personne ne peut sérieusement croire qu'évoquer le sujet est encore mortel. Et puis, même en admettant que Madeleine ait communiqué une liste erronée, comment expliquer la présence de Johnson. D'autant, à en croire le rapport Warren – mais peut-on s'y fier ? –, que le futur locataire de la Maison-Blanche aurait passé sa dernière nuit de vice-président... dans la chambre de son hôtel de Fort Worth ! En somme, rien ne colle alors pour emporter ma conviction. Aussi, je ne crois pas Madeleine Brown. Et même si la thèse est séduisante, je l'écoute désormais d'une oreille plus distraite.

— Avez-vous abordé la question de l'assassinat de JFK avec LBJ ? dis-je.

— Je l'ai fait une seule fois... C'était quelques mois après. Je devais savoir. À Dallas, la rumeur, persistante, parlait de l'implication des millionnaires de la ville, et donc de Lyndon.

Johnson dont la carrière politique s'était faite selon la volonté d'influents Texans conscients de l'importance de placer un homme à eux à Washington.

— Alors, après avoir couché avec lui, je lui ai demandé. Et là, Lyndon est rentré dans une violente colère. Il m'a attrapée, m'a secouée et m'a mise en garde. Je ne devais jamais, plus jamais lui en parler... J'avais obtenu ma réponse.

S'il n'y avait pas tous ces éléments contradictoires et les faits qui éveillent ma prudence, Madeleine aurait pu me convaincre après cet aveu. Mais ses souvenirs l'habitent encore. Et avant même que je lui pose une autre question, elle poursuit :

— Et puis, j'en étais d'ailleurs convaincue. Il fallait voir l'attitude d'H. L Hunt à son retour de Washington.

Dans les minutes suivant l'assassinat de Kennedy, Hunt avait en effet quitté Dallas. Escorté par sa garde constituée d'anciens agents du FBI, l'homme le plus riche du monde s'était envolé pour la capitale fédérale, où il était resté un mois, partageant le voisinage de J. Edgar Hoover et du nouveau président, son protégé, Lyndon Johnson.

— Hunt était tout sourire. Il était habité d'une nouvelle force, précise Miss Brown.

Dans la donne politique de l'Amérique de l'après 22 novembre, Madeleine Brown venait de croiser un gagnant.

*

Nous étions en 1998 et je n'étais pas parvenu à croire complètement Madeleine Brown. Sa sincérité était touchante, mais les arguments remettant en cause ses souvenirs bien plus forts qu'elle. Alors...

Alors, cinq ans après, j'ai enfin trouvé mes réponses. Comme Madeleine me l'avait confié, il y avait bien eu une soirée à Dallas le 21 novembre. Une soirée où le champagne avait coulé à flots et où Lyndon Johnson était présent.

La courtisane fatiguée avait raison, mais la vie et sa maladie ne m'ont pas laissé le temps de le lui dire.

16

Marchand

Billie Sol Estes est arrivé avant nous. Le tuyau de Tom n'était donc pas percé : l'ancien financier de Lyndon Johnson rendait bien visite à l'ex-courtisane.

*

Dans les années 1960, la rencontre aurait excité du monde. De la presse au FBI, en passant par le département de la Justice de Robert Kennedy et sûrement la Cosa Nostra, en recherche permanente d'informations croustillantes et forcément compromettantes permettant d'exercer quelques pressions. Mais, en 1998, Sol et Madeleine ne sont rien d'autre que deux vieux amis. Et les attractions d'une soirée où se pressent une trentaine de personnes.

Dans le petit salon, je croise Robert Groden. Popularisé par son travail autour des photographies de l'assassinat, Bob symbolise aujourd'hui tout ce que je déteste dans l'étrange communauté gravitant autour du crime du siècle.

Depuis sa participation au tournage du film d'Oliver Stone, Groden est devenu une petite célébrité. Mieux, Robert vit désormais de la vente des produits qu'il édite lui-même. Ainsi, chaque week-end, Groden s'installe sur Dealey Plaza et attend le chaland. Aux États-Unis, tout est business et, pour être franc, il y a pire que de gagner de l'argent sur le dos d'un président assassiné. Et puis, comme Groden le répète à chaque fois qu'il croise un journaliste, n'y va-t-il pas de la liberté d'expression ?

Ce fut d'ailleurs mon premier sentiment. J'ai d'abord vu Groden comme un îlot de contre-pouvoir dans un lieu écrasé par l'autorité légitimiste du Sixth Floor Museum. Mais, peu à peu, s'est imposée à moi l'idée que bien plus que dans son message, l'intérêt premier du marchand réside dans son chiffre d'affaire. Le lieu du crime est en effet arpenté en permanence par une tribu négligée de vendeurs à la sauvette, engagés par Groden. Payés à la commission, ces VRP de la conspiration alpaguent sans répit les visiteurs. Puis, sous la chaleur écrasante du Texas, fatigués d'arpenter la place, ces marchands du temple descendent bière sur bière et soulagent leur vessie derrière la barrière en bois du Grassy Knoll, donnant ainsi au lieu une insupportable odeur de pisse.

J'en veux donc à Groden. Parce qu'il a oublié qu'ici un homme avait été assassiné. Et que, de fait, le lieu mérite quiétude et respect.

Mais aussi parce que sa petite entreprise ternit l'image des personnes critiquant la commission Warren. Entre les effrayants théoriciens de la conspiration mondiale et les vendeurs d'illusion, il est parfois difficile de convaincre que Lee Harvey n'a pu agir seul.

17

Rencontre

Pascal a immédiatement compris qu'il n'aurait pas son cliché. Le lieu est trop bondé, Billie Sol trop sollicité pour que nous espérions quoi que ce soit.

Quant à moi, je tourne autour de lui. Madeleine s'est gentiment offerte de me présenter l'animal, mais je dois d'abord savoir comment je désire l'approcher. J'aurais peut-être dû sauter sur l'offre de Madeleine Brown et proposer immédiatement à Billie de répondre à mes questions. Après tout, l'occasion est unique, la rencontre inespérée. Mais plus le temps avance, plus les margaritas se vident, plus le niveau sonore s'élève et plus je pense qu'il ne s'agit pas d'une bonne idée. Alors, en attendant, j'observe.

*

Estes semble fatigué, mais porte beau. Sa présence naturelle est imposante. Bien sûr, je remarque d'abord ses éternelles lunettes à monture noire. Ce sont les mêmes que celles de Buddy Holy et chez lui une « signature » qui remonte à loin. Derrière les verres, je devine deux petits yeux clairs. Le visage est rond, presque poupin.

Je sais que Estes lui aussi me scrute. Il sait que j'essaie de le rencontrer depuis quelques semaines. Il sait que je suis ici, chez Madeleine, uniquement pour lui. Mais il ne fait rien pour me faciliter la tâche. Bien sûr, je n'espère pas le voir s'approcher et proposer de but en blanc de se mettre à table. Mais je suis néanmoins surpris par son attitude. Au lieu de fermer la porte, Estes place même par moments un sourire.

Je me décide enfin.

*

Je m'approche de lui et tends la main :

— Bonsoir, je suis...

— Je sais.

L'effet est réussi. Estes poursuit :

— Comment allez-vous, William ?

L'échange est cordial, la poignée de main chaleureuse.

J'ai oublié la foule. Je suis persuadé que la musique est soudain devenue plus douce et qu'autour de moi les autres chuchotent. Dans l'instant, je sais ce que je dois faire. C'est ma chance et j'ai décidé de la saisir.

Alors, profitant de ces quelques minutes de grâce, je ne dis rien.

Test

Si ce livre existe, si les cassettes de Billie Sol Estes qui alimentaient les rumeurs sont devenues une réalité sur laquelle j'ai pu m'appuyer, c'est parce que, ce soir-là, chez Madeleine, je n'ai rien dit.

À la dernière seconde, j'avais bien senti que le Texan me testait. Aussi, tentant de me « glisser dans ses bottes », j'avais deviné qu'il n'aurait guère aimé être importuné sur son passé, au milieu d'amis d'une amie.

*

L'intuition était bonne. Je n'étais pas tombé dans le piège du sourire avenant et des politesses d'usage. Et à ce titre, comme je l'appris plus tard, Billie Sol venait de décider que je méritais de passer quelques heures en sa compagnie. Pas tout de suite bien sûr, mais, en quittant Madeleine, Estes avait tranché : l'étrange Français était qualifié pour le tour suivant.

19

Retour

Retour à Dallas. Le tarmac de DFW me devient familier. J'ai pourtant hésité avant d'entreprendre ce nouveau voyage, mais les mots de James Tague ont grandi en moi et n'ont cessé de me hanter : « Que cache l'assassinat de JFK qui les effraie tant ? »

Dans un premier temps, la question m'a incité à rester. Et puis, surtout, je devais tourner la page, passer à autre chose, oublier Kennedy. Mais il y avait Tague, ses certitudes, sa force et ses doutes. Alors j'ai replongé. Billie Sol n'avait-il pas confirmé son envie de me rencontrer ? N'étais-je pas, sans trop savoir pourquoi, convaincu qu'il détenait mes réponses ?

*

VSD avait pris le relais et Marc avait remplacé Pascal. Au-delà de l'enthousiasme et de la sympathie du photographe, j'avais été touché par la puissance de ses convictions. Sans même que je lui raconte mon dernier séjour, que j'évoque les réflexions de White, Tague and co, Marc avait immédiatement placé le mystère JFK dans son cadre contemporain. Pour lui, Billie Sol Estes était « l'oreille » qui devait nous conduire à la solution. Et son silence de près de quarante ans, la preuve de l'actualité de l'affaire.

*

Notre entrée sur le sol texan s'était, cette fois, passée sans encombre. Et comme prévu, Tom nous attendait. Dans la journée, Billie avait confirmé le rendez-vous du lendemain et, après avoir joué au chat et à la souris, nous recommandait cette fois-ci de ne pas être en retard. Cela tombait bien, j'avais prévu d'arriver en avance.

20

Chimère

Le fil de béton s'étire à l'infini. Ici, rien ne résiste aux coups de massue du soleil. Ni le goudron, ni la végétation. Et encore moins les hommes.

Nous sommes en plein *no man's land* texan. C'est là que l'homme qui en savait trop a décidé de se mettre en scène et de convoquer les fantômes du 22 novembre 1963.

*

Méfiant, il reçoit sur son territoire.

Dès lors, le Dairy Queen fera l'affaire. Ce minuscule fast-food rural empeste le graillon. À droite, une table est réservée aux joueurs de dominos. Les gestes sont lents, les visages marqués. Au mur, sur une étagère, les tasses des habitués sont parfaitement alignées. J'y lis des Glenn, des Ross, des John, mais pas de Billie Sol. Conformément à sa légende, Estes est partout chez lui mais ne vit nulle part. Courant d'air insaisissable, il est la chimère du mystère JFK.

Et justement, la légende est là. Quarante minutes d'avance, mais il nous attend déjà. Sol n'est pas sans accompagnateurs. Porteur de serviette, secrétaire, chauffeur, Estes ne se déplace jamais seul. Un souvenir de l'âge d'or, de ces années 1950 où l'ancien cul-terreux pesait plus de cent millions de dollars. L'argent s'est évaporé mais les habitudes restent. Crazy Fred porte plutôt bien son nom. Tignasse argentée, tatouages de biker et surtout deux diamants vissés sur les incisives. Pas par coquetterie. Fred le fou est en délicatesse avec le fisc. Alors, vivant dans un camping-car, il a investi son magot dans ces deux pierres :

— Si le gouvernement veut mon fric, il a qu'à venir le chercher...

Tel un chien rongé par la rage, Fred retrousse les babines, prêt à mordre. Billie Sol sourit et, comme s'il s'agissait d'ouvrir une réunion d'entreprise, se lance :

— Messieurs, je vous accorde trois heures. Pas une minute de plus. Avec quoi voulez-vous commencer ?

*

Même si je ne souhaite qu'une chose, il me faut modérer mon enthousiasme. Les photographies doivent passer avant l'entretien. Une belle histoire sans clichés n'est pas une histoire publiable.

Pour un photographe, Billie Sol est un bon client. L'allure d'abord. Costume sombre, présence imposante, monture de lunette en bakélite noire : Sol a une gueule.

Et puis, comme tous les Américains, Estes connaît les règles du jeu. En une heure, il nous trimballe du bureau du shérif du coin au caveau familial.

Marc est satisfait, Estes semble détendu, c'est à mon tour de passer à l'action.

Et comme le compteur tourne, j'attaque direct.

*

— Billie Sol, j'aimerais que nous parlions des cassettes ?

Lui, impassible :

— Quelles cassettes ?

Moi, ébranlé :

— Celles relatives à l'assassinat de Kennedy.

Lui, glacé :

— Je ne sais pas de quoi tu parles, je n'en ai pas la moindre idée. Et cette conversation m'ennuie.

Baaam ! Un train de marchandises vient de me passer sur le corps. En deux répliques, Estes m'a piétiné.

J'ai du mal à reprendre mon souffle. Je cherche Tom du regard, qui fait tout pour l'éviter. Estes est impassible.

70

Autour de la table, le silence est pesant. Dans ma tête, l'incendie ne se calme pas. Tout ça pour ça... Il ne reste plus qu'à rentrer à Paris et à expliquer à *VSD* que mes espoirs de vérité se sont pitoyablement écrasés sur la table gluante d'un Dairy Queen.

Je le regarde une dernière fois. Il n'a toujours pas bougé. Et soudain éclate d'un rire presque enfantin. Ses joues rougissent, son ventre se tend. Billie Sol Estes est blagueur et prend un malin plaisir à se jouer de moi comme d'un pantin.

— C'est vrai que vous êtes drôles, les Français. Tu aurais dû voir ta tête.

Moi, je souris. Estes peut se moquer tout son saoul si cela l'amuse. Une minute plus tôt, je songeais à la reconversion professionnelle. Là, je me dis que finalement, peut-être, il allait nous donner quelque chose.

*

Billie me tend un livre. C'est une biographie écrite voilà quelques années par sa fille Pam. Je l'ouvre à la première page, surchargée d'une fine écriture.

— Lis !

Le déchiffrage est difficile, j'hésite et me lance : « Pour lui, j'ai fait mon temps. Il ne s'en est pas souvenu, à mon tour de lui rappeler. Que Dieu ait pitié de son âme. »

La formule est incompréhensible. Je ferme le livre et tente une question :

— De qui s'agit-il, Billie ?

Sol s'attendait à ma question :

— Si tu veux comprendre cette histoire, il faut connaître le Texas. Cela va prendre du temps. Es-tu prêt à apprendre ?

Je n'ai pas hésité longtemps. En fait, je n'ai pas hésité du tout. Je lui ai tendu la main et j'ai lâché :

— *Deal* !

Sa grosse paluche me broie les doigts. Estes est tout sourire.

— Tu es fou. Tu es fou mais cela me plaît.

Départ

Six mois se sont écoulés. Billie Sol a aimé mon papier pour *VSD* et il est désormais prêt à honorer notre accord. Flammarion a décidé de me suivre dans cette nouvelle aventure et de m'offrir une année au Texas à tenter de percer l'affaire Kennedy. Une année avec femme et enfant, dans un pays que je connais mal.

Curieusement, Sol est impatient de débuter. Il estime que le travail ne prendra que quelques semaines. Ce qu'il ignore encore, c'est que je n'ai jamais été un étudiant appliqué. J'étais certes disposé à entendre ses confessions, mais j'avais décidé de mesurer d'abord leur authenticité, puis de les utiliser pour approcher la vérité sur l'affaire JFK.

Le dernier témoin allait parler et moi j'allais faire ce que j'avais toujours aimé : fouiller dans les poubelles de l'Histoire.

DEUXIÈME PARTIE

Le dernier témoin

Le 22 novembre

Le 22 novembre 1963, JFK entra dans la légende, Lee Harvey Oswald dans les livres d'histoire et Billie Sol Estes termina son repas le cœur léger.

Le soleil brillait de nouveau, les magistrats et les enquêteurs allaient se faire plus discrets dans leur volonté de faire tomber Lyndon Johnson et ses affidés, le business reprendrait bientôt et les États-Unis redeviendraient les États-Unis.

Si ce n'était la rage de dents qui le tenaillait depuis le matin, le 22 novembre 1963 aurait été une très belle journée pour ce Texan.

23

Texas

Le rituel est installé depuis quelques jours. Trois fois par semaine, nous quittons Dallas à l'aube pour rejoindre Granbury. Tom conduit et nous profitons de l'heure et demie de trajet pour préparer l'entretien.

Au fil du temps, mon comparse s'est aussi révélé un enquêteur doué. Texan de souche, aimant répéter que son grand-père se battait encore contre les Indiens, Bowden complète à merveille mon initiation aux mœurs et au passé de l'État. Quand, dans la journée, Billie Sol me lance sur des pistes, Tom m'enseigne avec prudence et à-propos comment ne pas m'y perdre.

C'est avec lui aussi que je pratique l'américain, l'anglais ingurgité en traînant des pieds lors de mes années d'apprentissage scolaire étant d'une pathétique inutilité, puisque ici personne ne parle cette langue. Or, l'américain du Sud est un langage traînant, fait de contractions, d'images et d'expressions, d'un phrasé dont la fin se voit étouffée par de gras éclats de rire. Dans cette région, les menaces ne se clament pas, mais tentent de s'échapper de mâchoires instinctivement serrées. Et si dans le reste des États-Unis on parle, le Texan, lui, siffle ses mots comme si, écrasé par la chaleur, il avait aussi renoncé à cet effort-là.

*

Billie Sol Estes n'a pas dérogé à cette règle. Depuis nos premières rencontres autour de l'assassinat, j'ai pris pour habitude de débuter nos entretiens par une question classique. Une manière de briser la glace, de se mettre doucement en route.

Ayant lu et entendu que chaque Américain se souvient de ce qu'il faisait le 22 novembre 1963, que tel un foudroyant instantané, la mémoire collective d'une nation avait photographié des millions de lieux, d'impressions et de souvenirs, je ne pouvais pas éviter l'interrogation. Que faisait-il, lui, quand son président avait été assassiné, quand son pays avait été déniaisé en ce 22 novembre 1963 fatidique – j'aurai pu écrire aussi la même chose sur le 11 septembre 2001 ? Chaque génération a ses repères, son avant et son après.

Billie Sol se souvenait donc comme tous ses concitoyens de son 22 novembre. De l'endroit précis où il était lorsqu'il entendit pour la première fois que l'on avait tiré sur le président des États-Unis. En fait, seuls Richard Nixon et George H. Bush sont frappés d'amnésie sur ce point.

*

Le 21, la veille de l'attentat, Richard Nixon se trouvait pourtant à Dallas. Avocat pour le groupe Pepsi-Cola, il représentait la firme lors d'un congrès d'embouteilleurs. Alors qu'Air Force One, l'appareil présidentiel, approchait l'aéroport de Love Field au cœur de la ville, Nixon quittait le Texas pour New York. Le *Dallas Morning News* titrait bien évidemment sur l'arrivée de JFK, reproduisant, à droite du titre, une déclaration définitive du candidat malheureux à l'élection de 1960 en train de partir de la région : « Kennedy va se séparer de LBJ pour l'élection de 1964 ».

Quelques heures plus tard, Lyndon Baines Johnson devenait président.

Quant à George Bush senior, le père de l'actuel président, lui aussi allait s'avouer plus tard victime de trous de mémoire. Des absences qui, on s'en doute, allaient alimenter les fantasmes d'une partie de la communauté conspirationniste, notamment parce qu'un rapport officiel du DPD signala la présence en ville d'un certain George Bush, membre de la CIA. De quoi faire monter la fièvre des férus de coïncidences diaboliques quand ils rapprochèrent cette donnée avec le fait qu'avant de devenir vice-président de Reagan puis chef du monde, Bush fut directeur de l'Âgence. Des hypothèses que lui-même dément en avançant que sa nomination à la fin des années 1970 marque le début de sa relation avec la CIA, et qu'en 1960 il n'était rien d'autre qu'un paisible père de famille tentant de percer dans le pétrole et la politique. Et qu'enfin, s'il ne se souvient plus où il se trouvait le 22 novembre 1963, il assure ne pas avoir été à Dallas.

*

Billie Sol se trouvait à Pecos, mais aurait donné cher pour être sur Dealey Plaza. Même si un pesant reste d'éducation religieuse lui fait encore afficher un dégoût du meurtre, estimant amoral d'avoir dû en arriver à ôter une vie, il ne faut pas s'y tromper : pour Estes, et pour beaucoup d'autres, l'assassinat était aussi une commodité. Pire, une sorte de stage ultime de la négociation. Un héritage culturel aussi, tant le recours au crime coulait dans les veines de ces hommes là. Non par vice, mais par attachement communautaire.

Le Texas de 1963 était plus proche de celui de 1863 que de celui de 2003. Dallas relevait alors de la bourgade de province. Or, tout Texan a été bercé par la mélodie du colt. Lorsque JFK parlait de « nouvelle frontière », au Texas on ne pensait ni à la conquête spatiale ni au progrès économique, mais à la conquête de terres ou à la protection du territoire, cette bataille à coups de revolvers au prix de sacrifices et de douleur.

L'Ouest, le vrai, celui du Texas, n'avait rien à voir avec la version aseptisée, formatée à Hollywood. Ici, des hommes et des femmes avaient saigné pour offrir un lopin de terre à leur descendance. Ici, une génération avait grandi dans la haine de la Côte Est. Spoliées de leurs biens à la fin de la guerre de Sécession, les familles sudistes avaient tout recommencé du côté du Texas. Et avant de partir, elles avaient assisté impuissantes au partage de leurs richesses à l'unique bénéfice de « ceux du Nord ». Dès lors, au Texas, il n'était plus question d'esclavage et de nation. À tout jamais, l'establishement de la Côte représentait pour beaucoup, de l'élite au peuple, l'ennemi, le profiteur.

L'élection de John F. Kennedy à la Maison-Blanche en 1960 avait ravivé ces braises, ramené à la surface cette aversion latente, réactivé la haine du « Nord ». Certes, on se consolait en songeant que Lyndon B. Johnson, l'enfant du pays, un homme que l'on aimait et soutenait depuis 1948, grosses sommes à l'appui, représentait à Washington les intérêts – dans tous les sens du terme – du Texas et en retour faisait bénéficier l'État de son dû en marchés publics.

Mais voilà, comme Nixon l'avait annoncé le 21 novembre 1963, Kennedy avait décidé de se séparer de l'ami Lyndon. Les profiteurs semblaient de retour. Et le Texas ne supporterait pas une seconde défaite.

24

Comprendre

Billie Sol Estes non plus ne voulait pas tout perdre.

La prison était pour lui acceptable. Elle n'était même rien d'autre qu'un simple détour, un arrêt provisoire.

Quelles que soient les pressions, quelle que soit la proposition que certains voulaient lui faire, il ne parlerait pas.

Bobby Kennedy, de son bureau d'attorney général, pouvait tonner, il lui proposait un marché qu'il savait truqué. La liberté ne méritait pas, à ses yeux, tous les sacrifices.

Non, Billie Sol ne voulait pas tout perdre.

Sans doute cette volonté de ne pas « pactiser avec l'ennemi » tenait-elle aussi au parcours d'Estes. Il n'était pas un héritier, un fils de bonne famille, un ex-pensionnaire des colleges de l'Est. Estes, comme Johnson et comme les autres, était parti de pas grand-chose pour aboutir à beaucoup.

Et cela aussi, malgré le frisson de la corde de plus en plus proche, il refusait de le perdre.

*

Nous n'avons pas encore terminé d'installer nos caméras et nos magnétophones que Billie Sol s'est déjà calé dans son sofa après avoir coupé le son de sa ribambelle de portables. L'homme qui n'avait jamais parlé est désormais impatient de commencer.

Je le suis également, même si je sais qu'avant d'arriver à la mort de JFK, il me faudra passer par d'interminables méandres. Je commence toutefois à comprendre qu'il ne s'agit ni de détours ni de chausse-trapes, mais d'une part de vérité pour mieux comprendre les mécanismes ayant conduit à la décision de se débarrasser du président des États-Unis.

— Je suis né pendant une tempête de blizzard, assène d'emblée Billie Sol. Alors, ce n'étaient pas les coups de boutoir de cette petite peste de Bobby Kennedy qui allaient me faire tanguer.

Bien plus qu'à JFK, Estes voue encore aujourd'hui une haine farouche à son frère Robert F. Kennedy, attorney général, qui sera assassiné à son tour en 1968. C'est en effet lui qui a mené la « chasse à l'Estes ». Non parce que Billie avait commis une faute, mais parce qu'il était le seul moyen de faire plier le Texas. Dompter Billie, c'était à coup sûr couler Lyndon. Et, à travers lui, ces familles qui, de leurs immenses ranchs, noyées sous les profits de l'or noir, avaient décidé de prendre les rênes du pays.

— C'était le *blue northern*, reprend Sol. Un vent qui vient du Colorado, te glace les os et te fait bleuir les joues. Cela faisait vingt-quatre heures que ma mère tentait de me donner la vie, mais moi, je prenais mon temps. Mon père était parti à cheval prévenir le médecin, et c'est ce dernier qui a accéléré l'accouchement en venant me chercher. On m'a appelé Billie Sol, parce que le docteur m'avait surnommé Blizzard Bill, et que Sol rendait hommage à l'un de mes oncles prénommé Solomon.

Au plus fort de sa réussite, avides de métaphores, certains journalistes prétendirent que Billie avait choisi lui-même le patronyme Sol parce que cela signifiait soleil en espagnol. À cause de la frontière mexicaine toute proche, les articles prétendaient qu'il s'agissait d'un outil de communication de la machine Estes. Une invention donc.

— En 1925, mon père dressait des chiens de chasse, pour ses besoins personnels et pour les commercialiser. Pour payer le déplacement du docteur, il dut vendre certains de ses meilleurs animaux. Aussi j'ai toujours dit que lorsque l'on entame son existence en échangeant sa naissance contre une paire de chiens, on ne peut que faire mieux ensuite. Crois-moi, la soif de réussite coulait dès le départ dans mes veines.

C'est à Hamby, à proximité d'Abilene, que Billie va grandir. Son père y a acheté une propriété de 320 acres[1].

— Je me souviens de la naissance de Bobbie Frank, mon cadet, précise-t-il. En comparaison de John L., mon aîné, de Joan et de moi, Bob était plus calme et discret. Et toute sa vie, il a été mon alter ego. Sans lui, la légende Billie Sol n'existerait pas. J'avais des rêves mais lui en était l'architecte, trouvant toujours la solution pour les faire devenir réalité. Je lui décrivais les contours du tableau et lui se chargeait de l'exécuter. Durant notre enfance, je n'ai jamais cessé de le mettre dans des situations embarrassantes, mais lorsque j'étais vraiment dans la mélasse, c'est à lui que je demandais de m'en sortir. C'est d'ailleurs ce qu'il a fait jusqu'à la fin de sa vie.

Billie Sol exprime rarement de l'émotion. De son passé, il ne regrette pas grand-chose. En fait, seule l'évocation du parcours de son jeune frère semble encore aujourd'hui le toucher. Peut-être parce qu'elle renferme la part la plus sombre de son histoire.

— Mon père était un homme de tête. Il n'était pas aussi imaginatif que ma mère, mais avait son opinion sur tout. Et lorsqu'il avait une idée, impossible de la déloger. Sa vision de la famille était simple : il s'agissait d'un édifice où chacun devait apporter sa pierre. Ainsi, chaque enfant se voyait-il assigner une corvée dès qu'il était en âge de se débrouiller, c'est-à-dire très tôt. Et dès qu'il sentait que l'un d'entre nous était prêt à rapporter de l'argent à la maison, nous étions bons pour le travail dans les fermes voisines. Nous étions élevés dans le respect du travail, de Dieu, de la famille et de notre pays. Mes ancêtres aussi croyaient en Dieu, en la famille, en la terre et au Texas.

Soucieux du poids de sa dernière phrase, Billie Sol la répète, fier de lui, et conclue :

— Exactement dans cet ordre-là.

---

1. Un acre = 40,47 ares.

*

Dieu... Une dizaine d'années à fréquenter les crapules, les repentis, les anciens fachos, les hommes d'honneur, les corrompus et les pourris m'ont enseigné une chose : plus on s'approche de l'horreur humaine, plus on découvre cet indécent besoin d'évoquer la chose religieuse. C'est peut-être cela, finalement, la conscience.

Billie Sol Estes, lui, est membre de The Church of Christ. En France, ce mouvement pourrait apparaître comme une secte, mais ici c'est un ordre religieux à la prospérité établie. Pour être certaine de ratisser large, The Church of Christ installe ses églises à l'entrée et à la sortie de toutes les communes rurales. Ses ouailles se révèlent à son image : puritaines, conservatrices, elles craignent par-dessus tout l'existence du malin. Ce ne sont pas David Koresh et ses Davidiens de Waco de triste mémoire, mais la proximité entre ces deux mouvements est plus que simplement géographique.

Estes a donc été un homme pieux avant de devenir un individu prêt à tout. Appliquant les préceptes de son église, au faîte de sa réussite financière, il avait même instauré des cycles de baignade pour les enfants, sa piscine accueillant tour à tour les filles puis les garçons. En fait, ce n'est pas son parcours à la frange de la légalité qui a éloigné Sol de la parole divine, mais la question noire :

— Je reconnais une grave faute à mon église, admet-il. Ses membres croyaient que les Noirs avaient été marqués au temps d'Abel et Cain. Que leur couleur de peau signifiait qu'ils étaient inférieurs et qu'ils ne pourraient jamais rejoindre le paradis. Pour eux, une âme noire est une âme perdue. Or je ne partage en rien ce jugement.

Dans ce Sud ségrégationniste, Estes constitue donc une exception. Sa réelle compassion pour la communauté immigrée mexicaine et sa main tendue aux Blacks lui ont d'ailleurs valu des haines tenaces. Pendant longtemps, Billie Sol a ainsi figuré sur la liste rouge du Ku Klux Klan. Et lorsqu'il décida de se frotter à la politique, il comprit vite que les millions de dollars qu'il possédait ne pourraient rien contre la droite conservatrice aux idéaux racistes.

— Cela paraît incroyable aujourd'hui, mais durant une majeure partie de ma vie, le terme péjoratif de négro faisait partie de notre langage commun. Je l'ai moi-même utilisé lors de ma jeunesse, et je m'en veux encore. Heureusement, mes parents m'avaient appris que les hommes avaient été créés égaux, que l'éducation constituait la seule véritable défense contre la bêtise. Aussi, lorsque je suis devenu millionnaire, j'ai refusé de soutenir financièrement les établissements scolaires pratiquant la ségrégation raciale. En fait, je suis extrêmement fier d'avoir pris en charge l'éducation de plus d'un millier de Noirs à une époque où l'on était pendu à un arbre pour moins que ça !

Un des paradoxes de Billie Sol Estes est là. Texan dans l'âme, corrupteur dans le sang, ne cillant pas à l'idée de se débarrasser physiquement d'un concurrent, il a néanmoins défendu la cause noire envers et contre tous :

— J'ai également apporté mon soutien à Martin Luther King et généreusement financé le mouvement pour les droits civiques. Aujourd'hui je continue comme je peux d'aider les minorités de mon pays et notamment les immigrants mexicains. Qu'ils aient traversé de manière légale ou pas notre frontière. Les barrières entre pays ne sont pas une création de Dieu.

*

Cette volonté de redistribution des richesses trouve sa source dans l'enfance même d'Estes. S'il reconnaît n'avoir jamais manqué de nourriture, Billie Sol vient en effet d'un milieu extrêmement modeste. Et jusqu'à sa première centaine de millions de dollars, il a souffert d'un déficit de considération, les « culs-terreux » de certains remplaçant les « négros » d'autres.

C'est également au long de ses jeunes années que s'édifient les fondations du futur succès de Billie Sol.

— Ma mère remarqua très tôt ma facilité à mémoriser. Elle me lisait un livre une fois et je pouvais réciter à mes frères et sœurs l'histoire les yeux fermés. J'avais aussi ce que l'on appelle une mémoire photographique. Ce qui ne m'a évidemment pas empêché, quand la justice et le FBI ont commencé à mettre le nez dans mes affaires, de toujours plaider l'oubli. J'allais à l'école de Fairview, qui se trouvait à trois kilomètres de chez nous, à pied. Mon institutrice, Thelma Berry, était la femme de notre voisin et la première personne à se rendre compte de mes dons pour résoudre mentalement des problèmes mathématiques complexes. J'ai toujours eu l'avantage de ne pas avoir à m'embêter à écrire un problème pour en trouver la solution. Sans me flatter, mon quotient intellectuel a même été estimé à 185. Mais l'intelligence est relative. La preuve, elle ne m'a pas empêché de me fourrer dans des situations stupides.

*

Tout au long de cette année en sa compagnie, Billie Sol nous impose des rendez-vous en début de matinée. M'obligeant ainsi à me faire violence pour m'adapter une nouvelle fois à une coutume texane :

— Enfant, une journée classique débutait à 3 heures du matin. J'allais à pied à la laiterie voisine pour participer à la traite, puis je revenais à la maison assumer mes corvées et avaler un solide petit déjeuner avant le départ pour l'école. Aujourd'hui encore, je continue de me lever à 3 heures tous les jours et, dans le calme de ma maison, je prépare le petit déjeuner des miens. Et surtout je réfléchis, les choses me paraissant plus claires à l'aube. Aussi quand tout le monde commence à se lever, j'ai déjà mon programme en tête et suis prêt à profiter de cet avantage. Croyez-moi, cette habitude est excellente pour les affaires. Comme nous disons au Texas, c'est le premier oiseau debout qui attrape le ver.

*

Mes premiers entretiens avec Billie Sol sont donc une lutte contre la fatigue. Je ne me trouve guère à l'aise dans la peau de l'oiseau. Et le seul ver qui m'intéresse est celui qui me conduira aux assassins de Kennedy. Je dois aussi m'habituer à sa langue, à ses digressions, à ses interminables parenthèses, les jours où il n'a pas envie de parler comme ceux où il ne peut plus s'arrêter.

Ainsi, pendant deux semaines, il ne parle que de lui. J'ai tenté plusieurs fois d'orienter la conversation sur JFK, mais il refuse sans cesse de se jeter à l'eau.

— Il faut être patient. Tu dois tout comprendre avant de connaître.

Tom s'est également rangé à son avis, ne voulant pas se retrouver avec une déclaration « gadget ». Les aveux de Billie Sol n'auront en effet de sens que si nous pouvons les prouver. Et dans cette optique, le récit de sa progression sociale et de sa réussite se révèle capital. À la fin de l'histoire, Billie Sol nous dévoilera les secrets du 22 novembre 1963. Une récompense autant qu'un aboutissement.

Découvrir son parcours, étayer de vérifications ses relations comme ses dires, connaître son réseau permettra de crédibiliser son statut de dernier témoin.

25

Sans retour

Cette mise en abyme passe forcément par la réussite unique, made in USA, de Billie Sol Estes.

Car, avant d'entrer dans les pages judiciaires des journaux, avant de devenir le Graal recherché par tous ceux qui veulent savoir pourquoi un président a été assassiné, Sol était une icône du capitalisme triomphant. Une illustration du rêve américain, affichant sa gueule de poupon et ses dents blanches à la une de Fortune.

*

— Ma vie est un conte...

Billie Sol apprécie son effet.

— Tu peux me croire, c'est un 25 décembre que tout a commencé. Ce Noël-là, j'avais sept ans. Et au lieu de demander un jouet, j'ai souhaité avoir une brebis. Durant des semaines et des semaines, j'ai tanné mes parents. Le 24 décembre, ma mère a embarqué toute la famille dans sa Ford modèle À pour Clyde et le défilé de Noël. Quand, à la fin de la journée, nous sommes rentrés à la maison, mon père avait décoré l'arbre et au pied se trouvaient nos cadeaux. Tous, sauf le mien qui m'attendait à l'extérieur attaché à un poteau : un agneau baptisé Merry. Mon envie soudaine d'avoir un animal était tout sauf un caprice : Merry constituait en fait la première pierre d'un plan très structuré. Ayant remarqué que les fermiers détestaient s'occuper des agneaux qui venaient de perdre leur mère, surcroît de travail pour une chance de survie limitée, m'occuper de Merry me permettait de démontrer que je pouvais faire le boulot pour eux. Une fois certain de mon coup, j'ai donc fait courir le bruit de ferme en ferme que, désormais, les enfants Estes se lançaient dans l'élevage d'agneaux orphelins.

Un miracle de Noël qui signe le début d'un succès foudroyant... et précoce.

— Une fois qu'ils ont été habitués à travailler avec moi, les fermiers m'ont autorisé à tailler la laine du bétail mort. En un an, mon élevage et les affaires ont commencé à tourner sérieusement. D'autant que je commençais à échanger alors mes services contre l'autorisation d'utiliser les béliers des fermiers pour engrosser mes propres brebis. C'est comme cela, en investissant mes profits et l'argent de la laiterie, qu'à huit ans je me suis retrouvé à la tête de mon premier troupeau. Un an plus tard, mon institutrice m'autorisa à manquer les cours pour accompagner son mari lors des ventes de bétail et de laine où j'étais meilleur que lui, car beaucoup plus rapide pour calculer les transactions mentalement. À l'âge de dix ans, je possédais donc une vingtaine de brebis, chaque femelle donnant naissance à une trentaine d'agneaux par an. Quelquefois l'accouchement se passait mal et il fallait alors aider l'animal en péril. Ce qui voulait dire que je devais enfoncer mes avant-bras dans ses entrailles et en tirer l'agneau.

Billie Sol s'amuse de mon air légèrement pincé :

— Essaie de faire cela et après d'avaler ton petit déjeuner, et tu vas vite comprendre ce que signifie le mot responsabilité. Mais il y avait pire encore. Comme j'ai toujours gardé les femelles et vendu les mâles pour leur viande, je devais moi-même castrer le mouton afin que le goût de sa chair devienne meilleur ! Une des techniques consiste à entailler le scrotum avec un couteau, puis à retirer le testicule au risque que la cicatrisation se passe mal, que la plaie s'infecte et que la bête meure, ce que je ne pouvais pas me permettre. Aussi, je préférais une autre méthode, celle qui consiste à casser le cordon alimentant le testicule, lequel, n'étant plus alimenté en sang, s'atrophie et devient inactif. Or, la seule manière d'y parvenir consiste à retourner le mouton et à lui mordre avec force le scrotum pour briser le cordon avec les dents ! Rassure-toi, ce n'était pas mon boulot préféré. Heureusement que j'ai vite trouvé comment convaincre Bobbie Frank de le faire à ma place !

*

Avant de m'installer dans le salon de Billie Sol, j'avais passé plusieurs semaines à rencontrer quelques-uns de ses anciens clients. Certains avaient été « tondus » par l'ancien éleveur de moutons et juraient leurs grands dieux qu'il relevait de l'escroc habile, tandis que d'autres parlaient avec nostalgie de l'époque où Estes débarquait avec sa mallette pleine de dollars afin de sceller un marché avant que le temps, la réflexion et le doute ne se retournent contre lui. Tous se souvenaient en tout cas de son talent de vendeur. Une sorte de Bernard Tapie puissance mille, capable de vendre des confettis à la sortie d'un cimetière. Si Estes maîtrisait l'art de la transaction, de la parole et de l'emballage, l'entrée au club des 4-H lui offrit celui de l'organisation :

— Le Programme 4-H avait été créé au début du siècle pour permettre à des membres de la jeunesse rurale âgés de neuf à dix-neuf ans de recevoir un apprentissage et des conseils sur la gestion d'une ferme. Le Programme était géré par une section particulière du département de l'Agriculture, en collaboration avec certaines universités et les autorités locales. On voulait nous apprendre à bien gérer un foyer, des terres, à connaître les nouvelles technologies et plus généralement à devenir de bons Américains. C'est dans ce cadre que j'ai appris les méthodes modernes d'élevage, l'art de faire pousser des céréales ou du coton, ainsi qu'à tenir une comptabilité précise de mes transactions. Des bases qui me faciliteront par la suite l'obtention des prêts bancaires destinés à financer mon développement. Être membre du club me permettait aussi de participer aux foires agricoles régionales. Mon plus grand choc sur ce plan date de 1936. Bob et moi étions à Dallas pour une version américaine de l'Exposition universelle célébrant les cent ans d'existence du

Texas. Sincèrement, nous n'avions jamais vu autant de monde. La fête foraine était immense, Bobbie Frank voulait y passer la journée, mais il était hors de question de rater l'opportunité financière que représentait aussi une telle manifestation. Je l'ai donc convaincu de délaisser les manèges pour partir à la rencontre des gros propriétaires terriens et tenter de percer leurs secrets. Malgré mes onze ans, j'avais compris qu'il était temps pour moi de franchir une nouvelle étape. Les porcs et les moutons étaient parfaits pour un début, mais si je voulais devenir riche je devais opter pour l'élevage de bœufs et de vaches. Nous avons donc consacré notre séjour à nous documenter sur toutes les espèces imaginables de bovins tandis que nos camarades s'amusaient et que le bruit de la parade nous cassait les oreilles.

Le premier stand sur lequel je me suis rendu était celui du King Ranch, le plus gros élevage de bovins du monde, grand comme deux fois la Suisse et qui avait développé sa propre espèce de reproducteurs, le Santa Gertudris, un véritable monstre de puissance. Or, je souhaitais développer l'espèce à Clyde. J'ai donc demandé à voir le responsable de l'établissement et, le plus étonnant, c'est que ma requête de gamin a été prise en compte. Roger Kleberg, qui se trouvait être un éleveur fortuné mais aussi un élu du Congrès, m'a gentiment accueilli et déconseillé d'implanter son espèce chez moi, pensant que le climat ne s'y prêtait pas. Je me suis donc rabattu sur des Hereford, plus solides. Des années plus tard, devenu un homme d'affaires avec mes entrées à Washington, je me suis retrouvé plusieurs fois en compagnie de Kleberg. Cette fois-ci, je n'étais plus un fermier d'avenir mais son égal et, à de nombreuses reprises, nous avons évoqué notre première rencontre de 1936.

*

Billie Sol fait une pause.

Soudain, se tournant vers moi, il me demande :

— Tu sais ce qui est le plus amusant ? C'est que Lyndon Johnson m'a dit un jour qu'à ses débuts en politique, il fut l'assistant de Kleberg. Comme quoi, Lyndon et moi, nous étions destinés à nous rencontrer.

Discuter avec Estes constitue une vaine tentative pour garder le cap dans des lacets de montagne. Alors que son récit nous conduit au milieu de ses veaux, vaches, cochons, il bifurque soudainement vers Washington, ses réseaux politiques et son étrange relation avec le vice-président. Une relation, je le sais, qui se trouve au cœur de ses futures révélations sur l'assassinat de JFK. Une relation niée aujourd'hui par les gardiens du temple john-sonien et que Tom et moi allons nous efforcer de prouver au-delà des seuls souvenirs de Billie Sol Estes.

Lyndon Johnson est donc évidemment un thème récurrent de nos conversations.

— Sais-tu pourquoi je te raconte tout cela ? Sais-tu pourquoi nous ne sommes pas encore arrivés sur Dealey Plaza ?

Lorsque Billie Sol pose une question, cela ne signifie pas forcément qu'il attend une réponse. La preuve, il ne me laisse pas le temps d'ouvrir la bouche et assène la solution :

— Je veux que tu comprennes une seule chose : Lyndon et moi, nous avons le même passé. Et lorsqu'on vient de là, il est hors de question de faire marche arrière. Tous les moyens nous étaient bons pour nous en sortir. Et nous étions prêts à tout pour ne surtout pas redescendre au bas de l'échelle. Si tu comprends cet état d'esprit, tu feras un pas vers la vérité. Entre-le-toi du crâne : jamais Lyndon n'aurait accepté sa chute. Jamais !

Ses lèvres tremblent, ses pupilles rétrécissent. Il s'arrête net dans son élan. S'il refuse d'en dire plus, je sais parfaitement où il veut en venir. Estes est persuadé que, lorsque l'enjeu le mérite, le meurtre est justifiable.

Il se sert à boire et, conscient qu'il est encore trop tôt, plonge à nouveau dans l'évocation de son passé.

*

— C'est vers la même époque, autour de mes dix ans, que j'ai signé mon premier contrat pour recevoir une aide gouvernementale. Le département de l'Agriculture sponsorisait un programme de défrichage de cactus sur les terres arables. Mais pour les éleveurs souvent débordés par la gestion du quotidien, cette allocation s'avérait insuffisamment incitative. Aussi, j'ai commencé à visiter les ranchs voisins pour proposer un marché aux propriétaires : ils me laissaient m'occuper du défrichage et, en échange, je leur donnais 20 % de l'aide du ministère. De mon côté, je reversais 50 % à mes frères et amis pour s'occuper du boulot, gardant le reste comme rémunération de mon idée et du culot m'ayant permis de la mettre en œuvre. Cet argent facilement gagné m'a ouvert les yeux : les aides gouvernementales représentaient un filon inépuisable pour celui qui savait les exploiter. Et je n'étais pas le seul à l'avoir compris.

Estes, comme Johnson, est un enfant de la crise de 1929. Une dépression sans pareille, source de misère pour beaucoup, mais aussi de motivation pour d'autres, dont Billie Sol.

— Comme si la crise économique ne suffisait pas, notre pays a été traversé par la plus grande et longue tempête de poussière de notre histoire. Qui a tout asséché sur son passage, tuant les animaux, vidant les réserves d'eau. Pour être clair, nous avions eu une première plaie avec le président Hoover et ses complices républicains, détruisant l'économie et permettant aux riches de s'enrichir encore plus quand est arrivée la seconde, ce satané vent qui transformait chaque ferme en succursale de l'enfer. J'ai pardonné à Dieu pour la tempête, parce que je sais qu'il avait décidé de tester notre foi. En revanche, je n'oublierai jamais ce que nous a fait le Parti républicain en nous imposant Herbert Hoover. La crise a en effet permis aux riches d'asseoir encore plus leur pouvoir. Quant à nous, damnés de la terre, Hoover nous a transformés en mendiants crevant de faim.

La colère emporte Billie, qui ne se calme qu'en évoquant 1932 et la victoire présidentielle de Franklin D. Roosevelt, un démocrate dont une grosse partie du programme politique, le New Deal, était en faveur du monde paysan :

— Roosevelt a rendu notre quotidien meilleur, s'enthousiasme-t-il. Il a créé la sécurité sociale, qui nous garantissait une retraite lorsque nous serions trop vieux pour conduire le troupeau ou nous plier en deux dans les champs. Personnellement, le New Deal a représenté aussi une étape importante de mon itinéraire vers le succès. En classe, nos professeurs ne cessaient de répéter que le gouvernement était supposé aider le peuple lorsque celui-ci en avait besoin, mais qu'il fallait le demander. J'avais quinze ans et, suivant ces préceptes, j'ai dicté à ma sœur Joan une lettre au président. Une lettre où je lui décrivais la situation de Clyde et lui demandais la liste des aides prévues pour secourir mes voisins. Eh bien, quelques semaines plus tard, les services de Franklin Delano Roosevelt me répondirent en me suggérant d'avoir recours au programme de surplus de grain. L'idée était de récupérer dans les États épargnés par la sécheresse les surplus de la production et de les transporter chez nous, le gouvernement nous les vendant à un prix plancher puis remboursant les producteurs de la différence.

Adolescent, armé de sa lettre de la Maison-Blanche, Billie Sol obtint donc un prêt de 3 500 dollars.

— C'était énorme, puisqu'à l'époque le salaire annuel de mon père ne dépassait pas 3 000 dollars. Oui, j'avais quinze ans, une vision, de l'ambition et les tripes pour aller avec. Avant d'approuver l'achat de grain, le département de l'Agriculture envoya toutefois un inspecteur à Clyde afin de valider la transaction. Quand il se rendit à la ferme de mon père et demanda à parler à M. Estes, mon père lui répondit :

« Oh, vous vous êtes trompé, c'est mon fils qu'il faut voir. Et là, il est à l'école... »

L'officiel ajouta alors :

« Ah, je vois... M. Estes est enseignant... »

Et mon père, sans se démonter, rétorqua :

« Vous n'y êtes pas du tout. Billie Sol est l'un des élèves. »

L'inspecteur, croyant à une mauvaise blague, était prêt à repartir pour Abilene et à annuler l'opération quand mon père lui suggéra de me rencontrer quand même. Et là, je n'ai pas mis longtemps à obtenir son feu vert !

*

Lorsque, avec Tom, nous avions décidé de vérifier les propos de Billie Sol, nous pensions en priorité à ses souvenirs relatifs à l'assassinat de John F. Kennedy. Mais nous avons rapidement mesuré la nécessité d'appliquer cette règle à l'ensemble de ses propos. D'abord parce que Estes possède une terrible réputation. N'a-t-il pas, pris entre ses problèmes judiciaires et ses amitiés politiques, menti à la barre d'un tribunal pour en convenir ensuite ? Cette crainte du mensonge, partagée par d'autres, sera plus tard, nous le verrons, à l'origine d'une des preuves les plus éclatantes de l'authenticité de ses propos lorsqu'il s'agira d'évoquer le meurtre de JFK.

Et puis nous devions corroborer ses dires parce que moi-même, j'avais du mal à croire au conte typiquement américain d'un enfant devenu roi du Texas. Je savais l'immensité de sa fortune au début des années 1960, mais la précocité de la chose me gênait. Autant je voyais bien Billie Sol en enfant berger, autant j'avais peine à l'imaginer négociant des prêts bancaires et traitant des contrats gouvernementaux alors qu'il était adolescent.

Eh bien, je me trompais. Son affiliation au club 4-H possède l'énorme avantage de laisser une trace écrite de son activité d'apprenti millionnaire. Billie Sol a effectivement rejoint le club à l'âge de neuf ans, des documents l'attestent. Et, oui, il possédait un solide cheptel un an plus tard. Mieux encore, en 1940, Billie Sol Estes, qui n'avait pas encore quinze ans, livra réellement plus d'une tonne et demie de grain aux concitoyens de Clyde et des environs. Selon les chiffres officiels du département de l'Agriculture, le commerce de Billie a permis aux fermiers locaux une économie de plus de 50 000 dollars si on le compare au tarif au détail du grain au Texas. 50 000 dollars de 1940, soit près de dix-sept fois le salaire annuel de son père. Un an plus tard, le jeune Estes possédait réellement cent cinquante moutons, quarante têtes de bétail et autant de porcs. Huit ans après l'arrivée de

Merry le jour de Noël, la seule vente de brebis lui avait rapporté 38 000 dollars ! Et lorsque, quelques mois plus tard, son élevage de porcs dépassa les cinq cents bêtes, le 4-H décida même qu'il était temps de récompenser cet adolescent prodige.

— Chaque comté élisait le jeune fermier le plus prometteur, puis l'envoyait au concours de l'État. Le vainqueur participait ensuite à une compétition pour le prix national. Les critères de sélection étaient le succès financier, l'indépendance, le rôle de modèle et la contribution au développement du monde agricole. Et, en 1943, j'ai remporté le prix national en étant élu le jeune fermier le plus prometteur des États-Unis.

La remise des récompenses avait lieu à Chicago durant l'Exposition agricole internationale. Là, Estes allait avoir l'honneur de rencontrer le président des États-Unis.

— C'est Roosevelt qui m'a remis mon prix : un service d'argenterie gravé du blason du gouvernement des États-Unis.

Estes se lève et ouvre la porte du buffet. Il en sort une lourde boîte de bois. L'argenterie est là et semble ne jamais avoir servi. Du coin de sa manche, il époussette le sceau du pouvoir américain.

— Je lui ai parlé de ma lettre ce jour-là. J'étais rouge de timidité, mais je l'ai fait. Il m'a dit qu'il s'en souvenait et j'ai la coquetterie de continuer à le croire, même aujourd'hui !

*

Au-delà du prix et de l'émotion, Estes obtint bien plus avec cette récompense : désormais il était connu au Texas. Un pouvoir inestimable à l'origine de sa fortune et du soudain intérêt qu'il suscita dans la nouvelle génération de la classe politique.

Ainsi, le 25 avril 1944, le cul-terreux de Clyde se rendit aux arsenaux de Houston.

— J'y ai lu un discours pour le baptême du O. B Martin. Nous étions en pleine guerre et Martin était le responsable du développement de l'agriculture au Texas, l'ancien président de l'Université Texas A & M. Ce jour-là, je représentais les cent mille adhérents du 4-H. Chacun d'entre nous avait participé au financement de ce bâtiment de 10 500 tonnes en partance pour le front européen. En terme de publicité, c'était extraordinaire, et je fis la une du Houston Chronicle. L'article racontait mon parcours, parlait de ma réussite. Ces quelques lignes et la poignée de main de Roosevelt me permirent d'obtenir auprès de n'importe quelle banque du sud des États-Unis des prêts supérieurs à 5 000 dollars. Avec, à mesure que ma capacité d'endettement augmentait, des retours sur investissement qui se multipliaient.

*

Les années 1940 furent aussi celles de la rencontre avec Patsy, sa future femme.

— J'ai su dès le premier regard que j'étais amoureux d'elle, nous confie Billie, ému. Du moins, pour être honnête, ce que je ressentais en la voyant était tout à fait nouveau pour moi. J'en parlai avec mes frères qui m'encouragèrent à dépasser ma peur. Mais je ne devins pas téméraire pour autant. Dans mes affaires, j'avais instauré une méthode qui fonctionnait. À moi la vision, à Bobbie Frank la réalité. Mais là, si j'avais eu la vision de l'amour, pouvais-je demander à mon cadet de la rendre effective ? Eh bien, j'ai osé. Et c'est Bobbie qui demanda pour moi mon premier rendez-vous avec Patsy. On peut me reprocher beaucoup de choses, mais pas d'être incapable de reconnaître une bonne affaire. Or Patsy était la meilleure de toutes.

*

En 1944, malgré une déficience osseuse, Billie Sol parvint à entrer dans la marine marchande, en charge du transport de vivres et de munitions. Il fit sa guerre en Europe.

— Après, j'ai rejoint l'équipage des navires faisant traverser l'Atlantique à nos soldats afin d'aller nous battre contre les nazis. Je me souviens de l'Angleterre, de la Belgique et du port du Havre juste après la Libération.

Ma vie à bord ressemblait d'une certaine manière à celle que j'avais à Clyde. J'écrivais quotidiennement à Patsy et, le reste du temps, je faisais des affaires avec les GI's que nous transportions. C'est d'ailleurs dans la marine marchande que j'ai appris à jouer au poker. Et c'est les bras chargés de souvenirs hétéroclites que j'ai retrouvé le Texas en 1946...

Soudain, Billie Sol s'interrompt. Il réfléchit puis lance :

— Il faut que je te raconte quelque chose. Pour que tu saches combien on a voulu me faire payer. C'était en 1981, à une époque où j'étais une nouvelle fois en prison et où je suis tombé gravement malade. Très vite, les médecins préconisèrent de me faire hospitaliser. Or notre système social est l'un des plus mauvais du monde puisque, sans assurance, il ne reste au patient qu'une possibilité : crever comme un chien. Par chance, comme tout combattant, je bénéficie de la couverture offerte par The Veterans Administration. Eh bien, en 1981, pour m'abattre, ils n'ont pu retrouver mon dossier. Officiellement, mes deux années dans la marine marchande n'existaient pas. Comme je ne suis pas tombé de la dernière pluie, je sais qu'il s'agissait d'une nouvelle brimade du gouvernement pour me punir d'avoir refusé de collaborer. Parce qu'un gars de Clyde avait osé tenir tête à Washington, ils croyaient qu'une énième pression me ferait plier. Grave erreur ! Néanmoins, ma famille et mes amis ont quand même été obligés de prouver mes dires. Le plus cocasse, c'est que quand les preuves de mon passé militaire ont été rassemblées, mon dossier est miraculeusement remonté à la surface.

*

Le 14 juillet 1946, Billie Sol épousa Patsy puis entama un voyage de noces... d'une journée et demie. L'idée de rater des affaires le rendant malade, il refusa de s'absenter plus longtemps. En outre, ses deux années passées loin de Clyde avaient eu raison de sa renommée locale. Il savait que pour franchir l'étape suivante, sa bonne bouille et son petit carnet d'adresses ne suffiraient pas. Il devait donc passer un cap et approcher les politiques.

— C'était la fin de la guerre, le début d'un nouveau monde, raconte-t-il. Le marché était énorme mais sans relais bien placé, je le savais interdit. C'est pour cette raison que j'ai commencé à participer au succès électoral d'un homme d'avenir : Lyndon Johnson.

26

Premiers pas

La réussite de Billie Sol Estes est le fruit d'un savant mélange. Celui de l'opportunité, de l'envie et du poids de la politique. L'essentiel de l'immense fortune de Billie s'est édifié grâce à son réseau. Sans ces rouages, Estes n'aurait jamais obtenu de contrats gouvernementaux ni de généreuses aides fédérales. Et au cœur de ce système se trouvait Lyndon Baines Johnson.

*

Incontournable au Texas depuis 1948, élu du Sénat, ce démocrate était un champion du lobbying à Washington. Si ses relations avec les milieux d'affaires texans sont établies depuis longtemps, si depuis le début des années 1980 Billie Sol ne cache pas qu'il était l'un des généreux donateurs du futur président des États-Unis, certains contestent ce lien financier.

Aujourd'hui, l'héritage culturel et la mémoire de Johnson sont ainsi défendus par la LBJ Library, la bibliothèque présidentielle, qui ne nie pas les relations entre Johnson et la plupart des grandes familles texanes, mais rejette les révélations de Billie Sol Estes. Sans doute parce que Billie, à l'inverse des Murchinson, Hunt, Brown, Marsh et autres Richardson, est le seul à avoir fait de la prison.

Toujours est-il qu'entre un Billie Sol prétendant avoir versé plusieurs millions de dollars à LBJ et les gardiens de sa mémoire affirmant que les relations entre les deux hommes se résument à une unique correspondance remontant au début des années 1960, il nous fallait trancher.

Mais avant de partir à la recherche de témoignages et de documents prouvant l'une ou l'autre des versions, nous avons questionné Billie Sol sur le mode opératoire de ses transferts d'argent. Tom et moi trouvions à vrai dire inconcevable, par exemple, que Johnson ait multiplié les relations directes avec un corrupteur. Mais sur ce point, Billie Sol nous rassura d'emblée : le réseau était fort complexe et ses contacts avec le sénateur passaient par l'intermédiaire d'un dénommé Cliff Carter. Un homme de l'ombre influent, prêt à tout pour la réussite de son poulain. De la collecte d'argent liquide à l'assassinat d'un président.

*

— Ma rencontre avec Cliff Carter changea ma vie, confie Sol Estes. C'était à Abilene lors d'une soirée-débat sur le renouveau de l'agriculture texane après la guerre. Je l'ai trouvé sympathique, nous avons beaucoup discuté et il paraissait plutôt bien informé sur mon parcours. Ma manière de faire des affaires semblait tellement l'intéresser que nous avons entamé une relation téléphonique. C'est seulement plus tard que j'ai découvert son véritable rôle. En fait, en recrutant de jeunes Texans prometteurs, il travaillait à la mise sur orbite de Lyndon Johnson. Cliff était l'architecte du futur réseau de LBJ, qui était alors un élu du Congrès se préparant à briguer un mandat de sénateur.

Le glissement de Billie Sol dans la zone d'influence de Cliff Carter se fit à l'occasion du démantèlement des bases militaires de la Seconde Guerre mondiale.

— Un jour, Carter évoqua la fermeture prochaine de ces bases. Créées pour répondre aux énormes besoins du conflit, elles étaient évidemment devenues inutiles en ces temps de paix. Les préfabriqués et les hangars se voyaient donc vendus aux enchères. Pour les acquérir, il suffisait d'avoir les bons contacts et assez d'informations sur le déroulement des enchères. Or Cliff, qui détenait ce savoir, m'en fit profiter. Grâce à lui, mon frère et moi étions toujours les premiers à inspecter le matériel et à discuter avec l'agent en charge de la transaction. C'est de cette manière que je devins partenaire de Cliff. Notre première opération s'est déroulée sur la base de Bastrop, proche de Smithville, la ville natale de Cliff Carter.

La vente de préfabriqués représentait un marché juteux. La fin du conflit signifiant le retour de nombreux soldats désormais prêts à fonder une famille, il y eut une pénurie de logements dans tout le pays et plus particulièrement dans le Sud et l'Ouest. Le matériel de construction étant difficile à trouver, le gouvernement choisit de démanteler l'essentiel de ses bases et de mettre en vente les préfabriqués. Une fois redécoupés et remodelés, ceux-ci se transformaient en habitations principales. Pour éviter la corruption locale, la revente ne pouvait pas se dérouler sur le territoire même de la base.

— Cette restriction ne me gêna en aucune façon, explique Estes. Et en dix ans, nous avons vendu près de cinq mille habitations, du Tennessee à la Californie. Nous avons même été les premiers à les proposer aux familles noires. Quand Carter me donnait en exclusivité les dates de fermeture des bases, je lui reversais une partie de mon profit. En outre, travaillant avec d'autres partenaires, et les rémunérant, il me garantissait une vente paisible, à bas prix et avec peu de surenchérisseurs.

— Nous parlons ici de Cliff Carter. Certes, son rôle de conseiller du prince est une vérité historique. Mais là, j'ai du mal à apercevoir l'ombre de Johnson.

Billie Sol, presque amusé par mon impatience, sourit :

— Ce que je ne t'ai pas encore dit, c'est que Cliff obtenait le calendrier de fermeture... de Lyndon lui-même. Et que les faveurs de LBJ se sont toujours négociées contre paiement. Dès lors, pour faire prospérer mes affaires, j'ai commencé à contribuer aux financements des campagnes de Johnson.

*

Les opérations autour des anciennes bases militaires furent aussi l'occasion pour Billie Sol de rencontrer un autre personnage particulièrement trouble de l'Amérique d'après-guerre.

— Le transport des préfabriqués d'une ville à l'autre m'a conduit à utiliser de nombreux transporteurs. Et j'ai rapidement compris qu'il valait mieux être en bons termes avec les Teamsters, le puissant syndicat de camionneurs dirigé par Jimmy Hoffa. Si bien qu'à la fin des années 1950, je considérais Jimmy non seulement comme un partenaire, mais aussi comme un ami.

Billie Sol fait une pause. Il hésite avant de parler mais, se souvenant de sa promesse de tout nous raconter, reprend le fil de ses révélations, passant de ses débuts glorieux à sa chute brutale.

— En 1961, lorsque mon empire commença à craquer de toutes parts, Hoffa fut le seul à me proposer son aide. Il mit vingt millions de dollars à ma disposition. Mais comme l'argent ne peut rien contre la politique et que j'étais l'enjeu d'un combat sans merci entre les Kennedy et le clan Johnson, ce pactole ne me servait à rien. Néanmoins, son offre me toucha.

En évoquant certains de ses souvenirs, Estes donne le sentiment qu'il oublie notre présence et celle de notre matériel d'enregistrement. Derrière les verres de ses lunettes, je devine que son regard se perd dans le vide.

— Je repense souvent à Jimmy, précise-t-il. C'était un gars simple qui aimait sa famille ou mettre ses mains dans un moteur. Le pouvoir et l'argent l'ont rendu fou. Sur la fin, il était devenu tellement gourmand que la mafia l'a assassiné. Là encore son meurtre relève de l'histoire simple.

Soit dit en passant, à l'écouter, Estes s'avère une source précieuse d'anecdotes et de révélations sur l'histoire du crime organisé aux États-Unis. Si la Cosa Nostra a été un partenaire de son ascension, Billie Sol a surtout eu le privilège de passer quelques années derrière les barreaux avec Vito Genevese, parrain des parrains, qui ne renia jamais son amitié pour l'homme d'affaires déchu. Estes ne nous a du reste pas caché la poursuite de ses relations avec ceux qu'il nomme aujourd'hui encore les « hommes d'honneur ».

*

Au début des années 1950, grâce à son succès dans le recyclage des préfabriqués de l'armée, Billie Sol Estes était donc un personnage incontournable du sud des États-Unis. En plus de Cliff Carter et de Lyndon Johnson, son répertoire téléphonique de l'époque contient les numéros personnels de la plupart des élus des États du Bible Belt.

Un réseau qui devint essentiel en 1951 lorsque l'ancien éleveur de moutons décida de s'imposer dans la cour des grands.

— J'étais en route pour El Paso quand je me suis arrêté à Pecos, une petite ville de l'ouest du Texas, nous explique-t-il. Je me trouvais dans le seul restaurant du coin lorsque j'ai commencé à parler avec un fermier. Il venait d'installer sur ses terres un petit système d'irrigation mais, à cause de coûts trop élevés, il devait tout arrêter. Un abandon qui l'enrageait vraiment, puisque la terre était si riche qu'une fois alimentés en eau, son coton et ses céréales allaient pousser tout seuls. Pour m'en convaincre, il me proposa même de visiter ses terres. Il avait raison : en arrivant dans sa propriété s'offrit à moi le plus beau spectacle qu'il m'ait été donné de voir.

Cette nuit-là, je ne pus dormir, bien trop excité par ce que j'étais en train d'échafauder. Lorsque je fermais les yeux, je devinais des plaines irriguées à perte de vue avec, parfaitement alignés, des milliers de plants de coton. Chaque plant lui-même entièrement tapissé d'un coton pur et soyeux. Je pouvais presque sentir la fraîcheur de l'eau qui jaillissait de mes pompes avant de filer à grand débit dans mes canaux d'irrigation. J'imaginais aussi de nombreux réservoirs de fertilisants chimiques ainsi que, à l'horizon, des hangars à grains automatisés. Sans oublier un convoi de wagons attendant d'être remplis. Mon rêve me faisait voir aussi de grands panneaux qui portaient, peinte en lettres rouges, l'inscription Estes Entreprises.

Le lendemain matin, Billie avait pris sa décision : il allait déménager et venir s'installer ici. Mais avant de prévenir sa famille, il s'assura qu'il obtiendrait le soutien financier et politique nécessaire à cette coûteuse politique d'expansion.

— J'ai immédiatement téléphoné à Cliff, dit-il. Il était toujours de bon conseil et j'avais besoin de son aide. Je lui expliquai simplement que je ne pourrais pas supporter seul la réalisation d'un tel projet. Il m'assura alors de son soutien et de celui de Lyndon, devenu sénateur. Ces simples mots me suffisaient, dans la mesure où je savais ce qu'ils signifiaient : Johnson et Carter devenaient mes partenaires de l'ombre.

Ensuite, Billie Sol contacta celui qui, depuis son enfance, était son plus fidèle associé.

— Sans mon frère Bobbie Frank, rien de tout cela n'aurait été possible. Deuxième pilier de l'empire Estes, il était la seule personne en qui j'avais confiance.

*

La fin tragique de ce frère aimé hante aujourd'hui encore Billie Sol. Tout au long de nos entretiens, il nous a raconté à plusieurs reprises sa dernière visite à son cadet mourant.

— En 1966, Bob avait été opéré. Une hospitalisation dont il ne se remit jamais vraiment. Six mois plus tard, il revenait à l'hôpital. Mais cette fois-ci, il ne s'agissait plus de l'aider à s'en sortir, mais de tenter de lui épargner de nouvelles souffrances. Les médecins se montraient formels : Bobbie Franck allait mourir. Comme c'était une époque où j'étais en prison, suite à mes déboires avec le clan Kennedy et à ma volonté de ne rien dire sur Johnson, le directeur de la prison de Leavenworth, Kansas, me laissa alors deux choix : soit je voyais Bob une dernière fois, soit j'étais autorisé à assister à son enterrement. Ma réponse fut évidente. John L. paya mon billet d'avion et, sous bonne garde, je rejoignis Abilene pour quelques heures. Lorsque j'entrai dans la chambre de mon frère, ce dernier eut de la peine à lever la tête mais il me reconnut. Il sourit et me lança son : « Salut Billie ! », exactement comme si tout allait bien et que nous continuions de conquérir le monde. Nous avons énormément parlé, ri et pleuré. Je me souviens encore

de la dernière phrase qu'il me murmura à l'oreille :
« Bientôt Billie, nous serons de nouveau ensemble. »
Bobbie Frank mourut deux jours plus tard.

Mais avant, tous deux avaient vécu les grandes heures
de la course au pouvoir et à l'argent, corruption à l'appui.

27

Corruption

Installé à Pecos, Billie Sol Estes mit rapidement sur pied un réseau de corruption facilitant son enrichissement rapide. C'est ce système-là, construit avec l'aide de Cliff Carter et de Lyndon Johnson, qui fut plus tard à l'origine de sa chute.

— Le plus important était de bénéficier d'un accès aisé et rapide aux sources de financement et de savoir user d'influences déterminantes. Autrement dit, je devais contrôler le bureau local du département de l'Agriculture. Pecos fait partie du comté de Reeves et Reeves est voisin du comté de Pecos. C'est une bizarrerie mais ce qui m'intéressait, c'était que les deux comtés avaient leur propre bureau dépendant du département de l'Agriculture. Administrativement, cela signifiait un responsable et un comité composé d'agriculteurs et d'hommes d'affaires du cru, les deux approuvés par l'USDA. J'ai donc mis un point d'honneur à rencontrer chaque membre et à établir avec eux des rapports presque amicaux. Le tout agrémenté de cadeaux, bien évidemment. Ainsi, à chaque Noël, l'ensemble du personnel des bureaux des comtés de Pecos et de Reeves recevait un jambon ou une caisse de melons. Cela peut paraître ridicule à notre époque où la corruption est diaboliquement organisée, mais en ce temps-là, cinq kilos de viande de bœuf parvenaient sans peine à faire la différence entre deux concurrents. Et à décrocher le soutien du bureau dans un plan de financement proposé par Washington. Au fil des mois, ma liste d'obligés s'est considérablement développée, débordant même sur Washington. À la fin des années 1950, elle englobait des personnalités comme Lyndon B. Johnson ou John F. Kennedy lui-même.

*

Au-delà de ces considérations un peu générales sur les interventions de Cliff Carter et de Johnson pour « huiler la machine », Tom et moi souhaitions évidemment avoir connaissance d'exemples précis, et donc traçables. À cette question, Billie réfléchit quelques secondes puis songea à une affaire à Pecos liée à l'irrigation des vastes plaines du West Texas.

— Je ne pouvais pas m'attaquer seul à cette tâche. Il fallait convaincre une grande société de me suivre puisque la seule façon de diminuer les coûts de pompage de l'eau consistait à utiliser l'énergie du gaz naturel. J'ai contacté Cliff, sachant qu'il pouvait comprendre les immenses perspectives que cette opération promettait. Il m'a rappelé quelques heures plus tard et m'a donné le nom de Harvey Morrison, le patron de la Morrison-Knudsen, l'une des plus importantes compagnies de fabrication de pipe-line du pays. Celui-ci devant un service à Lyndon, Cliff m'assura qu'il serait ravi de m'aider. Et effectivement, quand je l'appelai, Morrison non seulement attendait mon appel mais suggéra de venir me voir la semaine suivante. En quelques heures, nous allions sceller un deal qui allait établir les nouvelles bases de mon empire. En fait, Harvey et moi nous associons dans la Pecos Growers Gas Company. La société Morrison-Knudsen y investissait cinq millions de dollars, somme colossale, tandis que j'en devenais président avec une participation minoritaire. La ruée sur mon gaz et mes pompes fut immédiate parce que l'électricité coûtait 75 % plus cher. À part quelques imbéciles ou rétrogrades, tout le West Texas devint rapidement client de la Pecos Growers Gas.

*

Au-delà de l'irrigation de terres arides mais riches, Billie imposa également des techniques modernes de fertilisation des sols. Là encore, le réseau LBJ joua un rôle capital.

— Ma réussite agricole fut ma meilleure publicité, renchérit Estes. Lorsque les agriculteurs du Texas constatèrent l'ampleur de mes récoltes, succès né de l'association d'une excellente irrigation et d'engrais chimiques efficaces, ils eurent tous envie de faire de même. C'est alors que j'ai créé une autre société, destinée à la commercialisation de fertilisants, et passé un accord d'exclusivité avec les deux plus gros producteurs des États-Unis : Pennsalt Chemical et Commercial Solvents. Nos marges étaient telles que je pris la décision de devenir un grand distributeur de ce marché, même si cela signifiait au départ la nécessité de vendre à perte pour écraser la concurrence. En 1958, un distributeur achetait en moyenne la tonne d'engrais à 90 dollars et, après revente, touchait un bénéfice de 10 dollars. Acquéreur de plus grandes quantités, j'avais pour ma part négocié avec mes deux fournisseurs un prix d'achat plus bas, si bas même qu'il ne couvrait pas mon prix de vente au public, c'est-à-dire 60 dollars. Je voulais engager la guerre des tarifs pour mettre la concurrence à terre. Fin 1958, mes pertes s'élevaient à près de 500 000 dollars. Du moins sur le papier, puisqu'il s'agissait de factures impayées à mon principal fournisseur, Commercial Solvents. Comme c'était une somme considérable, Maynard Wheeler, le président, s'empressa de me téléphoner, me demandant toutes affaires cessantes de lui rendre visite à New York. Une rencontre qui fut un autre tournant majeur de ma carrière.

*

Lorsque Billie Sol évoque ses années d'or, celles où sa fortune dépassait les cent millions de dollars, son excitation est palpable. Arrivé au crépuscule de sa vie, il est toujours habité par le feu sacré.

— Avant même de débarquer dans les bureaux de Maynard, j'avais choisi ma stratégie, nous précise-t-il. Je savais qu'avec l'aide de Commercial Solvents, je pouvais augmenter considérablement la taille de mon empire. La seule chose à faire était donc d'avoir l'audace de solliciter une ligne de crédit plus importante encore ! Je n'oublierai d'ailleurs jamais l'expression de Wheeler lorsque, d'entrée de jeu, je lui proposai de m'accorder un prêt supplémentaire de... 400 000 dollars. Il s'attendait à me voir arriver le chapeau à la main et le regard dans les chaussures, quémandant un délai pour effacer mes dettes, et j'entrais conquérant et audacieux. Une fois sa surprise passée, je lui ai expliqué que 125 000 dollars seraient utilisés pour acquérir un stock conséquent d'engrais chimiques afin de contrôler le marché, et que, afin d'étendre mon emprise sur le stockage de grain, les 225 000 dollars restants feraient parfaitement l'affaire.

Se tournant vers moi, Billie me regarde droit dans les yeux :

— Et tu sais pourquoi il a accepté ? Parce que je lui garantissais un investissement à risque zéro. Comment ? Suite à des discussions avec Lyndon et Cliff, je savais pouvoir compter sur suffisamment de contrats gouvernementaux pour couvrir la somme demandée à Commercial Solvents. Prudent, mon interlocuteur voulut quand même des garanties. Maynard demanda donc au sénateur Lyndon Johnson de quoi il retournait. Et LBJ fut on ne peut plus clair : « Si Billie construit les entrepôts, je m'assurerai qu'ils soient pleins en permanence ».

À la fin de 1959, la dette d'Estes chez Commercial Solvents dépassait les trois millions et demi de dollars.

*

Estes se servit du même réseau d'influence pour se lancer dans la très lucrative culture du coton. Mais les immenses profits dégagés et sa production dépassant les quotas imposés attirèrent rapidement jalousies et suspicions.

— Au début des années 1950, un terrain non irrigué produisait, en moyenne, une demie à trois quarts de balle par acre. Mais si vous fertilisiez le terrain, vous étiez certain d'atteindre la balle par acre. Si, en plus, le terrain se voyait irrigué avec une gestion efficace des engrais, la production pouvait aisément monter à trois balles d'acre.

Dès lors, mon profit net s'élevait, lui, à 600 dollars par acre ! Comme j'avais acquis des dizaines de milliers d'acres à bas prix et que je distribuais moi-même, il était possible de produire en flux constant. Mon calcul était simple et mes perspectives de profit sans limites. Seulement, il y avait un hic.

Le hic, comme dirait Estes, résidait au sein des instances de contrôle. La production de coton était alors placée sous la surveillance du département de l'Agriculture. Or, afin d'éviter un effondrement des cours, l'USDA déterminait un nombre restreint de lots cultivables. Et dans ce schéma, le comté de Pecos n'était pas considéré comme zone prioritaire. Enfin, les rares lots distribués se voyaient également placés sous production contrôlée.

— Pour contourner cet obstacle, je suis entré dans une phase de négociation, nous explique-t-il. Et là, il n'y a pas de secret. Soit, tu as du talent, soit tu possèdes suffisamment d'influence pour convaincre le fonctionnaire en charge du dossier. Grâce aux deux, j'ai facilement obtenu l'autorisation de cultiver 2 000 acres de coton, ce qui représente le quota officiel. Mais, en réalité, je le dépassais allègrement, qui plus est avec la bénédiction des représentants locaux du département de l'Agriculture que j'avais eu l'habileté de brosser dans le sens du poil depuis quelque temps.

La Billie Sol Estes Entreprise, employant quatre mille personnes, devint dès lors la success story de la décennie. Sol n'avait pas trente ans mais se trouvait déjà multimillionnaire.

28

Cliff

Estes pourrait tirer de cette ascension fulgurante une fierté légitime. Mais à l'heure de faire les comptes, il n'oublie jamais que sans le recours au réseau de Lyndon B. Johnson, il n'aurait jamais pu se hisser aussi haut.

— Je dois être honnête, confie-t-il. Sans mon contact permanent avec Cliff Carter, ma réussite aurait été différente. Or Carter avait lui aussi d'autres atouts dans sa manche. Lyndon lui avait en effet offert le job d'US Marshall pour le Sud Texas en remerciement de ses bons et loyaux services comme responsable de sa campagne de 1948. Cliff possédait également l'usine d'embouteillage de Seven-Up de Bryan, sa base politique. Il y connaissait tout le monde, était impliqué dans la vie sociale et économique. Et comme par hasard, c'était dans cette ville que le département de l'Agriculture avait installé sa direction pour le Texas. Il bénéficiait de contacts nombreux et fidèles, secret de son pouvoir politique et de celui de Johnson. Aussi, quand Washington prenait une décision ou faisait passer une nouvelle réglementation, Cliff savait immédiatement à qui s'adresser. Parfait connaisseur des failles des textes, voire de leurs vides juridiques, il nous en informait et à nous ensuite d'en tirer avantage, à charge bien sûr de leur reverser une partie de nos profits.

À la fin des années 1950, l'influence de Cliff Carter au sein de l'USDA était telle qu'il intervenait sur chaque nomination officielle au Texas. Et Billie Sol Estes fut avec lui à l'initiative de la candidature de nombreux fermiers à des postes clés.

— La plupart étaient des clients et me devaient de l'argent, précise-t-il. Crois-moi, William, une bonne dette représente le moyen le plus rapide et le plus efficace pour se construire un réseau efficace et fidèle.

*

Tout au long de notre enquête, nous avons découvert, Tom Bowden et moi, l'importance des parties de poker dans l'élaboration des réseaux de corruption gravitant autour de Lyndon Johnson. La plupart des acteurs de l'assassinat de JFK, des riches familles texanes aux tueurs eux-mêmes, étaient des joueurs acharnés.

— Carter n'hésitait jamais à prendre place autour d'une table où se jouaient plusieurs centaines de milliers de dollars, renchérit Estes. Sa passion l'amenait régulièrement aux quatre coins de l'État. Cette fièvre, qui aurait pu se révéler coûteuse à d'autres, à lui devenait profitable puisque c'est cartes en mains qu'il rencontrait les alliés de Johnson. Carter avait ainsi mis sur pied un groupe de joueurs à Bryan même. Les mises n'étaient pas importantes, mais la plupart des protagonistes appartenaient au département de l'Agriculture. Or, parmi eux, se trouvait un obscur statisticien, Henry Marshall. Qui allait devenir un acteur important de mon association avec Cliff et Lyndon.

L'affaire Marshall, nous le verrons plus tard, constitue la clé de voûte des accusations de Billie contre Lyndon B. Johnson. C'est aussi un sésame pour comprendre les secrets du 22 novembre 1963.

*

Lancé dans l'évocation de ses souvenirs sur Cliff Carter, Estes se montre intarissable et revient sur ses débuts :

— En 1952, Cliff était le président de la Jeune Chambre de Commerce du Texas, une organisation regroupant les chefs d'entreprise de moins de trente-cinq ans qui, chaque année, choisissait son représentant le plus doué. En 1953, ce fut mon tour d'être élu. La même année, Cliff accéda, lui, au comité directeur national qui, à travers les États-Unis, désignait dix chefs d'entreprise représentant le futur économique du pays. Là encore, il joua un rôle déterminant. Et là encore, grâce à lui, je fus l'un des élus. Je ne dis pas que cette reconnaissance de mes pairs arriva uniquement parce que Cliff manipula le vote, mais comme je suis un homme réaliste, que j'avais commencé à alimenter les fonds secrets de Lyndon Johnson et qu'en échange Cliff m'avait promis de bien s'occuper de moi, ces lauriers n'étaient pas totalement... désintéressés.

*

Si Estes parle aussi aisément de sa participation active à un réseau de corruption impliquant le futur président des États-Unis et son fidèle bras droit, c'est parce qu'il n'a jamais considéré cela comme amoral. Les dollars versés à LBJ et à d'autres politiques représentaient uniquement à ses yeux un investissement l'assurant de pouvoir continuer à prospérer. Aussi lorsque, en 1956, il décida de développer ses activités de stockage et de traitement de grains, c'est tout naturellement qu'il fit une nouvelle fois appel à Cliff Carter.

— Le gouvernement soutenait le prix du grain pour éviter la ruine de nombreux fermiers, en imposant, comme pour le coton, une production limitée. Tant que l'on était dans la limite du quota, le gouvernement achetait sans rechigner votre récolte et la stockait dans des silos. Non pour la revendre à prix coûtant, mais pour maîtriser les réserves et répondre en cas de crise liée à la sécheresse. Au milieu des années 1950, pourtant, les progrès de la chimie et de l'irrigation ayant permis à la production d'atteindre des niveaux records, le gouvernement chercha de nouvelles zones de stockage.

Prévenu par Cliff Carter de cette nouvelle opportunité, Billie Sol se lança alors dans l'achat massif de silos.

— Maintenant, imaginez la réaction d'un ancien propriétaire d'une zone de stockage désespérément boudée par l'USDA qui, au lendemain de la signature du protocole de vente avec ma société, voyait débarquer un convoi de trains chargé de grain gouvernemental destiné à remplir les silos et donc à me procurer une rente...

113

*

L'épisode des silos marqua un tournant dans les relations entre Estes et Carter. Souhaitant acquérir l'immense zone de Plainview sans investir ses propres fonds, Billie Sol proposa un marché à Cliff :

— Les structures sur lesquelles je lorgnais étaient importantes mais la dette contractée par les anciens propriétaires énorme. Mon empire financier étant encore fragile ; j'avais placé mes possibilités de crédits sur d'autres opérations, je me retrouvais alors dans une impasse. Tout en sentant que l'opération pouvait se révéler des plus juteuses. Les perspectives offertes par Plainview, associées à l'aide politique apportée par Lyndon, me semblaient en effet mirobolantes. J'ai donc appelé Cliff afin de lui proposer le marché. Il m'a demandé du temps pour réfléchir. Mais quand nous nous sommes rencontrés le samedi suivant, après qu'il eut vu Lyndon, il m'a remis de la main à la main 500 000 dollars en liquide. Contre 10 % des bénéfices de Plainview. Ce qui signifiait qu'en plus des 10 % habituels pour garantir l'arrivée du grain, Johnson s'octroyait une belle part supplémentaire ! Il toucha donc 20 % des millions de dollars que Plainview nous rapporta.

*

Au début des années 1960, averti de ce trafic par des sources au sein de l'USDA, Will Wilson, le procureur général de l'État du Texas, tenta de prouver l'implication de Johnson dans cette affaire. Si ses deux années d'enquête lui permirent de recouper ces informations, jamais il n'obtint une preuve définitive de la culpabilité de l'homme politique. À son profond regret, on s'en doute.

Wilson vit aujourd'hui dans une luxueuse maison de retraite d'Austin. Les murs de son petit studio sont surchargés de prix, de diplômes et de lettres officielles. Si l'âge a ralenti son débit, il s'est parfaitement souvenu de cette enquête lorsque nous l'avons rencontré pour étayer le récit d'Estes.

— Nous avions tous les témoignages pour faire tomber LBJ, mais les gens étaient terrorisés, nous dit-il. Personne ne voulait venir à la barre. Et si j'avais eu l'audace de convoquer un témoin sans accord préalable, il aurait nié ses déclarations. Nous connaissions le détail précis des opérations, la structure ; il ne nous a manqué qu'une infime preuve. Un bout de papier, une trace écrite, quelque chose de tangible.

L'échec de Wilson n'est pas une surprise pour Billie Sol :

— Nous étions extrêmement prudents, sourit-il. Avec Cliff, si nous devions communiquer par téléphone, nous utilisions un langage codé. L'argent des bénéfices de Plainview que je versais transitait par une myriade de comptes bancaires indépendants. Carter n'hésitait jamais à faire le voyage jusqu'à la zone de stockage, m'avertissant quelques heures auparavant pour que nous nous y retrouvions. À vrai dire, ces rencontres improvisées n'étaient pas désintéressées : Cliff venait vérifier que je reversais le montant correspondant bien au pourcentage et que je ne détournais pas, à mon profit, une partie des recettes. En plus du grain, jusqu'en 1962, nous évoquâmes aussi mes nombreux problèmes avec le département de l'Agriculture et les solutions à y apporter. Le listing de mes communications téléphoniques prouve en tout cas que, le 11 janvier 1962, j'ai appelé Plainview à 19 heures pour discuter avec Cliff Carter.

29

Cadavres

Au-delà des activités de Billie Sol Estes liées à l'agriculture, notre attention se porta aussi sur un business qui semblait une anomalie dans les activités de son empire. En effet, en 1958, Billie Sol se lança dans les pompes funèbres. Au-delà de l'étrangeté de ce nouvel investissement, nous savions que d'autres membres du réseau Johnson partageaient ce point commun.

Néanmoins, surpris par la question, il nous gratifia d'une explication disons... humaniste :

— J'avais remarqué qu'aucune entreprise de pompes funèbres du Texas n'acceptait de s'occuper des morts issus des minorités ethniques noires et mexicaines. Je me souviens par exemple du décès d'un de mes employés mexicains et de l'impossibilité pour sa famille de rapatrier son corps de l'autre côté de la frontière, personne ne voulant fournir un cercueil ni organiser le transit. Conscient de l'enjeu, je suis devenu le premier à le faire. N'importe qui a le droit de retourner chez lui pour y reposer en paix.

Si la réponse est belle, elle ne nous convainc guère. Billie Sol le sent et improvise une justification économique :

— On ignore souvent combien les marges peuvent être importantes dans le business de la mort. Embaumer et vendre un cercueil ou une pierre tombale représente une activité extrêmement lucrative. Pour une famille endeuillée, la différence de prix entre un cercueil et un autre peut s'élever à un bon millier de dollars. Or, en fabrication, l'écart de coût n'excède guère cent dollars. Bien évidemment, mon équipe était entraînée à inciter à l'achat du modèle le plus cher.

*

Quelques jours plus tôt, Tom avait retrouvé un exemplaire de *Fortune Magazine*, datant de juillet 1962, où un article assurait que le Colonial Funeral Home de Billie Sol Estes avait coûté la bagatelle de 250 000 dollars. Une somme conséquente que le seul marché de Pecos ne justifiait absolument pas. Pire, Fortune, qui avait eu accès aux comptes de l'entreprise, livrait un chiffre étonnant : en quatre ans d'activité, les pompes funèbres d'Estes s'étaient chargées de l'inhumation de... sept personnes. L'intérêt de Billie Sol pour le business de la mort cachait donc quelque chose d'autre. Un secret que, presque quarante ans après, il avait encore du mal à révéler.

Avant de débuter notre série d'entretiens, nous avions convenu avec Tom que ceux-ci se dérouleraient dans un cadre rigoureux, et que, au risque de nous le mettre à dos, quand ses explications nous sembleraient insuffisantes, nous le dirions à Billie. C'était ce que nous devions faire sur ce point : sortir de notre rôle de confesseurs pour le placer devant ses responsabilités.

À l'écrire maintenant, la tâche paraissait aisée. Mais, face à lui, à son regard perçant comme à ses légendaires coups de colère, le mur à franchir nous sembla gigantesque. Cependant, l'affronter était essentiel : il en allait de l'avenir de notre projet.

— Billie, nous avons un problème. Je veux bien croire que les marges étaient belles, mais sept corps en quatre ans, là ça tient du miracle.

Estes se met en colère. Une colère froide, calme, imperturbable. J'avais déjà remarqué que lorsqu'il était hors de lui, il ne s'emportait pas mais, au contraire, devenait impassible. Ne bougeant plus, prêt à frapper, avec pour seul indice de sa fureur la couleur de ses yeux qui se modifiait. Or là, sa pupille fonce...

— Ces chiffres sont faux. De la connerie de journaliste.

C'est à mon tour de porter l'attaque.

— D'accord, Billie, admettons que *Fortune* raconte n'importe quoi. Mais peux-tu nous expliquer alors pourquoi le Colonial Funeral Home était si grand ? Pourquoi avais-tu besoin d'autant de caissons dans ta chambre froide ?

*

En réalité, nous avions choisi d'affronter Estes parce que nous détenions une information de poids. Quelques jours auparavant, Tom et moi avions rencontré un ancien du réseau d'influence qui contrôlait l'État dans les années 1950-1960. Un ex-membre de ce groupe, qui s'était baptisé la Texas Mafia même s'il n'avait aucun lien avec la Cosa Nostra d'origine italienne qui régissait l'essentiel du territoire américain, tout en partageant les mêmes intérêts. Drogue, jeux clandestins, prostitution, racket et corruption, la Texas Mafia ratissait large.

Sous couvert d'anonymat, ce gangster à la semi-retraite avait confirmé ce que Jay nous avait raconté au début du mois. Jay étant un ancien flic de Dallas qui, en service le 22 novembre 1963, avait rejoint Dealey Plaza quelques minutes après les coups de feu et qui, depuis, n'avait jamais cessé de mener son enquête sur la mort du président.

— Avez-vous déjà entendu parler d'un shérif arrêtant un convoi funéraire et se mettant à fouiller le corbillard, puis l'intérieur du cercueil ? nous avait-il d'emblée demandé.

L'ancien caïd de la Texas Mafia commençait fort. Et lui non plus ne prenait pas la peine d'attendre notre réponse.

— Évidemment non ! Et vous savez quoi : nous l'avions aussi remarqué.

Depuis la fin de la guerre, le Texas était devenu un maillon essentiel du trafic d'héroïne. Un canal par lequel transitait la poudre en provenance du Mexique.

— Certaines fois, l'héroïne se trouvait dissimulée dans la doublure du cercueil. D'autres fois encore, c'était le cadavre lui-même qui la cachait puisque nous travaillions avec les embaumeurs.

Jay nous avait aussi dévoilé la découverte de pratiques concordantes : « Ils avaient l'habitude de trancher les cadavres en deux. Le haut était présenté à la famille, tandis qu'en bas s'entassaient les kilos de poudre. » L'ancien flic de Dallas était persuadé que ce trafic n'avait pu se dérouler sans la bénédiction des véritables maîtres du Texas, les grandes familles, persuadé également que Lyndon, comme d'autres, avait profité de cet argent.

De notre côté, l'obstination de Billie à vouloir nous expliquer son étonnant intérêt pour les pompes funèbres nous amena à penser qu'il avait pris part au transport d'héroïne. Et, avec Tom, nous voulions le pousser dans ses retranchements et le forcer à cracher le morceau tant qu'il ne nous aurait pas gratifiés d'une réponse convaincante.

*

Estes a senti notre détermination. Il sait aussi que ce genre de refus peut conduire à la rupture de nos entretiens. Or, s'il les a acceptés difficilement, il y a désormais pris goût.

Billie hésite puis, mesurant l'effort, bredouille :

— C'est Cliff qui m'a demandé de le faire...

— La drogue ?

Sol est surpris par la question. Maintenant, il sait que je sais.

— Non, jamais. Jamais je n'ai touché à la drogue ! s'enflamme-t-il. Question d'éthique.

Dans ses mémoires, Carlos Marcello, le parrain de la Nouvelle-Orléans, balayait une assertion identique avec le même argument. Et ce alors que la Louisiane était une tête de pont de l'entrée de l'héroïne aux États-Unis. Mais il est vrai que, pour beaucoup, les gros profits engendrés par la poudre étouffaient généralement les cas de conscience. Alors, comment croire aux protestations de Billie ?

— Non, j'ai utilisé ce genre d'astuces pour transporter de l'argent liquide, affirme Estes. Une partie du cash que je reversais à Cliff transitait de cette manière. Les organisateurs de paris clandestins et de parties de pokers connaissaient eux aussi le coup du cercueil et y avaient recours.

Estes avait raison. À la fin des années 1950, Benny Binion décida d'ouvrir le Horseshoe Gambling Casino à Las Vegas. Binion, inventeur du championnat du monde de poker, avait fait fortune en organisant un solide réseau mafieux autour des paris sportifs à Dallas. À l'époque, son pouvoir financier était tel qu'il pouvait relever un pari d'un million de dollars sans demander le feu vert du Parrain. Son réseau s'étendait dans la majeure partie des bars et clubs de la ville. Jack Ruby était d'ailleurs un de ses clients. En fait, si Binion avait emporté le marché de Vegas, c'est parce qu'il était parvenu à échapper à toute taxation en payant en cash. Et pour transporter le pactole jusqu'à Vegas, il avait eu recours à des convois funéraires trafiqués grâce à quelques complicités dans le milieu des thanatopracteurs. Ce fut sûrement l'une des raisons pour lesquelles, après 1963, il engagea dans son casino l'un des plus doués embaumeurs des États-Unis, pour qui l'air de Dallas était devenu irrespirable !

30

Élection truquée

L'élection présidentielle n'arrive pas à désigner son champion. D'un côté, un représentant policé du pouvoir de la Côte Est, de l'autre, l'homme du Texas. 1960 ou 2000 ? L'année et les étiquettes importent peu. La Floride du nouveau millénaire avec ses rocambolesques comptages pour séparer Al Gore de Bush Junior n'est qu'une redite de l'histoire. Un remake du film que Billie nous dévide depuis des semaines. Finalement, les couloirs de la Cour suprême où s'est jouée la bataille de 2000 sont une version moderne – et policée – des rues de Dallas.

Bush l'emporte et, comme d'habitude, le Lone Star place son homme à la Maison-Blanche. Mais la comparaison ne s'arrête pas là. Comme en 1964, aux lendemains de la remise du rapport Warren contenant des mensonges proférés dans l'intérêt de la nation, en l'an 2000 l'Amérique se plie. Les politiques détournent le nez, la presse assure sa place dans les coulisses du pouvoir. En 1963, pour oublier le traumatisme, Johnson avait choisi le patron de la Cour suprême. Pour cacher sa honte, en 2000, la démocratie américaine se tourne une nouvelle fois vers sa plus haute institution. Des sages devenus les effaceurs de la mauvaise conscience américaine.

Pour les observateurs les plus avertis, ceux qui ne signent pas forcément les éditos du *Washington Post* et du *New York Times*, la bataille de Floride ne fut pas une surprise. Le système des grands électeurs assure en effet une place de choix à l'État. Et, depuis toujours, le scrutin présidentiel se gagne d'une seule manière, au-delà du vote populaire : par le contrôle des représentants de l'État. Sur la carte électorale du candidat républicain Bush, la Floride était donc une victoire obligée. Cela tombait bien : son frère en était le gouverneur et par là même chargé du déroulement du scrutin.

Billie Sol, comme d'autres, assiste au camouflet de Talahassee avec un sourire au coin des lèvres. Il note qu'il n'y a rien de nouveau sous le soleil de Floride. La stratégie des Bush a même un nom : depuis 1948, cela s'appelle gagner une élection « à la mode texane ».

*

1948 donc. Le candidat Johnson étant arrivé à maturation, ses partisans souhaitèrent qu'il s'envole pour Washington. Avant guerre, fervent soutien de la politique de relance du démocrate Roosevelt, Lyndon avait attiré à lui les agriculteurs texans. Mieux, son actif soutien au président des États-Unis lui ayant permis d'accélérer le processus d'électrification des zones les plus isolées du Texas, il s'était constitué une véritable manne électorale. Pourquoi ne pas viser plus haut ? Autrement dit le Sénat, là où les lois et les budgets se font et se défont, étape obligée pour tout candidat crédible à la Maison-Blanche ?

Dans une circonscription taillée sur mesure, LBJ eut à affronter Coke Stevenson, un démocrate historique. Si, pour serrer le plus de mains possible, il fit sa campagne en hélicoptère, Johnson évalua mal la fidélité de ses électeurs. Et, au soir du premier tour, Stevenson recueillait 71 460 voix d'avance.

— Coke aurait dû gagner dès le premier tour, explique Billie. Mais comme il y avait trop de candidats, il n'est pas parvenu à atteindre la majorité absolue. Ce qui ne relevait pas du hasard mais d'une stratégie mise au point par le camp de Lyndon, qui avait payé les campagnes de nombreux petits candidats chargés d'assurer l'éparpillement des bulletins.

Quatre semaines plus tard, Stevenson fut donc contraint à un second tour contre le seul Johnson.

— Au dépouillement, les résultats étaient incroyables : à mesure que les décomptes arrivaient, l'avance de Stevenson fondait comme neige au soleil.

Le plus flagrant retournement de situation eut lieu dans le comté de Bexar et trois cantons placés sous le contrôle du même homme : le juge George Parr. Ainsi, d'un tour à l'autre, l'avance à Bexar de Stevenson passa de 12 000 voix à un avantage de 2 000 pour Johnson.

— Cliff avait réussi à trouver une alliance avec Owen Kilday, le shérif du coin, sourit Billie. À l'époque, au Texas, le pouvoir local était détenu par le shérif. Qui ne servait pas la loi, mais était la loi. Carter a mis 35 000 dollars dans la balance, le prix de la victoire de Lyndon.

Dans les trois comtés « supervisés » par Parr et Kilday, LBJ battit Stevenson à trente contre un. Alors que, quatre semaines auparavant, le sortant caracolait en tête, il ne recueillait plus que 368 suffrages contre 10 500 à Johnson.

*

Comme Al Gore le fera en 2000, Stevenson déposa un recours et, cinq jours plus, un comité indépendant entama un nouveau comptage. Comme le prévoit le code électoral, celui-ci fut placé sous l'unique autorité du plus haut magistrat du comté... l'inévitable George Parr. Néanmoins, l'institution inversa le résultat : désormais Stevenson comptait 113 voix d'avance sur LBJ.

— Lyndon savait que Parr lui avait promis le comté et il pouvait lui faire confiance. Alors, habile, il fit la seule chose à faire : sans attendre, il annonça sa victoire sur l'unique média efficace de l'époque : la radio. Ce qui tombait bien puisque, profitant de la dérégulation de l'avant-guerre, il était aussi devenu le propriétaire de nombreuses fréquences du Sud Texas.

Parr refusa de son côté de valider le premier comptage accordant la victoire à Stevenson et ordonna même un examen supplémentaire des bulletins de vote. Enfin, les hommes du juge mirent miraculeusement la main sur une urne disparue au soir du second tour. Avec, à l'intérieur, 200 bulletins. Ce qui tombait bien, puisque tous étaient en faveur de Johnson.

*

Aujourd'hui encore, l'affaire de la première élection de Johnson relève du cas d'école. L'étude des listes électorales se révèle d'ailleurs édifiante. Non seulement des personnes décédées depuis des dizaines d'années avaient pris part au scrutin, mais elles avaient eu la discipline et le bon goût de voter par ordre alphabétique.

On le voit, le juge Parr était un maillon important du réseau Johnson. Pendant des décennies, son contrôle sur le Texas du Sud fut sans partage. Ses activités illégales, de la corruption au meurtre en passant par le trafic de drogue, étaient connues. En choisissant, dès 1948, de parier sur le bon cheval, il ne fut jamais inquiété du vivant de LBJ. Toutefois, le 1er avril 1975, quelques mois après le décès de LBJ, les Texas Rangers décidèrent de faire tomber le vieux magistrat. Alors que son domicile était encerclé, Parr choisit de se suicider, évitant ainsi d'avoir à rendre des comptes sur ses activités.

31

Cash

Si l'on en croit les relevés de compte de la Billie Sol Estes Entreprise, les prélèvements en liquide prirent de l'ampleur à partir de 1959. Très souvent, des sommes dépassant le demi-million de dollars furent retirées par Billie... la veille de voyages à Washington. Une frénésie de liquidités qui continua tout au long de l'année 1960.

— 1959 a été une année clé, nous confie-t-il. L'élection présidentielle approchait et Lyndon avait décidé de briguer l'investiture suprême. Pour nous, ses soutiens au Texas, il s'agissait d'une ambition normale, programmée. Arrivé à la tête du Sénat, il était déjà l'un des hommes les plus puissants des États-Unis et, comme les dernières années du mandat du président Eisenhower lui avaient permis de goûter à l'exercice du pouvoir, sa volonté de viser plus haut semblait pour le moins légitime. Comme Ike n'en pouvait plus et que LBJ, depuis le Sénat, dirigeait à sa place, briguer l'investiture suprême constituait donc la suite logique.

*

Restait à trouver les importantes sommes nécessaires pour mener une campagne électorale, d'abord au sein du parti, ensuite face aux adversaires de l'autre camp.

Comme d'autres contributeurs texans, Billie Sol reçut un appel personnel de Johnson, puis Carter lui communiqua le programme des mois à venir.

— Cliff m'informa qu'il était temps pour moi d'afficher ouvertement mon soutien à LBJ, mon influence semblant réelle et mon avis apprécié de mes concitoyens. Il me demanda également de rassembler le plus de liquide possible pour alimenter les fonds secrets de Lyndon. J'ai donc commencé à accumuler des centaines de milliers de dollars et à les cacher un peu partout. Un temps, je l'admets, les casiers de la morgue de mon entreprise de pompes funèbres ressemblèrent aux coffres d'une banque suisse. Une grosse partie de cash provenant de la vente de fertilisants chimiques.

L'ennui, c'est que face au Texan se dressa un adversaire de parti fort redoutable, John Fitzgerald Kennedy. Qui grimpait au sein des démocrates comme dans l'opinion. Au printemps 1960, lorsque le camp Johnson perçut l'ampleur de la menace JFK, les besoins en liquidités destinées à s'assurer le soutien des futurs représentants à la convention du Parti devinrent encore plus pressants.

— Cliff m'ordonna un jour de faire parvenir 500 000 dollars au quartier général de campagne à Austin. Comme j'avais eu du mal à rassembler la somme en billets et que je m'étais malgré moi retrouvé pris dans le flux de la gestion de mes activités, j'eus un retard de quelques jours. Je pensais que ce n'était pas grave quand, une nuit, le téléphone se mit à sonner. À moitié endormi, je décrochai et, avant même d'avoir pu dire quoi que ce soit, j'entendis la grosse voix d'un Lyndon particulièrement furibond :

— Billie, hurla-t-il, où est ce putain de fric ?

Le candidat était fou de rage. Comme à son habitude, il avait dû descendre sa bouteille de bourbon coupé à l'eau, et il maîtrisait mal ses propos. Sous le choc, je lui ai répondu :

— Lyndon, as-tu une idée de l'heure qu'il est ?

Sa réponse fut cinglante :

— Je ne t'appelle pas pour connaître l'heure ! Sors-moi ton pilote de son lit, envoie-le à l'aéroport et débrouille-toi pour que j'aie l'argent avant l'aube !

*

D'après Estes et son pilote, que nous avons pu interroger, le demi-million de dollars fut livré dans les heures suivantes directement au ranch de Johnson.

32

Pouvoir

En fait, Billie Sol Estes n'est pas devenu une pièce importante de la stratégie électorale de Lyndon Johnson uniquement parce qu'il pouvait largement contribuer à alimenter ses caisses noires. L'un de ses atouts était de posséder un vrai pouvoir local. Or le contrôle du Texas, clé obligatoire de tout destin national, passait justement par l'influence d'hommes capables de faire basculer les votes.

— Chaque ville avait son cercle d'influence où se retrouvaient le propriétaire du journal local, un ou deux avocats, le banquier, quelques gros propriétaires et le pasteur. Ce groupe décidait du sort de la ville, faisait ou défaisait une élection. Très rapidement, à Pecos, je suis devenu un membre essentiel de ce réseau, de cette sphère. Tout simplement parce que j'étais le premier employeur de la région et qu'à cette époque, les employés votaient comme leur patron. C'est l'avènement de la radio, puis de la télévision, qui a peu à peu fait disparaître cette puissance. Pour que Lyndon assure son siège au Sénat, il fallait bien que des petites mains votent massivement en sa faveur. Et une fois à Washington, c'était à lui de jouer pour atteindre la présidence.

*

Aussi surprenant que cela puisse paraître aujourd'hui, le Texas était alors massivement démocrate. Et il faudra attendre 1960 pour qu'un républicain l'emporte à une élection générale, lors du scrutin visant à trouver un successeur au sénateur... Lyndon Johnson. L'accession de ce dernier à la vice-présidence des États-Unis ouvrit en fait un boulevard à son adversaire, John Tower.

Si JFK appartenait au même parti que LBJ, les différences entre un démocrate du sud et un autre de la Côte Est relevaient du gouffre. En réalité, au Texas comme dans l'ensemble du Bible Belt, les démocrates se trouvaient scindés en trois courants : les conservateurs, les modérés et les libéraux.

— Souvent les conservateurs appartenaient aussi à des groupuscules proches de l'extrême droite, explique Estes, ou prônaient la suprématie blanche comme le faisait la John Birch Society. Ils combattaient violemment l'idée d'un gouvernement central à Washington, dont ils tentaient de limiter l'influence et les aides. En fait, il s'agissait de républicains n'osant pas arborer une étiquette trop lourde à porter dans un État qui n'avait pas oublié la guerre de Sécession. Les modérés servaient de balancier entre les deux tendances, tentant de trouver un compromis pour faire avancer l'intérêt du parti.

*

Lorsqu'il évoque les subtilités politiques, Billie Sol s'anime. Si son influence a disparu, il participe encore aujourd'hui activement à de nombreux débats locaux.

— Les républicains ne croyaient ni à l'égalité ni à la solidarité envers les pauvres, mais désiraient enrichir les riches, s'agace-t-il. Le président Roosevelt et son New Deal ont fait de moi un démocrate à vie. Et, mieux encore, un libéral proclamé. Je crois à l'égalité des chances, au partage des richesses et à la nécessité d'une action gouvernementale forte. Le président Lyndon Johnson avait les mêmes convictions que moi. C'était un Texan, un membre assidu de The Church of Christ et, plus que tout, lui aussi venait d'une famille de fermiers pauvres.

Billie se calme et, comme s'il souhaitait particulièrement appuyer son propos, il ôte ses lunettes et baisse
d'un ton :

— J'ai aimé sa vision politique comme j'ai apprécié
l'homme. C'est aussi pour ces raisons que je n'ai jamais
dit quoi que ce soit sur lui.

33

Stratégie

Afin d'ancrer sa réussite et de donner plus d'assise à son influence politique, Billie Sol édifia, dès la fin des années 1950, son propre réseau de corruption. Certes il profita largement de l'aide apportée par Cliff Carter, mais c'est surtout grâce à son propre travail qu'il devint incontournable. Du Texas à Washington.

— Mon objectif était de contrôler ceux qui détenaient un pouvoir décisionnel. Et plus particulièrement dans les programmes d'aides du département de l'Agriculture. L'argent public représentait un gisement conséquent dont je ne voulais pas être écarté. Or, partant du principe qu'il ne faut jamais négliger le bas de l'échelle, les employés de base étant faciles à séduire et bien souvent en charge de minuscules responsabilités qui, mises bout à bout, offrent un vrai pouvoir à qui sait s'en servir, en moins de quatre ans, j'étais parvenu à contrôler une bonne partie de l'USDA.

*

À la fin des années 1950, le réseau Estes se développa d'autant plus aisément que les fonctionnaires de l'État américain étaient fort mal payés. Alors que les salaires mensuels atteignaient rarement 1 000 dollars, Billie Sol avait pris l'habitude, lui, d'offrir des cadeaux et des primes dépassant la centaine de dollars.

— Une autre règle d'or du corrupteur est de le faire savoir, s'amuse Billie Sol. Des que mes amis politiques se sont mis à occuper des fonctions importantes, j'ai évoqué ici et là l'importance de mes relations. La plupart des employés qui prirent des décisions favorables le firent donc sous l'emprise de la peur. Comme ils connaissaient mes connexions avec tel sénateur ou tel membre du Congrès, ils craignaient qu'un refus de leur part entraîne une mise au placard ou un renvoi.

*

En plus de ce talent de persuasion « indirecte », Sol Estes pouvait aussi compter sur le « soutien » de nombreux élus qu'il contrôlait directement.

— Avant chaque échéance électorale, je choisissais le candidat qui me serait le plus favorable et le plus fidèle. Ensuite, je noyais sa campagne sous des milliers de dollars.

Si le versement de ces subsides se déroulait en coulisses, Estes n'hésitait pas, en revanche, à afficher ses choix. Ainsi, son immense propriété de Pecos devint une étape obligée de tout homme politique en campagne. Billie Sol obligeait également chacun de ses employés à s'inscrire sur les listes électorales. En moins de deux ans, il était donc devenu incontournable et capable d'entraîner ses « favoris » dans la victoire.

— Le premier membre du Congrès à profiter de mon soutien fut J. T. Rutherford, dont j'ai financé presque entièrement la campagne. Une fois qu'il a été élu, j'ai continué à m'occuper de ses frais. Tous ses frais. Quels qu'ils fussent. Lors de sa course au siège, j'ai versé plus de 75 % des dons qu'il reçut. En retour, je n'ai jamais eu à me plaindre de son comportement puisqu'il votait systématiquement les textes qui m'étaient favorables, même s'il devait pour cela aller contre les orientations de son parti.

En 1961, lorsque Billie Sol deviendra subitement un pestiféré, Rutherford paiera lourdement son alliance : il sera impitoyablement battu aux élections.

34

Chasseur de têtes

Recruté par Carter, Billie Sol a évidemment été témoin de l'élaboration du réseau Johnson. Une machine de guerre construite pièce après pièce par un Carter dont l'unique finalité était de propulser LBJ à la présidence des États-Unis :

— Carter approcha, en peu de temps, une centaine de jeunes Texans au profil prometteur, raconte Estes. Et si vous souhaitez découvrir ce qui s'est réellement passé sur Dealey Plaza, il est obligatoire de saisir le rôle majeur de cet homme. Cliff était l'un de ses mentors mais également son chef de campagne et son responsable politique. C'est lui qui était chargé du recrutement des troupes.

*

Depuis Austin, Carter mit en place un quadrillage systématique de l'État. Un travail de titan sur ces deux cent cinquante-quatre comtés. Or chaque comté était divisé en cantons où, le jour d'un scrutin, se tenait un bureau de vote. Carter devait donc trouver des relais fidèles dans plus de trois mille cantons.

— Il n'y a pas de secret : à une telle échelle, seul l'argent permettait d'envisager le succès. Cliff arrosait les chefs de cantons, les responsables des bureaux de vote et devait obtenir en prime le soutien des réseaux d'influence locaux. Fabriquer un futur président représente un investissement énorme. En temps, bien sûr, mais surtout en dessous-de-table. Aussi, quand la menace Kennedy parut de plus en plus forte, tous ceux qui avaient participé à ces petits arrangements entre amis se mirent à craindre le pire. Alors que leur stratégie allait enfin porter ses fruits, ce satané gars du Nord débarquait. En grimpant dans les sondages en 1960 pour coiffer au poteau Lyndon à la course à l'investiture, il déjouait sans le savoir les plans de multiples personnes Et, une fois à la Maison-Blanche, en désirant se débarrasser du même Lyndon devenu vice-président mais, à ses yeux, trop encombrant, il lésait les mêmes personnages. Une option inenvisageable.

*

La mise au point du tamis électoral de LBJ passa par un recrutement systématique de la future élite texane.

— Cliff constitua le réservoir politique de Lyndon. Sa méthode était simple : enrôler les meilleurs étudiants de l'État. L'université du Texas à Austin et le Texas A & M furent dès lors ses cibles préférées. Une pratique de toujours qui continue à avoir cours aujourd'hui. Avec un tel soutien d'universitaires, Lyndon pouvait compenser ses propres lacunes, attirer à lui des êtres intelligents et expliquer que les meilleurs rejoignaient son camp !

Aux États-Unis, l'université tient une place bien plus importante qu'en Europe. La fidélité des étudiants devenus avocats ou businessmen à l'établissement formateur est totale. En outre, un grand patron recrutera de préférence des collaborateurs ayant suivi le même cursus que lui. Quant à l'entraîneur de l'équipe de football de la fac, s'il apporte visiblement son soutien à un candidat, celui-ci peut être sûr d'engranger de nombreuses voix.

Plus particulier encore, chaque université abrite des clubs à l'activité plus ou moins secrète, groupuscules de l'ombre rassemblant le haut du panier d'un établissement. Leur pouvoir sur la vie du campus est considérable et la solidarité de ses membres éternelle. Le plus prestigieux – et secret – des clubs d'Austin regroupait les Friars. Chaque année, il accueillait les dix étudiants clés de l'établissement. Notamment le capitaine de l'équipe de football, le président du bureau des élèves et le major de la promotion. Et si les Friars bronchaient, tout le campus pouvait s'enflammer. Ce qui arriva une fois lors d'un conflit avec la direction : le résultat fut que tous les élèves se mirent en grève et défilèrent dans les rues de la ville.

Le directeur dut céder et remplacer les membres de l'administration désapprouvés par le club. D'une certaine manière, les Friars constituaient l'équivalent sudiste des Skulls and Bones de la Côte Est, société secrète célèbre pour son impressionnant carnet d'adresses, dont les ex-membres hantent les grandes entreprises, les couloirs du Congrès, la direction de la CIA comme du FBI voire, comme c'est le cas avec George W. Bush, la tête même du pouvoir américain.

— Cliff infiltra les Friars pour les attirer dans le giron de Lyndon, chaque membre recruté devenant le protégé de LBJ. Carter fournissait à chacun ce qu'il voulait. Et, à peine sorties de l'université, ces grosses têtes partaient à Washington travailler avec Lyndon.

*

L'intérêt du camp Johnson pour cette élite pouvait sembler une légende. Aussi, afin de corroborer les souvenirs de Billie, Tom et moi avons retrouvé la liste des membres des Friars à la fin des années 1940, au moment précis où Carter édifia le réseau d'influence de son patron. Les noms qui y figurent sont instructifs. D'abord parce qu'il s'agit d'un savant mélange d'héritiers des grandes familles texanes et de personnes d'origine plus modeste, mais aux qualités et charisme évidents. Ensuite, et surtout, parce qu'effectivement on y note les noms de futurs membres de la garde rapprochée de LBJ, au Sénat comme à la Maison-Blanche.

*

Durant l'une de nos conversations avec Billie Sol, l'ancien financier de Johnson nous révèle une bombe. Selon lui, par l'intermédiaire des Friars, Carter avait recruté... l'un des acteurs principaux de l'assassinat de John Kennedy !

D'après Billie, cet ancien étudiant avait été chargé de nombreux dossiers sensibles par Lyndon. En 1951, il avait même été jugé coupable de meurtre avec préméditation. Une affaire pour le moins étonnante puisque, comme c'est l'usage aux États-Unis, les jurés n'étant pas parvenus à choisir entre la prison à perpétuité et la peine capitale, la sentence avait été laissée à la seule responsabilité du magistrat. Résultat, ce protégé de LBJ fut condamné... à cinq ans avec sursis.

Autre incongruité de ce procès à l'issue rocambolesque, attestant les dires de Estes, le fait que l'ancien Friars a été défendu par John Cofer, un des avocats les plus chers et célèbres des États-Unis, par ailleurs conseiller de Lyndon Johnson.

Plus fort encore : plus tard, malgré un avis défavorable des services secrets, cet ex-pensionnaire de l'université du Texas et ex-taulard se vit attribuer un poste à responsabilité dans l'industrie de l'armement. Un emploi sensible placé sous l'autorité directe de la sécurité nationale.

Une nouvelle fois donc, l'information de Billie Sol était exacte.

Sur la liste des membres des Friars pour l'année 1949, juste après Horace Bugsby, l'un des futurs conseillers de Lyndon présent lors de sa prestation de serment dans Air Force One le 22 novembre 1963, figurait effectivement le nom qu'Estes nous avait désigné.

Peu à peu, grâce à lui, les ombres de Dallas commençaient à s'éclaircir.

1960

En 1960, Lyndon annonça donc sa décision de se présenter à l'investiture du Parti démocrate en vue des présidentielles. Certain de sa légitimité, leader de l'opposition depuis quelques années, il considérait sa candidature comme naturelle.

— S'il n'y avait pas eu la surprise de la jeunesse Kennedy, Lyndon aurait remporté son pari et serait devenu président dès 1960, analyse Billie Sol. L'entrée en campagne se traduisit par une demande accrue en argent car il n'y en avait jamais assez. Parce que Johnson devait gagner, le coût de la victoire n'entrait pas en considération. Il faut bien comprendre que Lyndon était obsédé par la présidence. Si beaucoup d'enfants rêvent un jour d'arriver à la Maison-Blanche, lui s'y était préparé depuis toujours.

— Tu veux dire que Johnson pensait avoir un destin ?

— Exactement, et cette certitude tourna à la fixation. À ses yeux, l'Amérique avait besoin de lui. C'est pour cela qu'il n'avait même pas envisagé de pouvoir perdre.

*

Cette obsession entraîna Lyndon dans une fuite en avant afin de contrer John F. Kennedy. Une tâche colossale, tant l'image raffinée et dynamique du golden quadra contrastait avec celle plus traditionnelle et compassée du Texan. Dès lors, dans son esprit, seule la victoire importait et pouvait tout justifier.

— Ainsi, deux semaines avant le début de la convention, il y eut un cambriolage dans un immeuble de Manhattan. Si deux étages furent visités. il s'agissait là d'une diversion. Le seul intérêt des voleurs était le cabinet d'un médecin : celui qui suivait JFK. Les monte-en-l'air se sont du reste emparés de son dossier médical.

Certes, les problèmes dorsaux de Kennedy étaient alors bien connus, mais des rumeurs alarmistes, alimentées par ses adversaires, couraient sur l'état de santé du candidat à l'investiture. Mais qui dit rumeurs souligne l'absence de preuves. Il fallait donc avoir des pièces et surtout des certitudes.

— Lyndon ne se contentait pas d'interprétations : il cherchait évidemment des preuves. Hoover, depuis le FBI, lui ayant confié que JFK était un sacré coureur, LBJ espérait dénicher les documents prouvant que son concurrent avait contracté des maladies vénériennes.

Si l'opération fut un échec, les cambrioleurs ne mettant à jour aucune tare médicale, Johnson demanda néanmoins à John Connally, l'un de ses hommes de main, d'organiser la propagation des ragots sur l'état de santé de Kennedy. Il n'était plus question de MST, mais d'un « syndrome mortel » censé limiter l'espérance de vie de l'aspirant président.

*

La religion catholique de Kennedy servit aussi d'argument de campagne à Johnson.

— Lyndon ne pouvait cependant pas attaquer ouvertement JFK sur le sujet. Habile, il demanda à H. L. Hunt, de Dallas, de mettre son immense fortune à son service. Le milliardaire texan fit imprimer à plusieurs centaines de milliers d'exemplaires un pamphlet dénonçant la confession de Kennedy. Où il y était clairement écrit que si JFK était élu, il ferait allégeance au pape et détruirait la liberté de religion dans notre pays.

Un an plus tard, suite au dépôt d'une plainte de la famille Kennedy, une enquête du Sénat parvint à trouver l'origine des tracts diffamatoires. Comme Johnson était vice-président, la commission se contenta de pointer du doigt H. L. Hunt. Même si la publication de ce genre de matériel s'avérait contraire aux lois fédérales sur l'élection, le milliardaire de Dallas s'en tira par un communiqué où il s'excusait publiquement tout en prenant soin de bien cadrer ses intentions initiales : « J'essayais simplement d'aider Lyndon. »

*

La convention de 1960 se déroula à Los Angeles, en Californie. Billie Sol Estes, délégué du parti et soutien à la candidature LBJ, avait lui aussi fait le voyage en compagnie de Patsy.

— J'étais dans le groupe de Johnson lors du traquenard du Biltmore Ballroom, admet-il.

En fait, esquivant les primaires afin de conserver son statut de candidat naturel, LBJ avait d'abord joué au spectateur attentif de la ronde des prétendants à l'investiture démocrate. Avec habileté, en postulant non déclaré, il avait pu éviter l'affrontement direct avec Kennedy et, surtout, le rendez-vous des délégués. Car la salle de la convention, contrôlée par Bobby Kennedy et son père, Joseph, regorgeait de supporters bruyants acquis à la cause JFK. Un obstacle que Lyndon avait donc préféré contourner. Mieux, contrairement à l'usage, il convia publiquement John Fitzgerald Kennedy à une rencontre-débat dans la salle de bal de l'hôtel Biltmore où résidaient ses fidèles.

— C'était un piège, commente Estes. Lyndon espérait au fond de lui que Kennedy refuserait l'invitation et passe pour un froussard irrespectueux de la plus importante personnalité du parti.

Mais, déjouant les calculs de LBJ, JFK fit preuve de courage. Il se présenta seul au Biltmore, dont les murs contenaient avec difficulté les troupes de Johnson. Celui-ci, se sentant en position de force, commit une grave erreur : prenant la parole, il attaqua avec violence Kennedy.

— JFK, sous nos quolibets, intervint à son tour. Et là, avec un grand sens politique, il ne répondit pas à la provocation mais évoqua l'union du parti. Lorsqu'il quitta la salle, certains de notre victoire, nous restâmes de longues minutes à applaudir Johnson... mais ce fut la seule occasion.

*

John Kennedy, dès le premier tour de scrutin, emporta avec aisance la nomination du Parti démocrate. Il allait être le candidat à la présidentielle et, si tout se passait bien, en novembre 1960 il pourrait s'asseoir dans le siège que Johnson convoitait depuis toujours. Un LBJ qui, lui, allait devoir se contenter du strapontin.

— Lorsque l'échec de Johnson à l'investiture fut patent, la rumeur selon laquelle il serait choisi comme candidat à la vice-présidence se fit de plus en plus insistante. Ayant eu l'occasion de lui donner mon avis sur ce point, je lui ai déconseillé d'accepter l'offre. Je prenais peu de risque en choisissant cette position, persuadé que jamais les Kennedy n'oseraient lui faire un tel cadeau. Ce que je n'avais pas prévu, c'était la pression du camp de JFK et les millions de dollars qui naviguèrent entre les financiers des deux candidats. Résultat : on proposa la place sur le ticket à LBJ et celui-ci l'accepta.

Le calcul de Kennedy était redoutablement intelligent. En embarquant Johnson dans cette aventure, JFK gagnait de la crédibilité dans les États du Sud et calmait l'aile conservatrice du parti. Mieux, il bâillonnait les oppositions internes et jouait son avenir.

— JFK savait que si Lyndon restait à la tête du Sénat, son mandat deviendrait un chemin de croix et qu'il serait contraint de négocier la moindre de ses décisions. La rancune de Lyndon n'allait pas, en effet, disparaître de sitôt. En fait, Kennedy avait mis en pratique la philosophie que j'avais imposée dans mes affaires : faire de son ennemi un partenaire. Un partenaire qu'il pourrait éloigner sans ennuis : devenu vice-président, Lyndon allait faire en permanence le tour du globe.

La manœuvre semblait machiavélique et efficace. Aussi emporta-t-elle les réticences qui apparurent ici et là.

— Bobby Kennedy, lui, ne voulait pas de Lyndon. Il le considérait comme un vulgaire cul-terreux et ne lui pardonnait pas les multiples coups bas de la campagne. En réalité, c'est la proposition de HL Hunt qui débloqua tout. Soucieux de voir un Texan bien placé à Washington, le milliardaire proposa de mettre son pouvoir économique au service de Kennedy. C'était un pari sur le futur. Comme Lyndon le fit remarquer à la presse ce jour-là, avec un peu de chance, JFK décéderait avant la fin de son mandat.

36

Connally

Il est un autre personnage essentiel de la sphère John-son. Entré dans son entourage durant l'élection truquée de 1948, cet acteur du 22 novembre 1963, alors gouverneur du Texas, s'appelait John B. Connally et se trouvait dans la limousine de Kennedy au moment des coups de feu. Or ce proche de Johnson participa au trucage électoral de Bexar.

— John devait à l'époque trouver les moyens de donner la victoire à Lyndon en gardant à l'opération des apparences légales, explique Estes. Il joua le rôle de stratège de la fraude électorale en somme. Concrètement, cela signifie qu'il supervisa la destruction de certains bulletins de vote, le vol de la liste électorale et que ce fut lui qui parvint à convaincre les responsables du Parti démocrate de valider un résultat que tout le monde savait trafiqué.

*

Après l'assassinat de JFK, Connally devint, à la surprise générale, républicain. Il chercha même à obtenir l'investiture de ce parti pour les présidentielles. Aux yeux de nombreux électeurs, ce revirement de couleur politique, au lendemain de la disparition violente de Kennedy, constitua un camouflet pour Johnson, voire un désaveu. Billie Sol Estes, lui, ne partage pas cette analyse.

— Il ne faut pas se fier aux apparences. Pour Connally, c'était juste une question d'opportunité. Son entourage ayant senti la poussée des républicains au Texas, il lui fallait monter dans le bon train. Comme Lyndon logeait déjà à la Maison-Blanche, il s'agissait de construire l'après LBJ. Et puis, s'ils avaient été brouillés, comment expliquer que Connally, Johnson et sa femme se soient ensuite retrouvés partenaires financiers dans des affaires de plates-formes pétrolières ?

Yarborough

À la fin des années 1950, la branche conservatrice du Parti démocrate texan se vit débordée sur sa gauche. Avec, à la tête de cette fronde, Ralph Yarborough. Or, pour Johnson, la popularité de cet opposant faisait désordre puisque, dans l'optique de l'élection présidentielle de 1960, il devait absolument contrôler le camp démocrate. C'est alors que Cliff Carter décida d'utiliser l'arme Estes.

*

— La mission était d'envergure, explique Billie Sol. D'autant que Yarborough était candidat sur mes terres. Agacé plus qu'inquiet, ne supportant pas les campagnes de Ralph qui tapait plus sur lui que sur les républicains – attitude pouvant, à terme, s'avérer électoralement dangereuse –, Lyndon comptait circonvenir cette figure montante sans qu'il s'en rende compte.

Cette stratégie évitait en outre d'aller au clash et de compromettre la réputation d'unificateur de LBJ, image capitale dans l'hypothèse présidentielle.

— Johnson et Carter me demandèrent de devenir le principal financier de Yarborough et d'afficher publiquement le soutien que je lui apportais. Ils voulaient l'aider à emporter le deuxième siège de sénateur à gagner au Texas et l'avaient à leur merci, et ainsi l'avoir à leur merci. Lyndon étant le tout-puissant président de la majorité sénatoriale, une fois Yarborough à Washington, il le nommait dans différentes commissions et l'éloignait ainsi de l'État. En somme, un enterrement de première classe et une façon de le bâillonner.

*

En quelques semaines, Billie Sol parvint à devenir le principal contributeur du candidat Yarborough. Et même à s'immiscer dans son cercle le plus proche.

— J'entretenais avec lui de longues conversations téléphoniques systématiquement transcrites et enregistrées afin qu'elles puissent servir, au cas où. Les doubles de mes relevés téléphoniques se voyaient, eux, dupliqués puis archivés dans le même but.

La tactique aboutit puisque, grâce au soutien de Billie Sol Estes, à ses fêtes de campagne mémorables et au vote massif de ses employés, Ralph Yarborough fut élu au deuxième siège. Ce fut même un véritable raz de marée dans le West Texas et plus particulièrement dans la région de Pecos. Comme l'avait prévu Lyndon, le nouveau sénateur devait son élection à Estes.

— Nous le savions tous les deux et je fis en sorte qu'il ne l'oublie jamais, sourit encore Billie Sol.

*

Le départ de Yarborough pour Washington permit en outre à Estes de perfectionner son réseau de corruption au sein du département de l'Agriculture.

— J'y avais besoin d'une présence alliée permanente. Pour parvenir à mes fins, Cliff prenait soin de me fournir les noms des personnes à acheter. Ensuite, j'allais voir Ralph, lui confiais cette liste et lui demandais de m'organiser des rendez-vous avec ces gens. La « cible » comprenait d'emblée que je pouvais compter sur l'aide de Johnson mais aussi, désormais, sur celle de Yarborough.

*

Ce dernier fut fidèle à Billie Sol jusqu'à la fin de l'année 1960. L'année suivante, pourtant, son attitude changea radicalement. Conseillé par Robert Kennedy, le sénateur libéral du Texas s'éloigna de son généreux contributeur et reprit ses critiques contre Johnson.

— À cette époque, il a été victime d'amnésie, grogne Billie. Un jour qu'un journaliste lui demandait s'il me connaissait, il osa répondre qu'il ne se souvenait pas de moi. Je le compris sur-le-champ : l'hallali venait de sonner. En me reniant et en s'attaquant à Lyndon, il passait dans le camp des Kennedy. Si son calcul consistait à prendre en marche le train du pouvoir, il ignorait cependant qu'il venait de signer son arrêt de mort politique.

*

À l'occasion du scrutin de 1962, avec l'accord de Cliff Carter, Billie Sol, profitant de relais dans la presse, publia en effet la liste de ses communications téléphoniques de l'année 1960. Le mois de mai retint particulièrement l'attention des médias : Yarborough et Estes s'étaient parlé vingt-cinq fois. Chaque appel dépassait la demi-heure. Les effets de la révélation furent désastreux dans la mesure où Estes se trouvait alors au centre d'une vaste affaire de détournement de fonds publics. Yarborough, favori des sondages, fut battu.

*

À terre, le libéral battu estima n'avoir pas dit son dernier mot. Il voulut sa revanche.

L'élection présidentielle de 1964 approchait. Utilisant ses relais à Washington au sein même de l'entourage de Robert Kennedy, Yarborough s'attaqua de front à la forteresse Johnson. Comme il l'avait promis à l'attorney général, il envisagea de renverser le gouverneur Connally pour offrir le Texas à JFK. Au printemps 1963, la joute verbale entre les deux courants démocrates tourna à la boucherie.

À Washington, les stratèges du parti s'inquiétèrent évidemment des conséquences de cette lutte intestine qui pouvait profiter aux républicains. L'enjeu étant capital, seule une intervention du président sembla alors capable de calmer le jeu.

Kennedy n'avait donc qu'une option : venir au Texas. Pour prouver, de Houston à Dallas, qu'il était le seul homme capable de guider les siens vers la victoire.

38

Hoover

Après avoir constitué autour de Johnson un solide réseau texan rassemblant des membres des pouvoirs politique, financier, judiciaire et même intellectuel, les architectes de la mise sur orbite du personnage LBJ renouvelèrent le même processus à Washington. Or, dans l'Amérique de l'après-guerre, l'homme le plus puissant du pays n'était pas le chef de l'État mais J. Edgar Hoover, l'omniprésent et redouté directeur du FBI. Proches de caractères comme d'intérêts, voisins dans le quartier résidentiel de la capitale des États-Unis, Hoover et Johnson réalisèrent rapidement qu'ils avaient avantage à s'entendre, coopérer et avancer dans la même direction.

*

D'après Billie, l'entente entre les deux hommes s'était construite autour de leur amour de l'argent. Des dollars qui, dans les deux cas, provenaient de la même source : les riches familles de Dallas.

Au-delà de « maîtres » communs, le futur président et le patron du Bureau partageaient aussi une passion pour... la pornographie.

— Lyndon avait de très gros besoins sexuels, raconte Estes. Certaines personnes de son équipe le fournissaient en magazines, en films, en gadgets. Or tout le monde sait maintenant que Hoover était lui aussi très versé dans ce genre de choses.

À l'époque, le marché de la pornographie constituait une activité illicite. Un commerce fructueux contrôlé par le crime organisé, la Mafia en ayant rapidement saisi les avantages : des coûts faibles et des prix de vente faramineux. Enfin, et surtout, les vices humains permettent de contrôler, par le chantage, les clients célèbres des réseaux du X.

— Lyndon et Hoover se respectaient et se détestaient dans le même temps, explique Estes. Ils avaient besoin l'un de l'autre tout en se méfiant. Par prudence et état d'esprit, chacun accumulait des dossiers révélant les travers ou déviances de l'autre, dans l'espoir d'avoir un jour une monnaie d'échange. Hoover tenait Johnson, parce qu'il connaissait ses multiples activités illicites comme ses goûts sexuels. Et LBJ tenait Hoover, car il savait son point faible : sa préférence pour la gent masculine. Grâce aux informations dévastatrices et aux clichés qu'il possédait sur la vie du patron du FBI, Hoover était à sa merci. Dès lors, chacun savait à quoi s'en tenir s'il lui était venu à l'esprit, ne serait-ce qu'une seconde, de trahir l'autre.

*

Une fois absorbés le choc de Dealey Plaza et la mort de Kennedy en 1963, une fois Johnson élu président en 1964, le camp démocrate fit pression sur LBJ pour qu'il se débarrasse d'un Hoover vieillissant. Le puissant directeur du FBI allait sur ses soixante-cinq ans et, à moins d'une intervention présidentielle, devait prendre sa retraite. Or, sous l'ère des frères Kennedy, Hoover avait exprimé son désir de continuer sa tâche au-delà de l'âge limite officiel. Des demandes répétées que John et Robert avaient ignorées, laissant planer le doute sur leurs intentions le concernant. L'assassinat de JFK ayant changé la donne : c'était à LBJ de décider du sort du directeur. Et, sans grande surprise, Johnson modifia la loi afin de le garder. Grâce à lui, le patron du FBI devenait fonctionnaire à vie.

— Lyndon avait une expression pour justifier sa décision de conserver Hoover, explique Estes. Il disait : « Je préfère l'avoir dans mon camp en train de pisser à l'extérieur, que dehors à pisser dans mon camp. »

Pour comprendre l'emprise de LBJ sur le directeur du FBI, il faut connaître les mécanismes internes de ce groupe de l'ombre qui, depuis le Texas, avait décidé de tenir les rênes des États-Unis.

Dans les années 1950 et 1960, le Texas contrôlait le trafic des films pornographiques et les parties de poker à très haut enjeu. Les films étaient réalisés dans l'État tandis que la plus grande vedette de l'époque n'était autre qu'une strip-teaseuse travaillant chez Jack Ruby en novembre 1963. Or, durant son long mandat à la tête du FBI, Hoover multiplia les voyages au Texas. En outre, en compagnie de Clyde Tolson, son assistant et amant, il se rendait annuellement à l'hôtel Del Charro de San Diego, palace voisin du Del Mar Race Track, un hippodrome où il passait ses journées à parier clandestinement.

— L'hôtel et l'hippodrome appartenaient à Clint Murchinson, un milliardaire texan de Dallas, raconte Estes. Il prenait en charge le séjour d'Hoover, payait pour tout. Pour lui et son entourage, couvrant même les pertes des paris pour les courses et les cartes. Il s'arrangeait souvent aussi pour que Hoover sorte gagnant. De la sorte, Hoover n'était pas corrompu, il avait juste beaucoup de chance.

Parmi les cadeaux de Murchinson au patron du FBI se trouvaient des titres de propriété de puits de pétrole texan. Des investissements rapportant chaque année un solide pactole.

Il ne s'agissait toutefois pas du seul moyen de pression dont les hommes de Dallas disposaient :

— À l'hôtel, Hoover et Tolson logeaient dans l'appartement privé de Murchinson. Un endroit truffé de micros et d'appareils photo. Des clichés du couple en compagnie de jeunes hommes d'origine mexicaine furent pris et confiés à Lyndon pour enrichir ses dossiers.

*

En 1963, Murchinson et ses amis, Sid Richardson et H. L Hunt, étaient les hommes les plus riches du monde.

Des fortunes colossales bâties sur le pétrole et la multiplication des marchés publics.

En 1963, et depuis près de vingt ans déjà, Murchinson, Richardson et Hunt finançaient à grandes pompes la machine Lyndon Johnson.

En 1963, et depuis longtemps, Murchinson, Richardson et Hunt avaient à leur botte J. Edgar Hoover, le puissant patron du FBI. Dont les services, sous son contrôle, allaient bientôt se charger de l'enquête sur la mort d'un président.

En 1963, et depuis toujours, Murchinson, Richardson et Hunt avaient aussi la prétention de croire que leur argent leur conférait le droit de décider comme ils l'entendaient de la politique américaine.

Visite

Voilà maintenant deux mois que Billie nous dévoile les coulisses du pouvoir texan. Cette visite quotidienne, écœurante parfois, passionnante toujours, me fascine.

Sol n'invente rien. Les mécanismes de l'accession au pouvoir sont éternels. Et sans frontières. Le parcours de Lyndon Johnson, c'est celui de tout aspirant à la présidence d'une nation. Des États-Unis à la France.

Bien sûr, par moments, Dealey Plaza et ses arbres toujours verts semblent loin. Mais en réalité, je n'en ai jamais été aussi proche.

40

Assurance vie

Le dernier témoin n'avait à mes yeux qu'une seule valeur : celle de pouvoir prouver ses souvenirs.

Le parcours de Billie Sol Estes était certes exceptionnel, ses souvenirs valaient sûrement mon installation au Texas, mais cet accouchement et cette enquête ne prenaient un sens que s'il détenait réellement ce qu'il promettait depuis toujours : ses fameuses cassettes.

Bien entendu, ces bandes magnétiques, si elles existaient, ne constituaient en rien une dispense à poursuivre notre traque de la vérité. Au contraire même, Tom et moi n'ignorions pas que plus importantes seraient les révélations d'Estes, plus les critiques les accueillant seraient sévères. Et qu'il nous fallait les confirmer. En sorte qu'au-delà de notre enquête, nous devions aussi percer le mystère de ces enregistrements.

*

Assez curieusement, Sol n'avait jamais esquivé le sujet. Mais n'y avait pas vraiment répondu non plus. À l'entendre, oui, les cassettes existaient et oui, elles contenaient la solution du 22 novembre 1963. Mais il n'en disait pas plus. Jamais il ne nous gratifiait d'une promesse ou d'un rendez-vous. En fait, à ses yeux, avant de prétendre avoir le privilège de les écouter, nous devions en connaître la nature, les origines, le contexte. Nous devions apprendre pourquoi, et comment, notre Texan avait décidé de devenir le gardien des bandes magnétiques.

— Je crois que le déclencheur a été l'épisode de la convention en 1960. Pour la première fois de ma vie, j'ai vu la haine en action. Des deux côtés. Et j'ai compris que, malgré mes millions, je ne pesai rien. Alors j'ai pris mes précautions... et j'ai enregistré mes conversations.

Au-delà de son implication dans les catacombes de la politique, Sol découvrit également que le développement de son empire passait par la fréquentation d'un nouveau monde. Aux mœurs et méthodes bien plus redoutables que ce qu'il imaginait.

— Il fallait que je me protège, ajoute-t-il. Après avoir conquis le Texas, je souhaitais m'attaquer au pays et m'ouvrir sur le monde. J'avais besoin de nouveaux partenaires, dont certains frayaient franchement avec l'illégalité.

Billie Sol commença alors à consulter ses proches, cherchant un moyen d'enregistrer ses conversations.

— J'ai rencontré un ingénieur en électronique de Texas Instruments à Dallas. Après m'être assuré de sa discrétion, je l'ai grassement payé pour qu'il me mette au point un appareil enregistreur utilisant les bandes disponibles alors dans le commerce.

Notre enquête nous a permis de découvrir une correspondance entre les deux hommes. Il n'y est pas question ouvertement d'enregistrements mais d'une liste d'achats de composants. Des éléments nécessaires à la fabrication du système de surveillance.

— Dès lors, je me suis mis à enregistrer clandestinement l'ensemble de mes conversations téléphoniques et, grâce à des micros cachés, celles se déroulant dans mes bureaux et ma maison. Par précaution.

Dans un univers qu'il sentait de plus en plus dangereux, Billie Sol Estes venait de souscrire à la plus efficace des assurances vie.

La chute

L'installation de Lyndon Johnson à la vice-présidence des États-Unis, suite à la victoire du ticket démocrate en 1960, ouvrit une ère florissante pour le Texas. Mais Billie Sol, lui, se trouvait une nouvelle fois à la croisée des chemins. Si sa fortune dépassait la centaine de millions de dollars, la plupart de ses capitaux étaient investis dans les affaires, donc pas immédiatement utilisables. Cherchant un moyen d'augmenter ses profits, il décida d'intensifier certaines de ses activités. Sans savoir que, se croyant en pleine ascension, il se trouvait en fait au firmament de sa renommée. Une apothéose bientôt suivie d'une descente aux enfers.

*

— Même si la loi limitait sa production, j'avais besoin de plus de coton. Et je devais trouver une solution. Parallèlement, je rencontrai Harold Orr, de Superior Tank, afin de décupler la fabrication des réservoirs à engrais. Plus de réservoirs signifiait plus de commandes d'engrais chimiques. Cette discussion fut à l'origine de mes difficultés avec la justice. Quant à ma volonté d'augmenter mes cultures de coton, elle suscita une multitude de problèmes politiques qui aboutirent à un affrontement direct avec Bobby Kennedy. Dès lors, je dus me battre, entre 1961 et 1962, sur trois fronts en même temps. À l'origine de cette vendetta politique, les secrets de Johnson. Car, à travers moi, Robert Kennedy était sûr de pouvoir atteindre le vice-président et de prouver qu'il vivait d'argent sale et même volé aux contribuables.

Coton

Le premier et plus important dossier ouvert contre Billie Sol Estes concerna ses activités dans le coton. Limité par les quotas de production, le Texan sut dénicher un moyen de rapatrier à Pecos les autorisations de cultiver des parcelles dormant dans le reste des États-Unis. L'ennui, c'est que sa « technique » frisait l'illégalité.

— Mon expérience du département de l'Agriculture m'avait souvent démontré que les vides juridiques pullulaient dans les textes de lois, explique-t-il. Alors j'en ai profité. Je n'étais d'ailleurs pas le seul, puisque cette manœuvre faisait fureur au Texas. D'autres fermiers utilisaient le procédé en faisant même appel à mon avocat.

*

L'opération était d'une simplicité enfantine. Utilisant les listes fournies par ses contacts à Washington, Billie et ses hommes de loi contactaient les fermiers américains propriétaires de parcelles inexploitées. Après discussions, ils leur vendaient un morceau de terre à Pecos, où était alors transférée leur autorisation de culture. En dernière étape, le fermier dans la combine leur louait ce terrain, qu'ils exploitaient. Un tour de passe-passe strictement légal... à petite échelle ! L'astuce venait de la manière dont se trouvaient appliquées les différentes étapes du projet. Estes désirant devenir propriétaire de milliers d'autorisations, il savait inciter les fermiers à lui céder leurs terres.

— Tout était fait pour les pousser à nous suivre dans cette aventure. Lorsqu'il signait le contrat d'achat, le fermier n'avait rien à nous régler avant douze mois. Mieux, nous lui versions à l'avance un an des loyers nous autorisant à cultiver ses terres. À la date anniversaire, le cédant se trouvait face à deux possibilités. Soit me payer le prix de la terre, plus important que le loyer annuel que je lui avais alloué. Soit garder cet argent et me rétrocéder le terrain désormais pourvu d'une autorisation de culture du coton. Évidemment, neuf fois sur dix, il optait pour cette solution.

*

Seule difficulté de l'opération : décrocher l'approbation du département de l'Agriculture chargé de valider chaque transfert vers Pecos.

— Grâce à mon réseau local mis en place durant les années 1950, je pensais que cet accord relèverait de la pure formalité. Là encore, je me trompais. À maintes reprises, le bureau régional vint mettre son nez dans les transactions. Or le pouvoir de cet office de contrôle était suffisant pour annuler une décision prise au niveau du comté. Tout mon plan pouvait s'écrouler.

À Bryan, ville située à une centaine de kilomètres d'Austin, c'était un dénommé Henry Marshall qui devait donner son aval aux transferts. Sans sa signature, tout capotait. Mais avec sa bénédiction, l'empire Estes devenait intouchable.

— Mon frère Bobbie Frank et mon avocat John Dennison passèrent de nombreuses heures dans son bureau pour lui expliquer notre point de vue, lui faire comprendre que nous avions toujours été généreux avec lui, qu'il devait donc cette fois nous renvoyer l'ascenseur. Personne ne se doutait alors que cette histoire finirait par son assassinat.

Le 20 décembre 1960, alors que le comté de Reeves s'apprêtait à valider la première série de transactions de Billie Sol, malgré toutes ces sollicitations, voire pressions, Henry Marshall, s'appuyant sur un texte de loi, décida de geler la procédure. Une catastrophe pour Estes

156

qui venait d'avancer le loyer annuel de plusieurs milliers
de transferts, sommes qui se virent dès lors purement et
simplement bloquées.

— C'était un coup de massue, convient Billie Sol. Toutefois, n'étant pas du genre à me laisser abattre, j'ai lutté
pied à pied. Et le début de l'année 1961 me permit de
reprendre la main, en démontrant à Marshall qu'il avait
mal interprété le cadre de la loi. En vérité, c'était moi qui
n'avais rien compris : je portais mon attention sur Marshall, alors qu'en réalité le nœud du problème se trouvait
à Washington. Je l'ignorais encore, mais Robert Kennedy
avait décidé de me faire tomber, en espérant très fort que
ma chute entraînerait celle de Lyndon.

*

L'histoire a parfois une ironie cinglante. Alors que Billie détournait la loi à son profit, ses entrées à Washington
lui permirent d'être nommé au Comité national de surveillance du coton, rôle approuvé par Orville Freeman,
secrétaire d'État à l'Agriculture. Pensant avoir convaincu,
grâce à son entregent, que son opération n'avait rien de
gravissime, il voyait la nouvelle année avec plus d'optimisme quand le bureau où travaillait Marshall passa à
nouveau à l'offensive. Et imagina une procédure alambiquée, mais habile, afin de ne pas perdre la face tout en
paralysant Estes.

— Se basant sur la directive CSS178, raconte ce dernier, l'USDA exigea que chaque fermier effectuant un
transfert de culture au Texas se déplace en personne pour
confirmer son intention de cultiver la terre et non de la
revendre. Autant dire qu'il s'agissait de la fin de ma martingale. Pas de doute, cette fois-ci j'avais besoin, et d'urgence, de l'aide de Lyndon.

*

Le 31 janvier 1961, suite à une longue conversation
téléphonique entre Cliff Carter et Billie Sol Estes, Lyndon
B. Johnson décida d'user de son influence de vice-président des États-Unis. Invoquant la difficulté de certains

propriétaires à se déplacer à cause de leur travail pour répondre à la récente directive, Johnson demanda à Orville Freeman, ministre de l'Agriculture, et sur papier à en-tête, la disparition pure et simple de la directive.

— Le 17 février, poursuit Billie, Lyndon reçut une confirmation de Freeman. Non seulement le texte était supprimé, mais désormais seul Henry Marshall était habilité à décider de la validité de la transaction.

C'était une avancée : désormais, Estes n'avait plus face à lui un bureau d'hommes mais un seul individu.

Quant à Johnson, satisfait de sa réussite, il fit suivre à Billie une copie de la correspondance de Freeman. Avec, attachée au courrier, une note manuscrite où on peut lire : « Cela pourrait être intéressant pour toi. Lyndon. »

*

Mais là encore, l'accalmie fut de courte durée. Cette fois-ci, l'attaque vint directement de Washington. Sentant l'arnaque, Carl Albert, un élu du Congrès mis au courant du transfert massif d'autorisations vers le Texas, demanda une réunion exceptionnelle du département de l'Agriculture. Par courtoisie, il téléphona cependant à Lyndon Johnson, lequel informa Cliff Carter.

— Quelques heures plus tard, Cliff m'appela pour faire le point. Ses informations n'étaient pas bonnes. Il lui semblait que quelqu'un de très haut placé manœuvrait pour qu'on fasse barrage contre moi. Les contacts de Cliff en haut lieu nous recommandaient même de renoncer à tout nouveau transfert et de nous battre avec énergie si nous voulions conserver ceux déjà effectués.

La contre-offensive des défenseurs de la légalité ne se fit d'ailleurs pas attendre. Le 31 mai 1961, trois inspecteurs du département de l'Agriculture s'adressèrent à Henry Marshall afin de vérifier l'authenticité des transactions.

— Henry prépara une réponse expliquant qu'il n'avait pas, dans ses services, les doubles des contrats. Ce qui était évidemment faux, puisque, comme l'exigeait la loi, lui et son adjoint Williams recevaient systématiquement une copie de toutes les transactions. Il se trouvait donc piégé. Cette réponse mensongère constitua son dernier acte officiel !

*

L'évocation de cette affaire se fait dans la douleur.

Autant Billie Sol peut revenir avec une indécente légèreté sur certains crimes, autant les souvenirs de l'assassinat d'Henry Marshall sont chez lui difficiles à exprimer. Sans doute parce que cette sordide histoire évoque le début de sa chute. Sans doute aussi parce que livrer enfin les secrets du meurtre du chef du bureau régional de l'USDA, c'est dévoiler les clés d'un autre assassinat, celui de John F. Kennedy.

— C'est Ralph Yarborough qui a prévenu Robert Kennedy de ce qui arrivait, débute-t-il. D'abord par peur : il craignait en effet que mes déboires mettent en avant les relations que nous avions entretenues et voulait se prémunir. Ensuite par calcul politique : Ralph détestait toujours autant Lyndon. Kennedy ne pouvait que l'entendre d'une oreille intéressée. Aussi, pour nous atteindre, Bobby décida-t-il de mettre la pression sur Henry Marshall. Il voulait le convaincre de témoigner de l'existence de mes liens avec Lyndon.

Au-delà de l'implication de Marshall et Estes, la perspective de compromettre le vice-président dans une affaire de détournement de fonds publics s'avéra être une carte essentielle dans la lutte intestine que se livraient les clans Kennedy et Johnson.

— Henry Marshall était un vieux de la vieille, au fait de nombreux secrets. Il n'ignorait pas qu'une partie de mes profits enrichissait la caisse noire de Johnson. Parvenir à le convaincre de parler, c'était ouvrir la boîte de Pandore. Y arriverait-on ? Dans la dernière semaine de mai, le feu se déclara dans la maison. Un ami travaillant à Bryan nous informa que Marshall était prêt à collaborer avec le département de la Justice. Il avait même prévu de se rendre à Washington.

Le 3 juin 1961, Henry Marshall fut découvert mort dans son ranch de Franklin. Malgré de multiples blessures par balles, le shérif Howard Stegall classa l'affaire en concluant qu'il s'agissait d'un suicide.

— Stegall était une relation de Cliff Carter et...

Billie s'arrête sans raison apparente. Il hésite :

— Je ne sais pas si je suis prêt à te parler de ça. Je crois que c'est encore trop tôt.

*

Par moment, même s'il est sincère, Billie Sol se montre agaçant. Certaines de nos réunions tournent parfois au cauchemar. Contrarié, Estes s'enferme dans le silence ou, pire encore, s'égare dans des considérations sans intérêt.

L'évolution de notre relation nous permet, à Tom et à moi, de juger assez rapidement de la disposition d'esprit du dernier témoin. Et quelquefois de lever le camp au bout d'une heure s'il ne nous dévoile rien de neuf ! L'étrange familiarité qui s'installe entre un journaliste et son sujet, m'offre une assurance nouvelle. Je me suis même surpris à voler dans les plumes de notre interlocuteur. Agacé par sa mauvaise volonté, je lui ai reproché de temps à autre son refus de collaboration. Désormais aguerri aux mœurs texanes, je ne souhaitais plus me placer dans la peau de l'étudiant.

— Il faut arrêter avec ça Billie, rétorqué-je. Soit on fait ce livre, soit on passe à autre chose. Mais voilà maintenant des mois que tu nous fais attendre.

Dans le passé, quand nous avons rencontré ce genre d'accroc, il est arrivé à Sol de le prendre mal et de répliquer selon différents registres. Dans le meilleur des cas, il ne s'adresse plus à moi mais discute avec Tom. Dans le pire, il me menace, généralement sur le ton de la plaisanterie. Un humour glaçant, entre sourire et grimace. Sur un mode toujours interrogatif. Il me demande innocemment si je souhaite laisser une veuve ou si je pense pouvoir un jour rentrer en France. D'ordinaire, je lui réponds par la surenchère ou je l'ignore.

Mais aujourd'hui, c'est différent. D'abord j'en ai assez. Ensuite, je ne décèle pas l'ombre d'un éclat de rire dans sa voix. Et puis, pour la première fois, Estes évoque l'épisode le plus sombre de son histoire : l'étrange épidémie de suicides au gaz carbonique qui frappa son entourage.

— Et cela te dirait de rejoindre la liste ? marmonne-t-il, l'œil carnassier.

Tom essaie de calmer le jeu par une plaisanterie. Les yeux de Billie ne me quittent pas. Par réflexe, je soutiens son regard.

Enfin, je brise le silence.

— OK, Billie, finissons-en avec ton histoire. Et ensuite on reviendra sur Marshall. Mais alors, il ne sera ni trop tôt ni trop tard. Le temps de tout nous dire sera venu.

Estes éclate de rire.

— Ils sont tous comme toi, les Français ?

Je ne réponds pas et me replonge dans ma liste de questions.

Le message est passé.

43

RFK

La disparition d'Henry Marshall marqua les premières secousses avant l'effondrement de l'empire Estes. Washington ne pouvait tolérer que l'on bafoue ses directives et surtout que l'on s'en prenne à la vie de ses représentants. Quatre jours après la mort de Marshall, l'USDA ouvrit une enquête relative à l'ensemble des transactions de Billie Sol Estes. Commença alors un long et discret bras de fer entre le pouvoir et ce Texan de l'ombre, pendant lequel Billie, pour survivre, tenta d'utiliser son réseau politique et ses millions de dollars.

*

— Le 18 octobre 1961, j'avais rendez-vous avec une grosse huile de Washington. Wilson Tucker, responsable de la branche coton au ministère. J'avais beau lui expliquer mon problème, mes fonds bloqués, les lots en attente, il ne fut pas réceptif à mes arguments.

Et là, Estes, confondant Washington avec le Texas, commit une bourde en lui lançant :

— Êtes-vous au courant qu'un homme a déjà payé du prix de sa vie ces satanés transferts ?

L'évocation de la mort d'Henry Marshall agit comme un électrochoc sur le responsable de l'USDA. Il comprit qu'il ne s'agissait plus d'une affaire de détournement des textes de loi, mais d'un dossier criminel. Et il demanda sur-le-champ une enquête chargée d'élucider les origines de la fortune de Billie Sol.

— Le 14 novembre, on me supprima mes allocations pour l'année 1962. Évidemment, je contactai immédiatement Cliff. Qui savait que j'avais investi sur mes prévisions et qu'en ce mois de novembre 1961, je n'avais déjà plus en poche la somme totale qui devait m'être versée en 1962.

Un répit survint. L'intervention du bras droit de Lyndon fut en effet couronnée de succès. Au début de janvier 1962, l'USDA débloqua les millions que Billie attendait.

— Ce fut une excellente nouvelle, mais je n'y voyais qu'une première étape. Désormais, il me fallait obtenir l'arrêt des enquêtes en cours. Sinon, à force de gratter, les limiers du département allaient trouver ce qu'ils cherchaient.

*

Le camp Johnson avait lui aussi conscience que le dossier Estes pouvait devenir explosif. Non seulement Billie Sol reversait 10 % de ses revenus à la cassette du vice-président, mais il était aussi au courant de l'ensemble des contacts entretenus par Carter et LBJ au sein du USDA. Et puis, bien sûr, il y avait la mort de Marshall.

— Carter me demanda de venir à Washington, raconte Billie. Les Johnson devant donner une réception, nous pourrions faire le point sans oreilles indiscrètes et sans que ma venue paraisse louche. Mais, en réalité, Lyndon voulait me jauger. Je ne commis pas la même erreur que Marshall et l'assurai de ma loyauté. De son côté, LBJ m'affirma qu'il allait trouver une solution dès le lendemain. Lorsqu'il partit rejoindre ses invités, Carter se pencha vers moi et m'avertit que, dorénavant, il aurait besoin d'encore plus d'argent pour « graisser la machine ».

Le 16 janvier, comme promis la veille, Walter Jenkins, un assistant de Johnson dont les contacts au FBI étaient précieux, téléphona à Billie et l'informa que le vice-président avait trouvé l'homme adéquat au département de l'Agriculture et que tout allait s'arranger.

— Le même jour, suivant les instructions de Cliff, j'ai retiré 145 015 dollars en liquide d'un de mes comptes et les lui ai fait parvenir. Une nouvelle fois, Carter m'assura de la fidélité de Lyndon.

*

La sollicitude de LBJ trahissait en réalité son inquiétude. Il n'ignorait pas que depuis quelque temps, suite au décès de Marshall, Robert Kennedy avait reporté toute son attention sur Estes. Un intérêt dont Billie allait rapidement mesurer l'ampleur.

— Je revins à Washington pour le premier anniversaire de la prise de fonction de John Kennedy. Membre éminent du Parti démocrate, il n'y avait, à mes yeux, rien de surprenant à ce que je me retrouve à la cérémonie. Mais j'aurais dû comprendre qu'il se tramait autre chose quand on me fit porter une invitation pour la réception privée offerte par John et Jackie dans les salons de la Maison-Blanche.

Aveuglé par la fierté de se retrouver parmi les plus grands, Estes ne comprit pas ce que Johnson, de son côté, pressentit.

— Au cours de ce cocktail intime, j'étais en train de passer de groupe en groupe lorsqu'un homme s'approcha de moi et m'avertit que Robert Kennedy souhaitait me parler dans la discrétion d'un des bureaux. Interloqué, j'acceptai et me retrouvai face à l'attorney général. Hélas pour lui, Bobby n'était pas Lyndon. Il n'avait aucun charisme, paraissait presque timide. Il était impossible de saisir son regard. Bobby désirait mieux me connaître et même me revoir pour parler de mon avenir. Il glissa aussi qu'il m'imaginait bien un jour gouverneur du Texas à la place de Connally.

Durant cette brève rencontre, Estes était redescendu de son nuage. En réalisant combien cette entrevue tombait bizarrement, le financier commençait à paniquer. Si l'attorney général entrait ainsi dans l'arène, c'est qu'il avait commencé à tisser sa toile depuis bien longtemps.

— Je lui ai dit que j'étais d'accord et ravi de discuter avec lui mais que mes occupations m'empêchaient de le faire sur-le-champ. En revanche, un autre jour... Une phrase qui ne m'engageait à rien mais m'offrait le temps de recueillir l'avis de Lyndon et Cliff. Ce dernier me suggéra d'accepter l'invitation afin d'apprécier la position du frère du président. Je n'étais pas dupe : ce qui intéressait réellement Cliff, c'était de connaître les éléments que Bobby possédait contre LBJ.

44

Trahison

Depuis un an, Billie Sol luttait pour éviter la banque-route. Au début 1962, il avait investi près de deux millions de dollars pour, comme l'avait dit Carter, « graisser la machine ». Et justement, le 24 janvier, le travail de lob-bying de Carter et Jenkins vint à porter ses fruits.

— Une décision officielle entérinait la légalité de tou-tes mes transactions et estimait que toutes les enquêtes entamées à mon encontre pouvaient cesser. On me demandait seulement de prouver que mon but premier avait été la location et non l'acquisition. Comme mon avocat avait anticipé ce type d'interrogation, il me restait seulement à présenter les justificatifs prouvant que j'avais versé d'avance un an de loyer. Je respirais enfin.

*

Un répit de courte durée. Le 5 avril 1962, alors que Billie Sol s'apprêtait à célébrer sa victoire, Bobby Ken-nedy lança une nouvelle attaque contre lui.

— Je n'avais pas répondu à son invitation, analyse aujourd'hui Estes, et il avait dû mal le prendre. Résultat, on me mit en accusation pour entorse à la législation commerciale inter-États. Cela n'avait aucun rapport avec la culture du coton mais, de peur du scandale, Orville Freeman prit la décision d'annuler de manière définitive l'ensemble de mes transferts d'autorisation. En un ins-tant, tous mes espoirs s'écroulaient. Je n'étais plus dans une impasse mais au bord du gouffre.

La décision étant irrévocable, les dégâts financiers allaient se révéler énormes. Au-delà de l'argent investi dans la bataille juridique et du lobbying des derniers mois, Billie Sol avait aussi consacré plusieurs dizaines de millions de dollars à la location, l'achat et l'irrigation des parcelles à coton. En lui retirant tout, on le ruinait. Et Billie Sol comprit aussi que Johnson, sous la menace des Kennedy, était prêt à tout.

*

— Freeman était un proche de Lyndon, explique Estes. Pris dans une situation qui lui échappait, il avait choisi de sauver sa tête en tranchant la mienne. Avec le recul et les confidences de certains cadres du département, j'ai même aujourd'hui la certitude que c'est Lyndon lui-même qui avait demandé à Freeman l'annulation. Pour qu'on n'accuse pas un des siens de me favoriser. Pour ne pas se retrouver dans l'œil du cyclone. Et parce que, bien informé, Lyndon n'ignorait rien de la détermination de Bobby à me mettre sous pression pour me contraindre à collaborer. Lyndon pensait qu'une fois mes autorisations supprimées, l'affaire serait automatiquement enterrée. Il se trompait.

Le vice-président venait de trahir Billie Sol. Ce n'était pas la dernière fois.

Réservoirs

Contrairement à ce qu'il croyait, la mise en accusation de Billie Sol Estes n'avait pas seulement à voir avec sa tentative de contrôle du marché du coton. Se servant des informations collectées par un opposant politique local, les autorités américaines s'intéressaient aussi à sa chaîne de stockage d'engrais chimiques.

— Nous fabriquions des réservoirs et les placions ensuite chez les fermiers, raconte Billie. Nous avions en somme créé une sorte de cercle vertueux où l'augmentation d'utilisation d'engrais entraînait une demande accrue en réservoirs. L'ennui, c'était qu'afin d'étouffer les autres distributeurs de fertilisants, je pratiquais la vente à perte.

Or, pour financer cette manœuvre risquée, Billie Sol n'avait pas investi ses fonds propres, mais utilisé le crédit de ses propres clients.

— J'accumulais les accords fictifs de location de matériel. Et quand ils frôlaient le million de dollars, je contactais une institution financière pour lui proposer de me racheter le crédit de mes clients. Contre un paiement immédiat moins leur marge, ils se retrouvaient donc à la tête d'une rente.

*

En 1961, l'arnaque rapporta dix-sept millions de dollars à Billie Sol Estes. Les organismes de crédit, peu regardants sur les détails de l'opération, avaient, par exemple, validé l'achat de quatre cent cinquante réservoirs d'engrais d'une exploitation familiale dont les besoins annuels se voyaient couverts par un seul. L'année 1962 s'annonçait encore plus prometteuse avec déjà plus de quinze mille faux réservoirs placés dans les environs de Pecos. C'était oublier le département de la Justice qui jugea l'opération des plus louches et décida d'aller voir sur place de quoi il retournait.

En quelques jours, soixante-quinze agents du FBI, seize spécialistes en criminalité des affaires et une trentaine d'inspecteurs du fisc débarquèrent à Pecos. Le procureur général de l'État, Will Wilson, persuadé de trouver dans cette affaire un formidable tremplin politique, se joignit à la danse du scalp. Et l'arrivée massive des inspecteurs s'accompagna de nouveaux appels du pied du bureau de Robert Kennedy à Estes pour qu'il dévoile ce qu'il savait des magouilles de Johnson.

— Les assistants de Bobby me tinrent alors à maintes reprises le même discours : « Nous ne pensons pas que vous êtes coupable et nous sommes même certains que nous pourrions arriver à un accord capable de vous préserver. En échange, nous vous demandons de ne rien nous cacher. »

*

Mais Estes, une nouvelle fois, se tut. Même s'il possédait les preuves de l'implication de Johnson dans cette opération-là aussi, puisque sa bonne réputation n'avait pas été suffisante à elle seule pour convaincre les organismes de crédit. Le rachat des contrats fictifs n'avait été possible que parce que le vice-président était intervenu directement auprès des directeurs des groupes de crédit. Il les avait assurés du sérieux de leur interlocuteur, tout en promettant que les subventions agricoles permettant aux fermiers de s'équiper continueraient à tomber sur Pecos et ses alentours.

— Lyndon ne faisait rien gratuitement. S'il était monté au créneau, c'est parce que les perspectives financières de l'opération avaient convaincu Cliff Carter. En revanche, j'ignore comment le département de la Justice avait eu vent de l'implication de LBJ. Toujours est-il que c'était bien à cause de lui que Bobby était entré personnellement dans la danse.

Cette fois, l'attorney général se fit plus précis encore :

— Mon silence persistant l'agaçait. Aussi, un jour, il m'a téléphoné en personne. Nerveux, presque cassant, il ne s'embarrassa pas de fioritures... « Nous savons que vous contribuez largement à la caisse noire de Lyndon, me déclara-t-il. Dites-nous combien vous lui avez versé, aidez-nous et je vous offre l'immunité. » Ma réponse ne laissa planer aucun doute sur mes intentions : « Je suis désolé, mais je ne comprends pas de quoi vous voulez parler. »

*

Deux jours plus tard, le 29 mars 1962, à 6 heures du matin, Billie Sol Estes était interpellé à son domicile.

Courant avril, un Grand Jury fédéral l'inculpait pour cinquante-sept violations de la loi.

Relâché contre le paiement d'une caution, Estes regagna son domicile. Et, comme à chaque fois que la situation l'imposait, appela Washington.

— J'ai eu Cliff, explique-t-il. Je ne paniquais pas encore mais j'avais le sentiment que tout était en train de s'effondrer. Cliff se montra apaisant. Il me rassura et me demanda de lui faire confiance. À l'en croire, tout allait s'arranger.

Panique

Le chaos du début des années 1960 laissa bientôt place à la dévastation. En cette année 1962, l'empire Estes vacillait sur ses bases. La proximité des élections de 1964 rendait les deux camps démocrates particulièrement anxieux. Tandis que Robert Kennedy souhaitait utiliser Billie Sol contre LBJ, Johnson, lui, craignait que ce dernier parle.

*

Comme l'attestent ses relevés téléphoniques, le 28 avril 1962, Cliff Carter téléphona à Billie Sol Estes.

— Il y avait le feu à la maison et il voulait que je rencontre d'urgence Lyndon à l'aéroport de Midland. Ce jour-là, LBJ n'était effectivement pas à Washington, mais à Austin pour assister aux funérailles de Tom Miller, l'ancien maire de la ville. Et le vice-président exigeait de me parler face à face. J'y suis allé avec l'un de mes avocats. Air Force Two attendait en bout de tarmac et des agents du Secret Service nous ont fait monter à bord.

Selon les souvenirs de Billie, l'entretien se poursuivit pendant plus d'une heure. Un laps de temps relativement long en comparaison des rencontres habituelles de Johnson.

— Nous avons d'abord fait le tour de mes problèmes légaux, se souvient Estes. Mais il s'agissait d'une mise en bouche. En réalité, l'intérêt de Lyndon se trouvait ailleurs : il souhaitait que je lui communique la liste des personnes connaissant l'existence de notre relation. À chaque nom, Cliff, qui était évidemment présent, hochait de la tête. Lyndon précisa bien à plusieurs reprises que seul le silence était acceptable. Et qu'en échange de ma discrétion, il se débrouillerait pour que tout s'arrange. Il ajouta toutefois que je devais me préparer à me retrouver devant les tribunaux et à lutter jusqu'au bout. Et à nouveau, avant de nous séparer, il insista sur le fait que quelle que soit la situation, je ne devais sous aucun prétexte dire quoi que ce soit.

*

Prouver l'existence de la rencontre de Midland était à nos yeux tout simplement capital. Un enjeu d'autant plus majeur que les noms communiqués par Billie se retrouvèrent les semaines suivantes dans la rubrique des faits divers. Certes, Cliff Carter avait bien passé un coup de fil à Estes ce jour-là. Certes, LBJ se trouvait effectivement à Austin. Des points vérifiés qui, hélas ! ne suffisaient pas.

Bien sûr, Billie nous proposa de rencontrer l'avocat, qui, selon lui, l'avait accompagné à bord d'Air Force Two, mais nous ne sortions pas de l'entourage d'Estes. Donc un reste de suspicion nous retenait. Il nous fallait aller plus loin.

En fait, la première confirmation arriva de bien étrange manière. En juin 1962, un magazine agricole et conservateur au tirage presque confidentiel avait reçu une indiscrétion venue de Midland : l'information n'était pas recoupée mais le rédacteur en chef, sûr de sa source, avait décidé de la publier sous forme d'une brève écrite au conditionnel. Toutefois, avant même que le mensuel parte pour l'imprimerie, le camp Johnson, ayant appris les intentions du rédacteur, s'était tourné vers Hoover pour bloquer la divulgation. Le directeur du FBI en personne s'adressa donc, par écrit, au magazine afin de le dissuader de propager une « fausse rumeur ». Hoover, dans le but de prouver ses dires, argua que le jour de la rencontre évoquée, Johnson ne pouvait être à Midland puisqu'il se trouvait en voyage officiel en Europe... L'ennui, c'est que la date avancée par le directeur du FBI n'était ni celle fournie par Billie ni celle reçue depuis Midland. Quoi qu'il en soit, la brève fut tronquée et ni le nom d'Estes ni celui de Johnson ne furent publiés.

Si cette énergie dépensée à empêcher l'information d'exister nous parut suspecte, elle ne constituait pas pour autant à nos yeux une preuve tangible. En fait, il existait un autre moyen de savoir si Billie Sol Estes avait réellement rencontré le vice-président des États-Unis. Dans son témoignage, Estes nous avait confié se souvenir de son passage à un point de contrôle, où il avait décliné son identité. En outre, chaque aéroport tenait un log-book consignant les horaires d'atterrissage et de décollage des avions. Si Estes avait dit vrai et si Air Force Two avait effectivement stationné sur le tarmac de Midland, il en existait forcément des traces écrites.

Notre recherche fut rapide. Il n'y avait... rien ! Une absence de documents des plus instructive. Car s'il nous fut impossible de trouver une trace écrite du passage de Johnson, ce n'était pas parce que Billie avait menti, mais parce que la totalité des rapports d'activité de l'aéroport de Midland pour la journée du 28 avril 1962 avait été saisie et placée sous le sceau du secret-défense. Mieux encore, nous apprîmes qu'en 1964, un officiel avait donné l'ordre de les détruire.

Une consigne provenant directement de la Maison-Blanche où, depuis le 22 novembre 1963, Lyndon Johnson occupait le siège qu'il avait tant convoité.

47

Républicains

Bien malgré lui, Estes était donc devenu un enjeu d'intérêt national.

De son silence dépendait l'avenir politique de LBJ. S'il parlait, les Kennedy parviendraient à se débarrasser du Texan tout en sachant qu'il ne pourrait pas nuire à la campagne de JFK.

*

Dans cette partie d'échecs, il manquait toutefois à ces stratèges une donnée : l'émergence imprévue d'un troisième larron, l'opposition républicaine qui suivait d'un œil particulièrement attentif la décomposition de l'empire Estes. En se polarisant sur cette affaire, elle trouvait l'occasion d'égratigner au Congrès et au Sénat les largesses agricoles de l'administration Kennedy, et d'accuser ses adversaires démocrates d'accueillir dans leurs rangs celui que la presse surnommait déjà le roi de l'arnaque.

Voilà pour la position officielle, car, en coulisses, les caciques du Parti républicain souhaitaient eux aussi utiliser Estes. Avertis des rumeurs du Capitole, ils imaginaient qu'Estes pouvait faire tomber LBJ, et par là même éclabousser JFK. D'où leur décision d'approcher le millionnaire quasi déchu.

— Début mai 1962, j'ai reçu la visite d'un ami influent du Parti républicain, raconte Billie. Il me demanda si j'étais prêt à rencontrer Lee Potter, un activiste proche de la tête du parti.

Selon l'intermédiaire, ledit Potter avait les moyens d'éviter la prison à Billie. Mieux, il pouvait lui fournir suffisamment d'argent pour relancer ses affaires.

— Potter voulait en fait mes informations sur le Parti démocrate. Comme il était hors de question que je trahisse qui que ce soit et surtout pas Lyndon, dont les propos à Midland avaient été tellement limpides qu'il aurait été stupide de ne pas saisir que toute ébauche de coopération équivaudrait à un arrêt de mort, j'ai choisi de le voir sans rien lui dévoiler.

En effet, sachant que dans le combat judiciaire qui l'attendait il aurait besoin de toutes les munitions possibles, Billie Sol répondit positivement à Potter.

*

— Le rendez-vous était prévu le 14 mai à l'hôtel Hilton Plaza de San Antonio. Mais si je suis allé à San Antonio... Comment dire... Une intuition m'a incité au dernier moment à ne pas m'y présenter.

Estes sourit. Aujourd'hui encore, il ne souhaite pas révéler qui lui avait indiqué que Lyndon Johnson avait placé l'hôtel sous surveillance.

Et il ne s'agit pas de paranoïa ou de mythomanie : cette fois encore, Billie Sol dit vrai. Un document que nous avons déniché atteste des moyens utilisés par LBJ pour s'assurer du silence de son financier occulte.

On s'en doute, les archives de la bibliothèque présidentielle Lyndon B. Johnson d'Austin renferment peu d'informations relatives à la face cachée du vice-président. Si l'homme politique fascine, la LBJ Library évite de traiter de ce sujet scabreux, se contentant d'un discours on ne peut plus stéréotypé. Mais l'histoire officielle renferme toujours ses perles. En l'occurrence, un trésor qui se présente sous la forme d'une facture de... 84,56 dollars.

Le 12 mai 1962, Owen Kilday, shérif de San Antonio, reçut l'ordre de placer sur écoute la chambre d'hôtel de Lee Potter. Or Kilday n'est pas un inconnu du réseau Johnson. En 1948, il participa en effet activement à l'élection truquée qui envoya LBJ à Washington. Une nouvelle fois, dans le but d'espionner Billie, on fit appel à lui. Kilday engagea un détective privé, Charles S. Bond, pour placer les micros au Hilton de San Antonio. Un espion payé à l'heure. Aussi, à la fin mai, Owen Kilday s'adressa-t-il à LBJ afin d'obtenir le remboursement des presque 85 dollars avancés pour le salaire de Bond et la location de son matériel d'écoute.

Billie Sol Estes avait eu du flair : s'il s'était rendu à l'hôtel et avait confié des données sensibles au représentant républicain, Johnson l'aurait su dans les heures qui suivaient.

48

La curée

Lee Potter revenant bredouille du Texas, le Parti républicain changea de stratégie. Puisque Estes refusait de collaborer, son affaire allait devenir le cheval de bataille de l'opposition. Tandis que notre Texan faisait simultanément la une de Fortune et de Time, la polémique enflait. Et comme on n'est jamais mieux poignardé que par sa famille idéologique, c'est John F. Kennedy qui, en fin politicien, donna le signal de la curée.

— JFK savait que s'il ne frappait pas fort, le scandale allait l'atteindre et qu'on lui reprocherait son silence. Aussi, il demanda au Congrès la création d'une commission d'enquête sur mes activités et mes soutiens. En fait, il s'agissait un peu d'une décision à la Pyrrhus. JFK savait que Lyndon contrôlait suffisamment le Congrès et le Sénat pour s'assurer que rien ne sortirait de ces travaux. La manœuvre permettait de donner le change et de rassurer les électeurs.

*

La Chambre des Représentants, sous la direction de L.H. Fountain, hérita de l'enquête sur le stockage de grains. Le Sénat, sous l'autorité de John McClellan, se chargea de son côté des transferts des lots de coton. Là encore, des hommes bien placés tempérèrent certaines ardeurs et en furent remerciés. Ainsi l'un des démocrates de ce dernier comité, le sénateur Hubert Humphrey, héritera du poste de vice-président lorsque, en 1964, LBJ sera élu président des États-Unis.

— Je ne vais pas m'en plaindre mais les comités étaient une mascarade, reconnaît aujourd'hui Billie. Il fallait étouffer le scandale et surtout ne pas découvrir la vérité.

Un mur contre lequel certains enquêteurs vont rapidement se heurter.

*

— L'histoire de Robert Manuel, un enquêteur de la Chambre des Représentants, l'illustre assez bien, renchérit Estes. Sûr de son autorité, il fit le voyage jusqu'à Dallas pour interroger Carl Miller, responsable depuis de nombreuses années du bureau de l'USDA en charge du commerce du grain pour tout le Texas. Or Manuel ignorait que Carl Miller était le contact principal de Cliff Carter, en charge du transport de grain vers mes zones de stockage.

Toutefois, impressionné et surpris par cette visite, Miller craqua et se confia à Manuel. Mieux, comme les notes de l'inspecteur le prouvent, il lui révéla que Johnson était bien celui qui avait permis à Billie Sol de détourner la loi.

Ravi de ces informations, l'enquêteur convoqua son témoin à Washington pour lui faire réitérer ses accusations devant le Congrès.

Mais là, Manuel n'en crut pas ses oreilles. Sous serment, le responsable de Dallas ne cita plus le nom de Johnson mais celui du sénateur Yarborough. Interloqué, Manuel convoqua Miller et lui demanda pourquoi il avait modifié son témoignage, mais Carl haussa les épaules et quitta la pièce sans mot dire.

Écœuré, Manuel avertit la presse. Et lui révéla qu'à huis clos, le Comité avait eu accès à des preuves de versements d'argent effectués par Billie Sol Estes, une liste sur laquelle figuraient différents membres du Congrès. Une initiative malheureuse qui lui valut d'être renvoyé. Le long et assommant rapport sur cette affaire ne mentionna évidemment ni la première entrevue avec Carl Miller ni la fameuse liste Estes. Mieux, les deux commissions d'enquête n'évoquèrent jamais la moindre aide en provenance de Washington. À en croire ces documents, les corrompus étaient de simples fonctionnaires et le seul prévaricateur un petit éleveur de brebis qui, un jour, s'était imaginé à la tête d'un empire.

Silence

Rattrapé par la justice, sacrifié sur l'autel de la politique par ses propres amis, Billie Sol Estes devinait que la prochaine étape de sa descente aux enfers serait son incarcération. La condamnation, le 7 janvier 1963, d'Harold Orr et de Coleman McSpadden, deux de ses associés, ne lui laissa rien augurer de bon.

Lyndon Johnson se montrait inquiet lui aussi. Si Estes n'avait pas cédé à Robert Kennedy, s'il était resté obstinément silencieux devant le Congrès, en serait-il de même le jour où il se glisserait dans le box des accusés et où, livré à lui même, il comprendrait qu'une lourde peine l'attendait ? Pour calmer cette crainte, le vice-président eut recours à un stratagème astucieux.

*

— Cliff, suivant les consignes de Lyndon, m'imposa un avocat, raconte Estes, John Cofer.

Un homme de loi réputé, mais surtout un proche de LBJ. Une célébrité du barreau d'Austin qui avait déjà débrouillé avec brio quelques affaires complexes pour le futur président. Ainsi, lorsque, en 1951, un protégé de Johnson s'était retrouvé accusé de meurtre, Cofer était parvenu à arracher pour lui une peine inespérée de cinq ans de prison avec sursis.

— La stratégie de Cofer était simple : il refusait que je m'exprime. Que cela soit pour me défendre ou m'expliquer, je devais me taire tandis que lui, avec une certaine réussite, se débrouillait pour reporter le procès. Il était en effet hors de question que ma condamnation vienne entacher la campagne de 1964, Lyndon refusant de donner à JFK une excuse pour le mettre dehors.

*

Fin mars 1963, après des semaines de débats retransmis pour la première fois à la télévision, le verdict tomba quand même. Et le juge ne mâcha pas ses mots : « Billie Sol Estes, l'ensemble des documents examinés lors de ce procès prouve que vous venez de perpétrer la plus grande escroquerie de l'histoire des États-Unis. » John Cofer fit immédiatement appel de la peine de quinze ans ferme qui accompagnait cette sentence.

— J'étais perdu, se souvient Estes. Malgré son expérience, Cofer s'était montré minable et Lyndon avait disparu. Carter m'avait demandé, de son côté, de ne pas lui téléphoner. Il ne me restait aucune porte de sortie. Ma maison était surveillée, ma famille inquiète. Mon choix était limité.

Sur-le-champ, Billie Sol se sépara de John Cofer et annonça qu'il passait à l'offensive. Il clama non son innocence, mais qu'il supportait mal le rôle de bouc émissaire, laissant entendre que, des politiques aux instituts financiers, tous, en connaissance de cause, avaient profité de ses largesses. Billie Sol, oubliant les menaces de Lyndon, se retrancha dans son palace de Pecos.

Le 8 août 1963, les Estes furent réveillés en sursaut. Une croix en bois enflammée venait d'être plantée devant leur domicile. Signature habituelle du Ku Klux Klan, elle pouvait également être le signe d'une mise en garde plus générale.

— Je ne voulais pas partir mais cette alerte m'inquiéta. Depuis plusieurs jours j'avais le sentiment que la maison était observée. En outre, les avocats que je contactais se dérobaient les uns après les autres. Comme je savais par certains que Lyndon était fou de rage, je n'en menais pas large.

*

Le lendemain, Billie Sol Estes se trouvait dans son salon pour une réunion préparatoire à son procès en appel, lorsque le téléphone sonna :

— Au moment où je me suis levé pour décrocher, la vitre explosa. Une balle traversa le salon et vint se planter dans mon fauteuil. À la hauteur même de ma tête. À l'endroit même où j'étais assis quelques dixièmes de secondes plus tôt. S'il n'y avait pas eu cette sonnerie, j'y serais passé.

Le message était clair. Estes, prudent, choisit de se murer à nouveau dans le silence. Et, le 15 janvier 1965, ayant épuisé – sans mot dire – tous les recours juridiques disponibles, il fut arrêté et transféré au pénitencier de Leavenworth, au fin fond du Kansas.

Trois ans plus tôt, à la tête de plus de cent millions de dollars, il pensait conquérir le monde. Et après quelques mois de débâcle, il intégrait une étroite cellule du Bloc D du quartier à haute sécurité d'un pénitencier construit pour remplacer la prison d'Alcatraz.

Il avait fréquenté les Johnson et les Kennedy, et maintenant devait apprivoiser son voisin d'infortune, un certain... Vito Genovese, parrain des parrains.

Abandon

Aussi étonnant que cela puisse paraître, Billie Sol évoque ses années d'emprisonnement avec... une légèreté déconcertante. Bien sûr, il ne nie ni la souffrance de l'éloignement ni la douleur de l'isolement, mais ses souvenirs le conduisent plus aisément à évoquer ses longues conversations avec Vito Genovese. De ces entretiens privés avec l'un des plus hauts responsables historiques de la Cosa Nostra, il tire même des jugements définitifs sur les assassinats de Martin Luther King, Robert Kennedy et Marilyn Monroe. Peut-être a-t-il raison. Peut-être connaît-il ces secrets-là aussi. Mais, personnellement, j'étais au Texas pour autre chose. Et je ne souhaitais pas m'égarer dans des pistes sans issue sur des affaires tout aussi complexes. La tentation était belle, mais dangereuse. Peut-être par manque de courage, j'ai donc préféré ignorer ces « révélations » pour tenter de le faire revenir sur 1963 et Dealey Plaza.

*

— Entre 1965 et 1968, mes avocats multiplièrent les recours jusqu'à la Cour suprême, mais tout échoua, explique-t-il.

Dès lors, il ne restait à Estes qu'une seule possibilité : se tourner vers le président Lyndon B. Johnson et lui demander sa grâce.

— Je m'y étais longtemps refusé. Et puis, un jour, je me suis rappelé une de mes dernières conversations avec Cliff : à l'en croire, Lyndon appréciait mon silence et le temps venu ne manquerait pas de m'aider. Après des mois de détention, je me suis dit qu'il convenait de me rappeler enfin à son bon souvenir.

Aux yeux de Billie, il suffisait de donner à Johnson un prétexte judiciaire destiné à le forcer à tenir ses engagements. Il déposa donc une requête en grâce, accompagnée de lettres d'anciens enquêteurs et d'avocats du gouvernement déclarant l'injustice de sa peine afin de lui donner plus de poids. Sans surprise, la demande fut rejetée.

Une conclusion logique selon Estes.

— En fait, Johnson ne pouvait prendre une telle décision. Il était médiatiquement et politiquement trop risqué pour lui de faire le moindre geste en ma direction. Je suis même persuadé qu'il a personnellement demandé à Ramsey Clark, son attorney général, d'enterrer ma requête. Sans doute un jour ses archives permettront-elles de le prouver.

*

S'il se montre aujourd'hui « philosophe » en évoquant l'ingratitude de son mentor, en apprenant, en 1965, le rejet de sa demande, il marqua le coup. Encaissant difficilement ce revers, proche du camouflet et du parjure, il sombra dans un alcoolisme chronique dont il mettra près de quinze ans à se débarrasser.

— Le piège s'était refermé sur moi, admet-il aujourd'hui. Sur un bilan des plus amers : Kennedy m'avait ruiné et envoyé en prison. Johnson m'avait trahi et oublié. Si, à cette époque, le département de la Justice m'avait proposé un marché, j'aurais parlé sans hésiter. Pour obtenir ma liberté mais surtout pour effacer l'affront que l'on m'avait fait.

— Aurais-tu livré LBJ ?

— Sans l'ombre d'une hésitation. Et les dégâts auraient été immenses. Accablé au quotidien par la contestation et la situation vietnamienne, Lyndon n'aurait pas résisté en plus à une crise interne. Et encore moins à assumer son rôle dans l'assassinat de John F. Kennedy.

Billie Sol Estes a eu, dès son plus jeune âge, le sens des affaires. Dans son Texas natal, il eut l'idée de commencer un élevage d'animaux qui, rapidement, lui rapporta beaucoup d'argent. Le début de son empire agricole et financier.

1961 : Billie Sol Estes (à droite), gros soutien financier du parti démocrate américain, est invité à la prestation de serment du nouveau président des États-Unis, John Fitzgerald Kennedy. Durant le repas officiel, il est assis à la table des personnages qui comptent au sein du nouveau pouvoir.

1953 : Billie Sol Estes (en bas à gauche) est élu l'un des dix jeunes entrepreneurs américains dotés d'un avenir prometteur. À l'époque, sa fortune avoisine les cent millions de dollars. Il est vrai qu'il bénéficie de soutiens en hauts lieux… en échange de ses aides financières.

Pur Billie Sol Estes—
with the appreciation and warm regards.
John F. Kennedy

THE BILLIE SOL ESTES SCANDAL

TIME
THE WEEKLY NEWSMAGAZINE

Le président John F. Kennedy lui-même a reconnu la contribution politique et financière de Billie Sol Estes. Un soutien qui a permis son élection ainsi que celle de son vice-président Lyndon Johnson. Cette photo dédicacée en est l'une des preuves.

Le titre de *Time*, journal de référence aux États-Unis, annonce la couleur. Au-dessus d'un dessin représentant Estes et ses cuves à engrais qui créent la polémique, l'hebdomadaire titre : « Le scandale Billie Sol Estes ». Derrière cette affaire, une bataille judiciaire et politique pour le mettre en péril et entraîner dans sa chute le vice-président Johnson, impliqué jusqu'au cou dans des affaires illégales.

Si, aujourd'hui, les gardiens de la mémoire de Johnson prétendent que celui-ci n'a jamais connu Billie Sol Estes, des documents, dont cette photo dédicacée, attestent du contraire.

En 1962, Billie Sol Estes, aux prises avec la justice, ne doit pas parler au risque d'impliquer Lyndon Johnson. Pour s'assurer de son silence, celui-ci lui a imposé la présence de son propre avocat, John Cofer. Billie Sol, jusqu'à aujourd'hui, cachera les secrets de Johnson et, pour cela, sera condamné à quinze ans de prison.

Ce document rare montre Cliff Carter en discussion avec le vice-président des États-Unis. Depuis 1948, Carter était son conseiller de l'ombre. En charge de son réseau politique et financier, il joua un rôle capital dans la préparation de l'assassinat de Kennedy. Ses aveux à Billie Sol Estes permettent aujourd'hui de se plonger au cœur du complot.

Lorsque, le 22 novembre 1963, Lyndon Johnson prête serment et devient le 36e président des États-Unis, en présence de Jackie Kennedy, encore sous le choc de l'assassinat de son époux, il réalise son rêve de toujours. Parmi son entourage, se trouvent des proches du deuxième homme ayant tiré sur son prédécesseur !

WANTED

FOR

TREASON

THIS MAN is wanted for treasonous activities against the United States:

1. Betraying the Constitution (which he swore to uphold):
He is turning the sovereignty of the U.S. over to the communist controlled United Nations.
He is betraying our friends (Cuba, Katanga, Portugal) and befriending our enemies (Russia, Yugoslavia, Poland).

2. He has been WRONG on innumerable issues affecting the security of the U.S. (United Nations-Berlin wall-Missile removal-Cuba-Wheat deals-Test Ban Treaty, etc.)

3. He has been lax in enforcing Communist Registration laws.

4. He has given support and encouragement to the Communist inspired racial riots.

5. He has illegally invaded a sovereign State with federal troops.

6. He has consistently appointed Anti-Christians to Federal office: Upholds the Supreme Court in its Anti-Christian rulings. Aliens and known Communists abound in Federal offices.

7. He has been caught in fantastic LIES to the American people (including personal ones like his previous marriage and divorce).

WELCOME MR. KENNEDY

TO DALLAS...

. . . A CITY so disgraced by a recent Liberal smear attempt that its citizens have just elected two more Conservative Americans to public office.

. . . A CITY that is so newconomic "booge town," not because of Federal handouts, but through conservative economic and business practices.

. . . A CITY that will continue to grow and prosper despite efforts by you and your administration to penalize it for its non-conformity to "New Frontierism."

. . . A CITY that rejected your philosophy and policies in 1960 and will do so again in 1964—even more emphatically than before.

MR. KENNEDY, despite contentions on the part of your administration, the State Department, the Mayor of Dallas, the Dallas City Council, and members of your party, are free-thinking and America-thinking citizens of Dallas still have, through a Constitution largely ignored by you, the right to address our grievances, to question you, to disagree with you, and to criticize you.

In asserting this constitutional right, we wish to ask you publicly the following questions—indeed, questions of paramount importance and interest to all free peoples everywhere—which we trust you will answer . . . in public, without sophistry. These questions are:

WHY is Latin America turning either anti-American or Communistic, or both, despite increased U.S. foreign aid, State Department policy, and your own Ivy-Tower pronouncements?

WHY do you say we have built a "wall of freedom" around Cuba when there is no freedom in Cuba today? Because of your policy, thousands of Cubans have been imprisoned, are starving and being persecuted—with thousands already murdered and thousands more awaiting execution and, in addition, the entire population of almost 7,000,000 Cubans are living in slavery.

WHY have you approved the sale of wheat and corn to our enemies when you know the Communist soldiers "travel on their stomachs" just as ours do? Communist soldiers are daily wounding and/or killing American soldiers in South Viet Nam.

WHY did you host, salute and entertain Tito — Moscow's Trojan Horse — just a short time after our sworn enemy, Khrushchev, embraced the Yugoslav dictator as a great hero and leader of Communism?

WHY have you urged greater aid, comfort, recognition, and understanding for Yugoslavia, Poland, Hungary, and other Communist countries, while turning your back on the pleas of Hungarian, East German, Cuban and other anti-Communist freedom fighters?

WHY did Cambodia kick the U.S. out of its country after we poured nearly 400 Million Dollars of aid into its ultra-leftist government?

WHY has Gus Hall, head of the U.S. Communist Party praised almost every one of your policies and announced that the party will endorse and support your re-election in 1964?

WHY have you banned the showing at U.S. military bases of the film "Operation Abolition"—the movie by the House Committee on Un-American Activities exposing Communism in America?

WHY have you ordered or permitted your brother Bobby, the Attorney General, to go soft on Communists, fellow-travelers, and ultra-leftists in America, while permitting him to persecute loyal Americans who criticize you, your administration, and your leadership?

WHY are you in favor of the U.S. continuing to give economic aid to Argentina, in spite of that fact that Argentina has just seized almost 400 Million Dollars of American private property?

WHY has the Foreign Policy of the United States degenerated to the point that the C.I.A. is arranging coups and having staunch Anti-Communist Allies of the U.S. bloodly exterminated?

WHY have you scrapped the Monroe Doctrine in favor of the "Spirit of Moscow"?

MR. KENNEDY, as citizens of these United States of America, we DEMAND answers to these questions, and we want them NOW.

THE AMERICAN FACT-FINDING COMMITTEE

"An unaffiliated and non-partisan group of citizens who wish truth"

BERNARD WEISSMAN,

Le 22 novembre 1963, le voyage de John Kennedy à Dallas se déroula sous haute tension. Pour preuve, la distribution massive, le jour du défilé, de tracts l'accusant de trahison. Au Texas, les choix politiques de JFK ne sont guère appréciés. Parmi ses décisions les plus controversées, la suppression d'un abattement fiscal accordé aux producteurs de pétrole. Un projet de loi qui risquait de faire perdre à ces derniers 300 millions de dollars par an. Une fois à la Maison Blanche, après le meurtre de Kennedy, le texan Lyndon Johnson enterra cette idée.

En 1963, H.L Hunt est l'homme
le plus riche du monde.
Une fortune amassée
principalement grâce au pétrole.
De Dallas, il utilisa son pouvoir
financier pour s'attaquer à la
présidence Kennedy. Soutien
historique de Lyndon Johnson,
ses investissements à la carrière
politique de ce dernier lui furent
largement remboursés lorsqu'il
deviendra le nouveau président.

En couverture de *Time*,
Clint Murchinson, un autre
de ces millionnaires texans
ne supportant plus les décisions
politiques et économiques
de John F. Kennedy. Homme
d'influence, il tint dans sa main

John Edgar Hoover, le patron
du FBI. Celui qui fut seul en
charge de l'enquête sur la mort
de JFK.

En 1960, après une lutte au
couteau pour obtenir l'investiture
du parti démocrate à l'élection
présidentielle, Lyndon Johnson
(à droite) devint vice-président
de JFK. La haine entre les deux
hommes ne cessa de croître dans
les années suivantes. Et, en 1963,
Kennedy avait décidé de se
séparer de Johnson en vue de la
nouvelle campagne électorale.

En 1963, J. Edgar Hoover approcha de l'âge de la retraite. Robert Kennedy, l'attorney général, et son frère John, envisagèrent de s'en séparer. Après l'assassinat de JFK, le premier flic des États-Unis, proche des pétroliers texans et de Lyndon Johnson, fut reconduit dans des fonctions… à vie.

John Ligget, l'un des acteurs du complot ayant entraîné la mort de JFK, connaissait-il Jack Ruby, l'assassin de Lee Harvey Oswald ? Sur ce cliché inédit, Jack Ruby, troisième en partant de la gauche, partage la table de proches connaissances. Sur sa droite, Malcolm Ligget, le frère de John.

Le décès de JFK n'était pas encore officiellement annoncé que Johnson, le nouveau président, quittait précipitamment l'hôpital de Parkland.
Depuis quarante ans, les premières constatations effectuées sur les blessures de JFK et celles constatées lors de son autopsie ne concordent pas. Alors que les médecins de Dallas validèrent l'hypothèse de plusieurs tireurs, l'autopsie se rangea à la version officielle : il y avait un seul meurtrier.
Probable explication de ces divergences : l'implication de John Ligget, le spécialiste de la reconstitution des visages abîmés. Il fallait masquer la vérité à l'opinion.

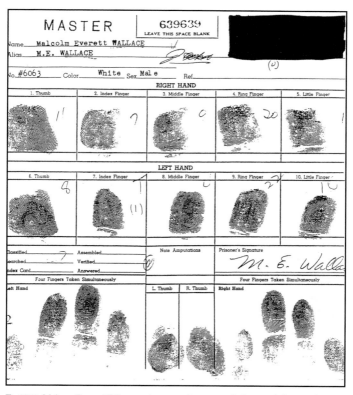

En 1951, Malcom Everett Wallace se vit accuser du meurtre de l'amant de la sœur de Lyndon Johnson. Mac Wallace, reconnu coupable, fut, à l'étonnement général, condamné à… cinq ans de prison avec sursis. Le juge était un proche de LBJ. Les empreintes relevées par la police jouent aujourd'hui un rôle essentiel dans la recherche de l'identité du deuxième tireur.

10. Little Finger

ngs, put it this way in a
"Nothing should be left
sibility of a clue should
a any of the investigators
ecially by the govern-
'r. Marshall was work-
alled for now is less
of it."

about Billie Sol's
ations with Agricul-
officials becoming
the Administration
ted public relations
ormation "leaked"
he Kennedys were
get to the bottom of
'n June 1, the *Dallas*
a copyrighted story
dy has taken a
sterious death
ult, the

Composite sketch of murder sus,

was living."

'e FBI Director J. Edgar
a May 21 memo:
and how one can f
elf," McWilliam
ory was he shot
l he wasn't dea
hat Marshall
oxide from
k, pulling l
he the toxic
Houston p
at carbon
farshall's
e been
of dea
Marsh
smas
en

La comparaison d'une empreinte, classée
anonyme depuis le 22 novembre 1963, et
celle de Mac Wallace est édifiante : elle révèle
trente-trois points de comparaison.
Or, aux États-Unis, six suffisent pour affirmer
qu'il s'agit de la même personne. L'empreinte
anonyme n'a pas été relevée n'importe où.
Elle provient d'un des cartons ayant été placés
contre la fenêtre du cinquième étage du Texas
Book Depository, là où des coups de feu
furent tirés sur le cortège présidentiel.
Malcom Everett Wallace, l'homme de
Lyndon Johnson, était donc le deuxième tireur.

En 1961, sans que jamais son nom soit rendu
public, Mac Wallace avait déjà tué pour
Johnson. Vingt-trois ans plus tard, grâce
au témoignage de Billie Sol Estes devant
un Grand Jury tenu à huis clos, l'affaire
Henry Marshall, du nom d'un fonctionnaire
qui était prêt à trahir le clan texan, trouva enfin
sa solution : son « suicide » cachait un crime.
Le portrait robot de l'assassin et la photographie
de Mac Wallace concordent, là encore.
Une affaire explosive et longtemps secrète
qui éclaire le mystère Kennedy.

51

Inquiétude

Depuis quelques jours, Billie Sol nous paraît éteint. L'enthousiasme des premiers temps est passé. Il prend chaque jour un peu plus conscience des conséquences de notre enquête. Et sait que, désormais, rien ne nous arrêtera. Que bientôt, il devra livrer les secrets du 22 novembre 1963.

Et puis, comme pour accentuer ce sombre et douloureux chemin vers la vérité, Patsy est souffrante depuis plusieurs jours. Le dernier témoin est inquiet.

Suicides

Et maintenant, il faut parler des morts.

La légende Estes est passionnante parce qu'elle est composée d'un impressionnant chapelet d'anciens partenaires victimes de suicides ou d'accidents. Billie Sol lui-même a toujours refusé d'évoquer cette série de décès tombés fréquemment à point nommé.

S'il se décide enfin à le faire, alors il avance à pas comptés. Aux États-Unis, les règles de la prescription ne sont pas les mêmes qu'en France. Bien que prêt à agir pour libérer sa conscience, il ne tient pas non plus à connaître à nouveau l'enfermement.

*

— Si la justice ne s'était intéressée qu'à mon cas, tout cela ne serait pas arrivé, dit-il en préambule. Mais voilà, le département de la Justice a voulu en savoir trop sur certains de mes associés dont personne ne pouvait assurer qu'ils ne parleraient pas.

*

Par le 4 avril 1962, alors que Billie venait d'être libéré sous caution, un corps sans vie fut découvert à Clint, une petite bourgade proche d'El Paso.

— Un fermier avait trouvé le cadavre dans un véhicule. Tout laissait penser au suicide par monoxyde de carbone puisqu'il y avait un tuyau connecté sur le pot d'échappement.

La victime ? George Krutilek, un expert-comptable qui, sur certains dossiers ponctuels, avait travaillé pour Billie Sol. Une nouvelle fois, comme pour le décès d'Henry Marshall, le shérif du coin qualifia le décès de suicide. Et ce malgré l'avis de Frederick Bornstein, un médecin légiste d'El Paso qui avait examiné le corps avant son inhumation et était convaincu que la faible quantité de monoxyde de carbone émise par la voiture n'avait pu causer la mort. Un classement qui « oublia » que, le 2 avril, Krutilek avait été passé sur le grill par des agents du FBI qui voulaient établir les relais politiques d'Estes et qu'il s'était déclaré prêt à collaborer.

— Si cet expert-comptable s'était confié directement aux hommes de Bobby Kennedy, l'histoire aurait été changée : il aurait pu s'en sortir. Mais en se confiant au FBI, il se fourvoyait. Hoover était trop proche de Lyndon. Toujours est-il que Krutilek fut la seconde personne décédée à cause de ma relation avec LBJ.

*

Le 28 février 1964, Harold Orr fut à son tour retrouvé mort dans son garage. Là encore par suicide au monoxyde de carbone.

— Lors de mon procès où il était impliqué, il m'avait chargé pour éviter une lourde peine, m'accusant à tort d'avoir falsifié des documents. Je n'en dirai pas plus.

Billie Sol ne souhaite pas aller plus loin. Néanmoins, bien que redoutant d'être rattrapé par la justice, il ne ferme pas la porte.

— Si on m'offre l'immunité, je suis prêt à tout raconter et à prouver mes dires.

*

Quelques semaines après la disparition d'Harold Orr, alors que le procès en appel se profilait, Howard Pratt, directeur du bureau de Chicago de Commercial Solvents, fut à son tour retrouvé mort. En compagnie de son assistant, il gisait dans un véhicule abandonné au milieu d'un champ de maïs. Les deux hommes se seraient, eux aussi, suicidé au monoxyde de carbone.

— Sans Johnson, je n'aurai jamais décroché le contrat d'exclusivité avec Commercial Solvents. Or c'était Pratt qui s'en était personnellement chargé. Il en savait trop et était particulièrement faible, explique Estes avec une sobriété énigmatique.

*

Autre « coïncidence », le décès de Coleman Wade, un entrepreneur de travaux publics d'Altus dans l'Oklahoma, dont la société avait construit pour Billie Sol la plupart des aires de stockage et de triage de grains. Wade avait notamment supervisé en personne la zone de Plainview, joyau de l'empire Estes, mais aussi point névralgique de la collusion avec Cliff Carter et Lyndon Johnson.

— Alors qu'il rentrait de Pecos après m'avoir annoncé qu'il n'irait pas en prison pour Lyndon et moi, son avion s'écrasa. Tous les passagers furent tués. Le FBI boucla le lieu de l'accident pendant près d'une semaine. Les agents de Hoover, après avoir récupéré la totalité des restes de l'épave, conclurent à un accident.

*

Billie l'affirme, d'autres noms pourraient venir alourdir cette macabre liste de personnes décédées parce qu'elles connaissaient la nature de ses liens avec Lyndon B. Johnson.

— Je pourrais, par exemple, parler du frère de Bill Madox, un responsable du département de l'Agriculture du comté de Reeves. Qui a été retrouvé mort avec sa femme... quelques jours après m'avoir menacé en public. Je le redis : si la justice américaine est prête à m'accorder une immunité totale, je peux clarifier une par une chacune de ces disparitions.

53

Scandale

Au début des années 1960, Billie Sol Estes ne fut pas le seul boulet attaché aux basques du vice-président Johnson. Tout au long de l'année 1962, de nombreux nuages s'étaient amoncelés au-dessus de la tête de celui qui espérait encore, un jour, devenir président des États-Unis. 1963 ne s'annonçait guère mieux avec le déclenchement de l'affaire Baker.

— Une autre épine dans le pied de Lyndon, sourit Estes.

Baker, secrétaire de Johnson depuis son accession au poste de président de la majorité sénatoriale, jouait les lobbyistes de choc pour son patron. Or, en décembre 1962, la presse commença à s'interroger sur les origines de sa fortune rapide. S'était-il servi de son influence auprès de LBJ contre rémunération ? LBJ était-il l'un des acteurs de cette formidable réussite ? Ces questions hantaient d'autant plus les rédactions qu'à Washington, il se murmurait que le vice-président lui-même serait intervenu pour garantir à son protégé un marché colossal. Celui des bases militaires du pays qui s'équipèrent alors massivement de distributeurs de boissons placés... par la société de Baker.

*

— Lyndon faisait un complexe devant les gens plus intelligents que lui. Et Bobby était brillant. Dans les couloirs du Sénat, Johnson s'était souvent affiché avec lui, s'amusant même à dire qu'ils étaient partenaires en affaires. Et, chaque jour, la presse ressortait ce type de déclarations.

Tout comme pour Estes, en voyant les rumeurs enfler, John Kennedy se mit à craindre que les scandales impliquant son vice-président ne finissent par rejaillir sur son propre exercice du pouvoir. En février 1963, neuf mois avant son assassinat, il demanda donc au Congrès de mener une enquête sur Bobby Baker. Et, fait exceptionnel, précisa aux élus de la conduire sans tenir compte des conséquences politiques qu'elle pourrait avoir.

— En clair, il venait de donner l'autorisation de chercher les fonds secrets de Lyndon. Mais le Congrès n'alla jamais aussi loin. Après la mort de Kennedy, Lyndon mit son poids de président dans la balance et obtint l'arrêt de l'investigation. Baker fut convaincu de corruption et passa quelques années en prison.

Sans jamais, lui non plus, dévoiler la face cachée du nouvel homme fort du pays.

54

Militaires

Si l'affaire Baker inquiéta particulièrement Lyndon Johnson, c'est parce qu'elle pouvait mettre à jour ses excellents rapports avec l'industrie de l'armement. Or, les fabricants d'armes constituaient depuis toujours l'un des piliers financiers essentiels de son pouvoir. Et parmi ces chefs d'entreprise influents, il est impossible de ne pas relever la présence de D.H. Byrd, un millionnaire de Dallas qui, en novembre 1963, n'était autre que l'actionnaire principal de Ling-Temco-Vought (LTV) et du Texas School Book Depository... d'où Kennedy fut abattu.

— LTV, un fabricant de missiles, employait un protégé de Johnson qui joua un rôle capital dans l'assassinat de Kennedy, nous dit Sol Estes sans plus de détails. Quant au Depository, c'est de là que certains coups de feu ont été tirés contre JFK.

*

General Dynamics et Bell Helicopter, deux autres compagnies d'armement basées au Texas, contribuaient également aux campagnes de Johnson.

En 1963, General Dynamics, installée à Fort Worth, à une cinquantaine de kilomètres de Dallas, se vit octroyer un contrat de sept milliards de dollars pour construire un chasseur, le TFX, face à un concurrent bien plus gros, le géant Bœing Aircraft. Les ingénieurs de la compagnie de la Côte Est se montrèrent d'autant plus surpris et déçus de cette décision gouvernementale que, d'un avis unanime, leur projet se révélait non seulement techniquement supérieur, mais surtout plébiscité par les stratèges de l'US Air Force et de l'US Navy.

— Le choix de General Dynamics secoua les derniers mois de la présidence Kennedy, se souvient Estes. Sous la pression, JFK dut même se séparer de celui qui, officiellement, avait pris la décision finale, Fred Korth, secrétaire d'État à la Marine. Or, Korth avait remplacé John Connally, était texan et ami de Lyndon depuis des années...

*

Au moment où JFK fut assassiné à Dallas, ce scandale virait lui aussi au cauchemar pour LBJ. Tout comme pour l'affaire Bobby Baker, le président Kennedy venait de demander au Congrès d'entamer une enquête sur les conditions du choix de General Dynamics. Mais une fois Johnson à la Maison-Blanche, l'investigation fut enterrée en douceur.

Si, aujourd'hui, la distribution de pots-de-vin ne fait plus aucun doute, Billie Sol Estes connaît quelques-uns des secrets de cette transaction. Un élément qui résume assez bien l'état d'esprit du pouvoir texan à l'aube du 22 novembre.

— À quelques semaines de l'attribution du marché, il ne faisait plus aucun doute que Boeing allait l'emporter, explique-t-il. Le dossier était meilleur, mais surtout avait été validé par JFK en personne. Aussi, à moins d'un veto présidentiel improbable de dernière minute, les propriétaires de General Dynamics pouvaient s'inquiéter pour leur avenir. À cette époque, et depuis un certain temps déjà, John Kennedy couchait avec Judith Exner, qui lui avait été présentée par Frank Sinatra. Ce que semblait ignorer le président, c'était que la belle Judith fréquentait également le lit de Sam Giancana, le parrain de la mafia de Chicago.

Lequel Giancana avait, durant la campagne de 1960, soutenu JFK à coups de dollars et de bulletins de vote. La rumeur, alimentée par les propres souvenirs d'Exner, prétend aujourd'hui que Kennedy pratiquait fréquem-

ment la confidence sur oreiller. La belle Judith transmet-
tait ensuite les informations au Parrain.

— La relation Judith Exner-Kennedy relevait du
secret de polichinelle à Washington. Un jour, quelqu'un
de bien informé indiqua au chef de la sécurité de General
Dynamics que l'appartement de la belle se trouvait à Los
Angeles. Quelques jours plus tard, l'endroit fut visité par
deux mystérieux équilibristes venus du Texas. Tandis que
le premier surveillait les environs, le second plaçait un
micro espion sur le téléphone de Judith Exner. L'idée de
General Dynamics était d'une simplicité redoutable :
obtenir suffisamment d'éléments pour faire pression sur
JFK ! Mais, à la grande surprise du monte-en-l'air, deux
autres systèmes d'enregistrement avaient été installés
avant le sien. Lorsque, plus tard, en prison, je parlai de
cette histoire avec Vito Genovese, il me confia que le
premier appartenait à la Mafia et le second au FBI.

L'espionnite porta en tout cas ses fruits. Redoutant le
chantage, deux semaines tout juste après l'opération
Exner, le président Kennedy attribua le contrat TFX à
General Dynamics.

55

Argent

À l'automne 1963, l'étau de scandales se resserrait autour de Lyndon Johnson. Et, à en croire Billie Sol Estes, si LBJ avait conscience d'incarner un destin politique et une certaine vision de l'Amérique, il était surtout obsédé par l'argent.

*

— Je crois que Lyndon en avait tellement manqué qu'il ne pouvait plus s'en passer. Cela ne choquait personne qu'il soit millionnaire. À l'exception de quelques années passées comme instituteur, il n'avait fait que de la politique et croulait sous les millions. Il fallait donc bien que ces sommes viennent de quelque part.

Un indice prouve d'ailleurs l'attention particulière que le vice-président portait aux questions financières : sa fidélité au même réseau.

— Politiquement, à part Cliff qui était un vrai bras droit, Lyndon a beaucoup évolué. En revanche, jamais il n'a changé de conseillers financiers.

*

L'un deux s'appelait Jesse Kellam.

Lorsque LBJ fut élu pour la première fois, celui-ci lui succéda à la tête du Comité national pour la Jeunesse. Plus tard, quand LBJ investit massivement dans les médias, Kellam servit de prête-nom à la direction de l'opération. Ainsi, il dirigea KTBC, un ensemble de stations de radio et de télévision regroupées à Austin et couvrant une grosse partie du Texas. Un pôle média que la famille Johnson vient tout récemment de céder, sans que son nom – évocateur – ait évolué : KLBJ.

*

Durant ses années à la Maison-Blanche, comme le voulait l'usage, Lyndon confia la gestion de ses biens à AW Moursand. En fait, il s'agissait d'un passage de témoin symbolique puisque, depuis des années, Moursand lui prêtait son nom dans une multitude d'opérations financières.

Deux autres hommes s'occupaient pour lui de ce genre de problèmes : Edward Clark et Donald Thomas. Le 22 novembre 1963, le second se trouvait à bord d'Air Force One aux côtés de Johnson. Quant au premier, il fut, d'après Estes, en charge du blanchiment de l'argent du réseau. Dont, selon lui, une partie servit à payer les assassins du président.

Autopsie d'un complot

56

Rendez-vous

Le dernier témoin est à terre. Nous sommes le 14 février 2001 et Patsy, sa femme, vient de mourir.

Sa bronchite s'est transformée en pneumonie. Et la pneumonie ne lui a laissé aucune chance.

Tout au long de la route, de la gloire à la prison, Patsy était restée près de son époux.

Au fil de la maladie, nous avons vu ce colosse froid, cet homme au passé sulfureux, dont la dureté ne fut jamais absente, s'effriter peu à peu. Chaque jour un peu plus, le mal terrassait la femme et affaiblissait le mari.

Et là, je le sens, je le vois, Billie Sol est perdu. Ses mains happent le vide, ses yeux n'y croient pas.

Et moi, je pense à mon histoire.

*

Il faut savoir tomber les masques. Laisser le romantisme aux comédiens.

J'exerce un métier d'égoïste. Non comme certains l'entendent, mais parce que le sujet passe avant tout. Lorsque le récit est fort, il doit exister. Ma tribu est celle des accoucheurs. Et pour donner la vie, il faut se moquer de la mort.

Pour nous, il est hors de question d'interrompre le voyage. Billie Sol va prendre son temps mais il ne peut pas s'échapper. Pas maintenant.

*

La cérémonie fut presque joyeuse. Tour à tour, la famille et les amis de Patsy se pressèrent derrière le micro pour évoquer la défunte. En fait, ici, il n'y a guère de différence les mots prononcés dans un séminaire, un discours politique, un hommage. Tout commence par une note d'humour, et finit dans les pleurs.

*

Sol, de son côté, n'a plus de larmes. Ses yeux sont gonflés à vide. La souffrance s'est glissée en lui. Il ne marche pas, mais titube, saoulé par l'abandon.

Il s'approche de nous, les bras en avant. Et lorsqu'il s'accroche à moi, je croule sous le poids de son chagrin. Il agrippe mon bras, unique moyen de retenir la vie.

Billie veut parler, mais aucun son n'habite sa gorge. Il happe de l'oxygène comme si ses poumons allaient s'effondrer. L'effort est intense, sa voix cassée.

— Je vous attends demain matin...

J'oublie mes réflexes de journaliste et je proteste. Il est trop tôt, rien ne presse.

Estes me prend alors la main, broie mes doigts et plante ses pupilles dans les miennes.

— Il est temps.

Élan

Billie nous attend confortablement installé dans son sofa. Il a peu dormi. Le col de sa chemise est de travers et son veston taché.

Pour l'instant, il n'est pas encore avec nous. En fait, Sol fait le tri dans sa tête, il met ses souvenirs en ordre de marche.

Tom s'est glissé en silence face à lui. De mon côté, je démarre la caméra.

Le silence est rassurant. Nous connaissons l'avant, nous redoutons l'après.

*

Billie se cherche. Il joue avec une branche de ses lunettes.

Peut-être se demande-t-il ce que nous attendons de lui ?

Peut-être, comme moi, cherche-t-il le sens de tout cela ?

Peut-être tente-t-il de se souvenir des raisons ayant poussé un Français à venir l'interroger dans son salon ? Et lui à l'avoir accueilli ?

Il enfile ses verres, se sert à boire, fixe la caméra et lâche dans un sifflement mortel :

— Et si nous reparlions de la mort d'Henry Marshall ?

Le dernier témoin vient de prendre son élan. Plus rien ne peut désormais l'arrêter.

Meurtre

L'affaire Henry Marshall était la clé. Il fallait éclaircir les mystères du 3 juin 1961 pour décrypter ensuite ceux du 22 novembre 1963. Le suicide du fonctionnaire du département de l'Agriculture cachait les assassins du président.

— Je n'ai rien oublié. Comment pourrait-il en être autrement ? Pour la première fois, j'avais osé dépasser Dieu et m'étais octroyé le pouvoir d'ôter la vie.

*

Comme tous les samedis matin, Henry Marshall avait quitté son imposante demeure nichée dans le quartier résidentiel de Bryan. Les 1 500 acres de son ranch de Franklin constituant le meilleur dérivatif aux soucis qui le rongeaient, il avait décidé d'aller s'y changer les idées. Depuis des mois, en effet, le dossier Billie Sol Estes pourrissait son quotidien.

— Il était venu avec son fils Donald, mais celui-ci n'était pas allé jusqu'au ranch, préférant passer sa matinée avec le beau-frère de Marshall, L.M. Owens, un employé de l'usine d'embouteillage de Seven Up de Cliff Carter, murmure Estes.

À 7 heures, Marshall déposa donc son fils chez son gendre en expliquant qu'il serait de retour vers 16 heures après avoir fait une halte par Hearne, où il devait récupérer du bœuf.

— Marshall passa la main dans les cheveux de Donald, monta dans son pick-up et donna un coup de klaxon. Le gamin regarda filer son père, sans imaginer un seul instant que c'était la dernière fois qu'il le voyait vivant.

À 17 heures, Mme Marshall voulant savoir quand son mari et son fils rentreraient à Bryan, téléphona chez Owens. Depuis 7 heures du matin, lui expliqua-t-il, il n'avait aucune nouvelle d'Henry. Étonnée, puis inquiète, la femme de Marshall supplia son frère de se rendre au ranch, dont il connaissait les moindres recoins pour y avoir souvent travaillé, afin de voir si tout allait bien.

— La propriété avait deux entrées, précise Estes. Owens prit la principale et s'engagea dans le chemin avec sa voiture jusqu'à la ferme. Comme il n'y avait personne, il fit demi-tour en pensant qu'ils s'étaient ratés.

*

Les minutes passèrent. Toujours aucune nouvelle. Henry Marshall n'était nulle part. Aussi Owens, accompagné d'un voisin, repartit pour le ranch, empruntant cette fois l'autre entrée.

— Ils ont vu des traces de pneus. Ils les ont suivies et sont arrivés au pick-up d'Henry.

Le corps sans vie de Marshall gisait dans l'herbe.

*

Lorsque le shérif Howard Stegall arriva sur les lieux, la nuit commençait à tomber. À l'aide d'une lampe de poche, il fit rapidement le tour du pick-up et examina le corps de la victime.

— Marshall reposait à quelques mètres de son véhicule, son fusil à ses côtés. Sa position semblait indiquer qu'il s'était assis sur le sol avant de tomber sur son flanc gauche.

Stegall releva une blessure à la tête et quatre impacts de balles sur la poitrine et l'abdomen. Curieusement, très peu de sang avait imbibé la chemise du mort. Son portefeuille, ses lunettes ainsi qu'une lame de rasoir étaient alignés sur le siège du véhicule. Des traces de sang maculaient la porte et le pare-chocs arrière.

Le shérif nota aussi que la victime avait probablement respiré le monoxyde de carbone émis par les gaz d'échappement de sa camionnette. Quant au visage même de Marshall, il portait une blessure ressemblant à la marque d'un coup porté par un objet contondant.

Après avoir jeté un dernier regard au cadavre, Howard Stegall estima sans hésiter qu'il s'agissait d'un suicide.

*

— Le shérif était omnipotent, explique Estes. S'il affirmait que c'était un suicide, eh bien c'était un suicide. Personne n'avait l'autorité pour discuter sa décision. Il était la loi.

*

Une fois l'affaire classée, Stegall donna l'ordre d'embaumer le cadavre et de le préparer pour l'enterrement. L'idée d'une autopsie ne fut même pas évoquée. De son côté, Owens récupéra le Chevy de son beau-frère et, dès le lever du jour, s'attela au lavage et au lustrage du véhicule, effaçant par là même la moindre empreinte digitale. Enfin, comme il n'y avait à ses yeux pas lieu d'ouvrir une enquête, Stegall avait quitté les lieux sans effectuer le moindre relevé ou prendre de photographies, empêchant toute investigation éventuelle postérieure de reposer sur des indices précis.

*

— Dans la nuit, Manley Jones, le directeur des pompes funèbres, s'était rendu chez le juge Lee Farmer, raconte Billie Sol. Après avoir examiné le cadavre, le thanatopracteur ne pouvait croire au suicide. À ses yeux, les multiples blessures du fonctionnaire de l'USDA démontraient clairement qu'il s'agissait d'un crime. Mais sa démarche ne servit à rien. Le sort de Marshall avait été scellé bien plus tôt.

Comme prévu, le magistrat valida la décision de Stegall et fit porter la mention « mort suite à des blessures auto-infligées par armes à feu » sur le certificat de décès d'Henry Marshall.

*

À Franklin comme dans le reste du Texas, le contrôle du shérif constitue l'étape essentielle de l'élaboration d'un réseau politique. Avoir ces hommes de loi et de police dans sa main, c'est s'assurer contre tous les aléas de la vie et se garantir un certain calme. La nébuleuse d'influence bâtie par Cliff Carter pour servir la carrière politique de Lyndon Johnson s'appuyait évidemment sur ce genre de pouvoir local.

— Le shérif est un homme élu aux États-Unis. Or, aujourd'hui comme hier, une campagne électorale, qu'elle concerne le président des États-Unis ou un shérif de Franklin, coûte très cher. Par un financement classique, on se crée des alliés sûrs. C'est du dollar contre la garantie d'une fidélité.

*

Malgré toutes les incohérences de cette conclusion, aux yeux des autorités locales, Henry Marshall s'était donc suicidé.

Concrètement, cela signifiait qu'il avait inséré une cartouche dans la chambre de son fusil, l'avait armé et s'était tiré dessus. Puis, malgré la douleur, le choc de la brûlure, le sang qui coulait, il avait eu la présence d'esprit d'éjecter la balle et de recommencer l'opération. Et ce à quatre reprises.

Cela signifiait aussi que Marshall s'était frappé violemment au front avec un objet... que personne n'avait retrouvé.

Et encore, comme le précise un rapport du FBI, qu'il « avait eu la présence d'esprit de remettre sa chemise dans son pantalon après l'avoir utilisée pour s'asphyxier au pot d'échappement de son véhicule ».

*

— Le plus étonnant, ajoute Estes, c'est que seuls les Texas Rangers ne crurent pas à la version officielle. Et décidèrent de le faire savoir.

Ainsi le colonel Homer Garrison, grand patron des légendaires justiciers texans, fit circuler dans la presse ainsi que dans les milieux judiciaires et politiques un rapport signé du capitaine Clint Peoples contestant ces conclusions. Peoples qui avait entamé sa carrière en participant à la traque de Bonnie et Clyde, éberlué par les invraisemblances de ce dossier, avait pris l'enquête à bras-le-corps sans savoir qu'elle le hanterait pendant plus de vingt ans et le guiderait sur les traces des meurtriers de JFK.

— Précis, détaillé, ce rapport conclut au meurtre et épingla sévèrement le comportement du shérif Stegall. Peoples y laissait même clairement sous-entendre qu'une influence extérieure avait infléchi l'enquête préliminaire.

Ébranlée par cette contre-enquête, qui corroborait son intime conviction selon laquelle Marshall n'avait pu se suicider ainsi, la famille de la victime se servit de ce rapport officiel pour demander la réouverture du dossier. Et obtint, en 1962, la tenue d'un Grand Jury chargé de l'examiner à nouveau.

Manœuvres

Le Grand Jury de 1962, instance chargée d'examiner les éléments nouveaux évoqués par la famille de Marshall pour rouvrir une enquête, aurait dû se dérouler dans la discrétion de la cour de justice de Franklin, le suicide ou l'assassinat d'un fonctionnaire régional de l'USDA n'intéressant que sa famille. Pourtant, quelqu'un, depuis Washington, en décida autrement.

*

— Tout a explosé à cause du secrétaire à l'Agriculture, Orville Freeman, qui organisa une conférence de presse à Washington où, à la surprise générale mais surtout à la mienne, il lâcha qu'au moment de sa mort, Marshall était le personnage central de l'enquête que le département de l'Agriculture menait contre moi.

Billie Sol Estes, ses dollars, ses connexions politiques, le suicide étrange d'un officiel du gouvernement... il n'en fallait pas plus pour que le Grand Jury de Franklin devienne la préoccupation majeure des médias nationaux. Alors que d'ordinaire les audiences de cette chambre siégeaient sans faire de bruit, sa future réunion attira une meute de journalistes. Devant le regard incrédule du millier d'habitants du petit bourg texan, la presse débarqua en fanfare.

— Alors que je ne m'y attendais pas, j'ai alors reçu une convocation à venir témoigner. Je savais, au fond de moi – et j'en reste convaincu aujourd'hui – que Bobby Kennedy se cachait derrière les accusations de Freeman.

À l'époque, de nombreuses fuites provenant de la Maison-Blanche confirmèrent que JFK lui-même portait un vif intérêt à la mystérieuse disparition d'Henry Marshall. Quand, quelques jours plus tard, le juge Barron, en charge des débats, communiqua la liste des jurés, il apparut clairement que le shérif Stegall n'avait pas l'intention de se laisser contredire aussi aisément.

— Durant la sélection, raconte Billie Sol, Stegall et ses hommes exercèrent des pressions discrètes mais efficaces sur certains citoyens de Franklin pour qu'ils refusent de se présenter et que le juge dispose d'une liste restreinte de jurés. Stegall parvint même à imposer la présence de Pryse Metcalfe Jr, son propre gendre. Si, pour la galerie, Goree Matthews était le premier juré, tout le monde savait que les débats étaient en réalité menés et contrôlés par Metcalfe.

*

Ébranlé par les conclusions d'un médecin légiste ayant pratiqué une autopsie sur le corps exhumé de Marshall, qui allaient dans le sens de l'assassinat, le juge Barron demanda la collaboration du département de l'Agriculture pour mieux connaître le contexte de l'affaire. Et exigea qu'on lui remette un rapport secret de 175 pages, daté du 27 octobre 1961, sobrement intitulé : Billie Sol Estes, Pecos, Texas.

— C'est alors que Barefoot Sanders entra dans la danse et manœuvra avec habileté. district attorney pour le nord du Texas mais surtout protégé de Lyndon, il servit d'intermédiaire entre le pouvoir central et le juge Barron. Avec habileté, jouant sur des considérations juridiques de confidentialité, il imposa au magistrat une totale loi du silence, le contraignant à ne pas dévoiler aux jurés la moindre information du document sans son accord écrit préalable. Bref, une technique permettant de tout paralyser.

Dès lors, le rapport du département de l'Agriculture ne fut jamais soumis au Grand Jury. Pourquoi ? L'ayant retrouvé lors de notre enquête, nous avons eu la surprise de n'y trouver aucune révélation majeure. Toutefois, ce document dresse un portrait précis du réseau Estes avec, parmi la liste des noms fournis, de nombreux hauts fonctionnaires en poste, au Texas comme à Washington, lesquels n'y cachent pas leurs relations avec Lyndon Johnson.

— Détail à noter : une fois Lyndon président, il a offert le prestigieux poste de juge fédéral de Dallas à son ami Barefoot Sanders.

*

Si le Grand Jury fut paralysé par certains atermoiements volontaires, il y eut quelques moments forts. Dont le témoignage capital de Nolan Griffin.

Cet employé d'une station service du Roberston County raconta avoir, le samedi 3 juin au matin, indiqué la direction du ranch de Marshall à un automobiliste. Et confia avoir vu la même personne s'arrêter à nouveau le lendemain pour venir lui expliquer qu'il lui avait indiqué le mauvais Marshall, mais qu'il était quand même parvenu à trouver la personne qu'il cherchait. Très précis dans sa description, le témoignage de Nolan permit de dresser un portrait-robot de l'inconnu, qui resta pourtant introuvable.

*

Tandis qu'au Robertson County on tentait de percer la vérité, à Washington on s'agitait. Chaque jour, sous la direction de Bobby Kennedy, les proches de JFK inondaient les médias d'informations confidentielles relatives à la tenue des débats et à l'avancement des diverses enquêtes concernant Billie Sol Estes.

Comme nous le confirmèrent des membres de sa famille, le juge Barron reçut même des appels quotidiens de l'attorney général durant toute la durée du procès. Robert Kennedy voulait recevoir un rapport le plus complet possible du déroulement de la procédure et posait chaque fois des questions sur la dimension politique de l'affaire. RFK en profitait chaque jour pour encourager le magistrat à rechercher la vérité.

— Lorsque la fin du Grand Jury approcha et qu'il devint évident que, grâce à ses relais, Lyndon parvenait à colmater les brèches et à étouffer le scandale, JFK lui-même contacta le juge Barron pour lui apporter son soutien personnel, l'encourageant à traquer la vérité où qu'elle soit, raconte Billie Sol. Je sais même que JFK et Bobby appelèrent le juge la veille de ma déposition.

Les frères Kennedy firent aussi pression sur J. Edgar Hoover, sans savoir que le directeur du FBI avait depuis longtemps choisi son camp. Une nouvelle preuve en apparaît dans un étrange paradoxe. Répondant à la demande de son supérieur hiérarchique, Hoover fut bien obligé de dépêcher soixante-quinze agents chargés d'enquêter sur Estes dont certains restèrent à Pecos durant de nombreux mois, logeant sans le savoir – pour la petite histoire – dans un hôtel appartenant à leur « cible ». Or, alors que les archives du FBI sont pharaoniques, que Hoover, en maniaque du rapport, avait transformé ses hommes en serviteurs zélés de l'administration, pondant mémo sur mémo, entassant une somme colossale de détails sans intérêt, il n'existe aucune trace écrite des enquêtes relatives à Billie Sol Estes. Comme si Hoover, soucieux du sort de son allié politique, avait nettoyé ses propres écuries.

— L'une des stratégies utilisées par Lyndon Johnson pour éloigner de lui le danger fut d'insister sur mes prétendues relations privilégiées avec Ralph Yarborough, son principal adversaire, précise Estes. Comme si Cliff et Lyndon avaient tout prévu depuis des années, ils purent tirer bénéfice de ce que j'avais bâti à leur demande et dresser un nouvel écran de fumée masquant leurs exactions.

LBJ lui-même ne resta pas inactif. Si, en coulisses, ses réseaux tournaient à plein pour empêcher la propagation de l'incendie, il monta lui-même au front en téléphonant au juge Barron. Le magistrat révéla lui-même, par la suite, que le vice-président s'était impliqué « dans les travaux du Grand Jury » et avait porté « un grand intérêt à nos progrès ». Et de préciser : « Cliff Carter, en charge du dossier, me téléphona aussi deux ou trois fois. Il ne cessait de dire que Johnson voulait que la vérité sorte, que l'enquête aille à son terme. En fait, il ne cessait de mettre Johnson en position favorable. »

Ce que confirme Estes lui-même quand il nous déclare :

— Après avoir obtenu de la bouche du juge un rapport complet et confidentiel sur les avancées du Grand Jury, Cliff me téléphonait pour m'en informer. C'est pour cette raison qu'il appela Barron la veille de ma déposition.

*

Mais Tom et moi voulions en avoir le cœur net. Il nous fallait un troisième témoin apte à corroborer l'intervention directe du vice-président dans cette procédure sensible.

Will Wilson, l'ancien attorney général du Texas, aujourd'hui retiré à Austin, a attendu avril 2000 pour se confier. Ses services avaient traqué Billie Sol et ses amitiés politiques pendant près de deux ans sans jamais pouvoir afficher Johnson à leur tableau de chasse. C'était lui qui, s'intéressant à la zone de stockage de grain de Plainview, avait recueilli de nombreux témoignages mettant directement en cause LBJ. Et à ses yeux, l'affaire Henry Marshall était encore plus emblématique, et donc explosive. D'abord parce qu'elle ne concernait plus une opération de corruption mais un meurtre. Ensuite parce que les souvenirs de Wilson démontrent l'implication personnelle du vice-président des États-Unis.

Après trente-huit ans de silence, Will Wilson dévoila enfin ce qu'il avait gardé enfoui : il avait bien subi des pressions directement de LBJ. Wilson avait bien rencontré Johnson qui, jouant sur la corde sensible de leur ancienne amitié et les promesses d'un avenir meilleur, lui avait demandé d'interrompre son enquête sur l'implication de Billie Sol Estes.

Et sa conclusion fut sans appel : « Lyndon craignait que l'on découvre qui avait armé le bras de l'assassin d'Henry Marshall ».

*

Le 18 juin 1962, après l'audition d'un Billie Sol Estes se retranchant, comme on le lui avait fermement recommandé, derrière son droit à garder le silence, décevant les journalistes mais apportant satisfaction à ses conseillers, dont John Cofer, l'avocat de Lyndon Johnson, le Grand Jury accoucha d'une souris. Et, à la surprise générale, déclara que les preuves présentées n'étaient pas suffisantes pour arrêter une position claire et définitive et donc qu'il lui était impossible de modifier le verdict officiel concernant les causes du décès.

En somme, Henry Marshall venait de mourir une deuxième fois.

60

Solution

Dehors, il fait presque sombre. La lumière texane est faite de roses foudroyants.

Billie Sol n'écoute même plus nos questions. Comme s'il lui fallait exorciser le mal, il parle. Son débit est rapide. Les hésitations peu nombreuses.

— Henry Marshall était en vérité depuis longtemps sous l'influence de Cliff Carter, révèle Estes. Je ne peux pas jurer que celui-ci lui versait de l'argent, mais je sais que tous deux jouaient au poker lors de parties où d'énormes quantités de billets verts changeaient de main. L'ennui c'est qu'au Texas, ce genre de passion peut coûter très cher. N'oubliez pas non plus un autre point : le fait que L. M. Owens était un employé de Cliff. Durant la Seconde Guerre mondiale, Owens avait été blessé à la tête, ce qui lui avait laissé quelques séquelles, certains allant même jusqu'à dire que, depuis, il avait un peu perdu la raison. Un déséquilibre mental d'Owens qui n'avait pas refroidi Carter, puisqu'il lui avait offert un boulot peu contraignant quand tous les autres lui fermaient leurs portes. Dans la structure que Cliff avait mise en place pour assurer le financement de Lyndon B. Johnson, Marshall nous assistait en nous expliquant comment mettre sur pied les programmes subventionnés par le gouvernement. Dans la mesure où son jugement était respecté et apprécié par les membres des organisations officielles texanes travaillant pour le département de l'Agriculture, son influence s'avérait pour nous des plus profitables.

— Comment était-on parvenu à le circonvenir ?

— Depuis le début des années 1950, Cliff avait trouvé les mots et les arguments pour convaincre Henry d'aider au développement de mes intérêts, ainsi qu'à celui des autres fermiers bénéficiant d'aides gouvernementales. Mais avec les changements d'orientations, sa collaboration aux desseins de Cliff lui devint peu à peu moralement inacceptable. Les nouvelles lois sur les autorisations de culture de coton et leurs transferts représentèrent la goutte d'eau qui fit déborder le vase. Pour la première fois, Marshall se trouva confronté à un texte qui, de manière directe, s'opposait aux requêtes de Carter. Refusant d'aller plus loin encore dans ses arrangements avec la loi, le vétéran du département de l'Agriculture annonça donc que la donne avait changé.

— Et que se passa-t-il ?

— Début septembre 1960, Cliff m'appela, fort inquiet. Il avait appris qu'Henry Marshall venait d'envoyer un rapport à sa hiérarchie évoquant les achats abusifs de parcelles de coton par différents agriculteurs du Texas et de l'État du Nouveau-Mexique. Mon nom ne figurait pas textuellement dans le document mais les exemples cités étaient suffisamment nombreux pour comprendre que, désormais, ma manière de faire des affaires serait suivie de près par Washington.

*

Le 20 janvier 1961, Billie Sol Estes était à Washington pour assister à la cérémonie d'investiture de John Kennedy. On l'a vu, après la cérémonie officielle, il se retrouva dans la somptueuse maison de Lyndon Johnson, voisine de celle de J. Edgar Hoover, où le vice-président avait organisé un cocktail afin de remercier ses généreux donateurs texans. Mais sa présence tenait surtout à la volonté de Cliff Carter d'évoquer le cas Marshall avec le nouveau vice-président.

— À la fin de la soirée, nous nous sommes donc réunis dans l'un des salons de la demeure. J'ai exprimé mes craintes concernant Marshall, inquiétudes confirmées

214

par Cliff, lequel était en contact avec lui. La situation commençait à devenir vraiment grave pour Lyndon : Henry Marshall était, je le redis, la seule personne du département de l'Agriculture à connaître l'implication et les intérêts directs qu'il avait dans l'ensemble des programmes de subventions. En raison de ses liens avec Carter, de sa position stratégique, de son rôle depuis le début, il était donc capable de prouver les relations entre Lyndon, Cliff et moi. Sans oublier, par ricochet, de révéler que cette opération impliquait des dizaines d'autres fermiers, lesquels profitaient du système élaboré par Cliff et reversaient une partie de leurs bénéfices à l'entreprise Lyndon B. Johnson. Aucun doute, nous sentions le vent du boulet. Il fallait agir.

Dès lors, plusieurs solutions furent envisagées lors de cette réunion cruciale. Celle qui s'imposa était simple : muter le fonctionnaire assailli de scrupules.

— Lyndon déclara qu'il allait lui trouver une promotion et que Cliff le remplacerait par un responsable plus contrôlable, explique Estes. Puis nous nous séparâmes sur cette résolution, persuadés que chaque homme avait son prix et que nous venions de fixer celui d'Henry Marshall.

*

C'était une grossière erreur. Car durant le séjour d'Estes à Washington, Marshall avait entamé son entreprise de démolition en revenant sur les décisions qu'il avait prises précédemment. Il s'opposait désormais aux nouveaux transferts d'autorisation de culture du coton.

— Pire. Comme si cela n'était pas suffisant, il rejeta aussi l'offre de promotion qui lui était faite. Sans deviner qu'en refusant la porte de sortie que lui offraient Lyndon et Cliff, il venait de signer son arrêt de mort.

D'autant que, depuis quelques semaines, Robert Kennedy lui-même s'intéressait aux soutiens politiques de Billie Sol. Son frère et lui avaient en effet compris l'opportunité qui s'offrait à eux : s'ils parvenaient à convaincre Marshall de passer aux aveux, Johnson se trouverait enfin à leur merci.

— Comme le bateau commençait à prendre sérieusement l'eau, Lyndon demanda à Cliff de trouver une solution « définitive » au cas Marshall.

61

Seconde chance

Il aura fallu la rencontre improbable d'un ancien millionnaire et d'un Texas Ranger tenace pour permettre enfin à Henry Marshall de reposer en paix.

Lorsque, en 1979, Billie Sol fut condamné pour création d'entreprises alors qu'il était interdit de gestion, il se retrouva à nouveau face à Clint Peoples. L'ancien capitaine des Rangers, on s'en souvient, auteur du rapport mettant à jour les influences extérieures ayant perturbé l'enquête du shérif Stegall, n'avait rien oublié. Nommé US Marshall par le président Jimmy Carter, Peoples n'avait jamais cessé de penser et d'enquêter sur cette affaire. Profitant du transfert de Billie Sol du tribunal à sa nouvelle prison, il parvint à lui arracher une promesse : une fois libre, Estes permettrait à la veuve Marshall de connaître une partie de la vérité.

*

— En 1983, année de ma libération après ces quatre années de détention, alors que je venais à peine de retrouver les miens, Clint me téléphona chez moi et reprit au même point la conversation que nous avions débutée avant mon incarcération : « Billie Sol, me dit-il, il est temps de clarifier les choses pour les Marshall. John Paschall, le district attorney, est prêt à réunir un nouveau Grand Jury. Il accepte également de t'accorder une complète immunité si tu parles. »

Parce que le temps avait passé, parce que la tranquillité d'esprit d'une famille était en jeu, parce que Peoples, au fond, lui ressemblait, Estes se dit que le moment était venu de livrer la vérité. Ou tout au moins une part de vérité. Aussi accepta-t-il de témoigner.

Mais pas à n'importe quelles conditions.

D'abord il demanda, et obtint, la garantie qu'il ne serait pas poursuivi pour ses confidences. Ensuite, il avait déterminé à l'avance le périmètre de ses révélations : il prouverait qu'Henry Marshall avait été tué mais n'en dirait pas plus. Enfin, s'il avait accepté de témoigner, c'était parce que le cadre même du Grand Jury constituait la meilleure garantie de confidentialité. Recours habituel des repentis du crime organisé, un Grand Jury se déroule en effet toujours à huis clos. Les débats sous serment y sont secrets, mais en plus ils le restent *ad vitam aeternam* puisqu'il n'existe pas de notion de prescription ni d'ouverture des archives. Dès lors, ce qui est dit derrière les portes calfeutrées de la salle d'audience ne filtre jamais.

*

De son côté, le district attorney de Franklin s'était assuré qu'il ne serait pas débordé par un sujet qu'il savait explosif. Au-delà du témoignage capital de Billie Sol Estes, il avait demandé à Clint Peoples de présenter les éléments du volumineux dossier qui ne quittait jamais le coffre de sa voiture. Il avait également convoqué le médecin légiste ayant pratiqué l'autopsie sur le cadavre exhumé de Marshall et, enfin, avait exigé la présence de Griffin Nolan, l'ancien pompiste qui, le 3 juin 1961, avait indiqué à un inconnu la route menant à la propriété de Marshall.

Le 20 mars 1984, à l'ouverture des débats du Grand Jury, Paschall réserva une autre surprise à Billie Sol. Si ses propos ne cadraient pas avec l'enquête de Peoples et les autres témoignages, il l'inculperait de parjure. Ce qui impliquait une peine de prison automatique de cinq ans. Estes se voyait dès lors pris à son propre jeu : non seulement il allait parler, mais en plus il ne mentirait pas.

*

— Je suis resté quatre heures et demie devant le Grand Jury de Franklin, raconte-t-il. De son côté, Clint Peoples a présenté les conclusions de vingt-deux ans d'enquête, tout en faisant d'énormes efforts pour se contenter d'évoquer la seule mort d'Henry Marshall. Durant ces années, il avait tellement amassé d'éléments contre Cliff Carter et Lyndon Johnson qu'il aurait pu réviser l'Histoire des États-Unis en à peine quelques heures. Quant à Nolan Griffin, l'employé de la station service, il est venu identifier sur photographie l'homme qui lui avait demandé la direction du ranch d'Henry Marshall quelques heures avant le meurtre.

*

Ces trois témoignages clés suscitèrent les pires spéculations dans les médias. La presse, citant ici une source anonyme, reprenant là une fuite haut placée, tenta d'imaginer le contenu des débats. En se fourvoyant largement.

— En lisant dans les journaux des extraits de ce qu'avait soi-disant été mon récit, j'ai été éberlué, s'amuse encore Estes. La comparaison est édifiante, car tous se situaient bien en dessous de la vérité !

*

En réalité, le seul document officiel, et donc fiable, rendu public fut le communiqué de presse rédigé par John Paschall :

« L'opinion du précédent Grand Jury statuant sur les raisons de la mort d'Henry Marshall était que les preuves présentées n'étant pas suffisantes pour arrêter une position claire et définitive et que donc, il était impossible de réviser les causes du décès de Henry Marshall. Se fondant sur les témoignages présentés aujourd'hui, et qui ne le furent pas lors du précédent Grand Jury, nous avons conclu que Henry Harvey Marshall n'était pas mort par un suicide mais par homicide. Les participants à ce meurtre étant aujourd'hui décédés, le Grand Jury s'est retrouvé dans l'impossibilité de prononcer des mises en examen. »

La famille Marshall fut satisfaite et Clint Peoples put enfin boucler une enquête entamée en 1961.

Restait Billie Sol. En affirmant, sous serment, que Lyndon Johnson avait ordonné l'exécution d'un homme, Estes venait de s'approcher dangereusement du secret des secrets.

Une révélation que, maintenant, il allait devoir payer.

62

Salir

Discréditer Billie Sol Estes pour atténuer, voire gommer, l'ampleur de ses révélations, n'était pas compliqué. Et la presse, comme les proches de Johnson, eurent beau jeu de s'en donner à cœur joie.

N'avait-il pas, durant ses multiples passages devant les tribunaux, usé de stratégies de défense à chaque fois différentes, et ce à son corps défendant ? N'avait-il pas, contraint au silence par Cofer, donné d'innombrables versions de la construction de son empire ? Sa condamnation de 1979 n'avait-elle pas, également, écorné son image déjà bien ternie ? En tentant désespérément de retrouver un peu de sa gloire passée, Bille Sol ne s'était guère préoccupé de la loi comme de l'authenticité de ses déclarations.

*

Toujours est-il que les amis de Johnson, oubliant que la décision du Grand Jury avait été prise sur un ensemble de témoignages, s'en donnèrent à cœur joie. Et tirèrent à boulets rouges sur Este. La presse texane s'insurgea contre les accusations de ce dernier, sans pour autant, à de rares exceptions près, prendre la peine de contacter John Paschall ou Clint Peoples, qui corroboraient pourtant ses révélations. Si Lyndon Johnson était mort depuis dix ans, ses réseaux restaient actifs et il était hors de question de salir sa mémoire.

À la tête de cette offensive, Barefoot Sanders. Celui qui, en 1962, avait servi de tampon entre Johnson et le juge Barron en charge du premier Grand Jury. Celui dont les efforts avaient permis de limiter l'utilisation de documents impliquant Johnson. En toute logique, gardien du temple, il mit en branle toute sa puissance et profita de l'obligation de silence faite aux intervenants du Grand Jury pour intervenir dans les médias et s'insurger.

*

En août 2003, dans le cadre du tournage du documentaire *JFK, autopsie d'un complot*, j'ai pu rencontrer Georgia, l'ancienne secrétaire de Clint Peoples, témoin capital pour étudier le climat entourant cette affaire de 1984.

Terrorisée à l'idée de parler de ce sujet, Georgia m'avait donné rendez-vous dans un restaurant de la banlieue de Fort Worth. Dans un premier temps, ses souvenirs ne me parurent pas particulièrement percutants, mais, une fois la confiance établie, cette dame digne accepta peu à peu de se confier. Or, elle se souvenait parfaitement de l'année 1984, de l'épisode du Grand Jury et de la motivation de Clint Peoples. Elle n'avait pas oublié non plus comment, un jour, Barefoot Sanders en personne avait convoqué son patron. Et dans quel état d'esprit ce dernier était revenu de l'entretien avec le tenant de la moralité de LBJ.

— Je ne l'avais jamais vu dans cet état, me dit-elle. Clint était fou de rage. Quand je lui ai demandé ce qui se passait, il a à peine desserré les mâchoires pour me répondre : « Sanders ! Il vient de me traiter de menteur. »

Ce jour-là, l'ancien conseiller de Lyndon Johnson avait en effet demandé à l'US Marshall de cesser d'accuser LBJ. D'après Georgia, la discussion avait même dégénéré et s'était conclue sur des menaces à peine déguisées.

*

Pour ridiculiser les révélations de Billie Sol, les partisans de Johnson devaient aussi prouver qu'Estes n'était pas celui qu'il prétendait être. Que sa relation avec Cliff Carter et Lyndon Johnson relevait de l'invention d'un arnaqueur sur le retour. Méthode classique pour y par-

222

venir : faire appel au gardien du temple, le conservateur de la LBJ Library, la bibliothèque présidentielle.

Toute visite d'Austin inclut systématiquement la LBJ Library, dont le musée interactif constitue une merveille de reconstitution de la face visible de la présidence Johnson. Quant à l'immense mur transparent des archives LBJ, ces millions de boîtes où dort la vie d'un président, il vaut lui aussi le détour. Correspondances privées, décisions publiques, tout est censé se trouver en ces lieux solennels. Dès lors, convoquée au tribunal de l'opinion et de l'Histoire en 1984, la LBJ Library mit tout en œuvre pour assurer aux médias que Billie Sol Estes et Lyndon Johnson ne se connaissaient pas. Certes, ils s'étaient peut-être rencontrés lors d'une réunion publique, un jour ou l'autre, mais rien de plus. L'absence de documents conservés comportant son nom n'en était-il pas la preuve ? Tout juste les archives contenaient-elles un écrit insignifiant échangé entre les deux hommes. Conclusion : la relation n'avait pas existé. Donc Estes fabulait.

Une argumentation pour le moins tendancieuse. Et un art de prendre l'opinion pour une imbécile. Car qui a vu un jour, dans des affaires de corruption et d'enveloppes de cash, l'apparition d'accusés de réception ?

*

1984, 2003 : mêmes causes, mêmes doutes ? En enquêtant sur les affirmations d'Estes, nous savons, Tom et moi, que ces propos seront accueillis avec le même scepticisme. Que les mêmes arguments nous seront renvoyés, sans doute avec plus de virulence encore. Aussi, comme sur tant d'autres points, il nous faut confirmer l'existence de liens entre Estes et Johnson. Une chance, nous disposons de cinq cartes maîtresses.

D'abord, les relevés bancaires d'Estes. Qui démontrent clairement ses conséquents retraits en espèces avant chacun de ses voyages à Washington. Où, certaines fois, l'étape unique, publique et prouvée, était une réception organisée par Lyndon Johnson lui-même.

Ensuite, il y a les relevés téléphoniques de Billie Sol. Qui remontent à la fin des années 1950. Nous y avons vu que les coups de fil à Cliff Carter étaient nombreux, et que fréquemment les dates de ses appels, comme Billie Sol nous l'avait affirmé, correspondaient à des moments critiques de la bataille contre Robert Kennedy. Et aussi que les numéros de Johnson, à son bureau au Sénat, à la vice-présidence comme celui, privé, à son domicile de Washington y figurent en bonne place.

Nous avons également en mains différentes lettres. Tandis que les archives de la LBJ Library annonçaient n'en avoir qu'une, nous-mêmes en détenions dix-neuf. Dont les dernières datant de la fin 1961, à l'époque où Estes était devenu indésirable. Certaines sont bien sûr insignifiantes, mais d'autres plus intimes. L'une, écrite par Lyndon Johnson, invite par exemple le couple Estes à passer le week-end en compagnie du vice-président et de son épouse dans leur ranch du sud Texas ! Six autres concernent directement les difficultés de Billie Sol avec le département de l'Agriculture et confirment l'intervention du vice-président en sa faveur.

*

Cela pourrait sembler suffisant. Mais comme, du côté des gardiens du temple, trop n'est jamais assez, nous avons aussi passé plusieurs mois à retrouver des personnes ayant assisté aux rencontres entre Johnson et Billie Sol.

Il y a d'abord, nous l'avons vu, l'avocat de Billie Sol présent lors de l'entrevue sur l'aéroport de Midland.

Puis nous avons fait la connaissance de Kyle Brown, cousin éloigné des fondateurs d'une entreprise ayant soutenu LBJ depuis ses débuts, qui avait la confiance de Billie Sol. Adolescent, donc insoupçonnable, Kyle avait transporté lui-même des enveloppes chargées de billets verts. Face caméra, il nous a confirmé avoir remis plusieurs centaines de milliers de dollars à LBJ et Cliff Carter, tous provenant de Billie Sol Estes.

Cette caisse noire nous a été confirmée par un autre témoin, James Fonvelle, ancien policier de Dallas. En 1960, celui-ci habitait à Pecos et rendait de menus services de sécurité et de surveillance à Billie Sol. À l'occasion, lui aussi, nous dit-il, partait à Austin, à l'hôtel Driskill, pour remettre de l'argent à Carter et Johnson.

Enfin, nous avons rencontré Lonnie Sikes, quatre-vingt-dix-huit ans, l'un des derniers hommes d'affaires texans ayant soutenu la marche au pouvoir de Johnson. Arrivé en fin de vie, acceptant de nous recevoir parce qu'il connaissait la famille de Tom, Sikes a tout corroboré à son tour. Devant la caméra il nous a expliqué cet âge d'or où, comme des dizaines d'autres, il contribuait à alimenter les fonds secrets de Lyndon Johnson. Tout en confirmant avoir croisé Billie Sol à plusieurs reprises et avoir su qu'il appartenait au cercle des généreux donateurs.

*

Nous en sommes désormais sûrs : Billie Sol Estes est bien celui qu'il prétend. Au-delà de ses propres cassettes, les preuves de sa relation avec Johnson ne manquent pas.

C'est sans doute pour cela qu'en 1985, alors que l'acte de décès d'Henry Marshall allait être enfin changé, le clan du défunt président décida de passer à la vitesse supérieure.

63

Viol

Billie Sol Estes violeur !

L'accusation fit l'ouverture des journaux télévisés du matin. Le titre, en lettres grasses, s'étala à la une des quotidiens texans. La nouvelle était de taille : trois semaines plus tôt, Billie avait violé l'une de ses servantes mexicaines.

Estes, lui, avait beau nier, ses explications se perdaient dans l'immense brouhaha médiatique.

— Cette histoire prit une ampleur incroyable, raconte-t-il. Et le procès, prévu pour le 5 janvier 1986, se présentait fort mal. Steve Eleftheriades, l'ami qui m'avait présenté ma femme de ménage, m'accusait et déclarait qu'il avait assisté, impuissant, au viol. Mais alors que s'approchait ma convocation devant le tribunal, j'eus le sentiment que la partie civile était curieusement prête à abandonner l'affaire. De son côté, Steve avait disparu de la circulation.

À quelques jours de l'audience, Billie Sol et son avocat découvrirent dans le dossier un détail capital. Le médecin qui avait constaté le viol notait dans son rapport une présence importante de sperme. Ce qui disculpait totalement le vieux Texan puisqu'il avait subi une vasectomie dans les années 1970.

Le lendemain, le juge nomma un expert chargé de vérifier que l'opération avait bien été effectuée. Et classa l'affaire à la lecture des résultats.

— J'ai immédiatement porté plainte contre la servante et Steve, raconte Estes. Mais il fut impossible de les retrouver. Depuis, j'ai entendu dire qu'ils avaient été assassinés de l'autre côté de la frontière.

*

Henry Marshall et JFK avaient été assassinés au début des années 1960. Lyndon B. Johnson, après avoir sombré dans la folie, avait succombé à une crise cardiaque une décennie plus tard. Mais, en 1985, on craignait encore les révélations de Billie Sol.

Car cette fausse accusation de viol n'était pas une terrible coïncidence, mais une implacable opération de décrédibilisation. Comme l'explique Phil Banks, l'avocat de la famille Marshall ayant mené toute la procédure destinée à transformer le jugement sur les causes de la mort d'Henry Marshall. La sentence du Grand Jury constituant une première étape, il fallut ensuite à Banks se servir de cet arrêt pour convaincre l'État du Texas de modifier le certificat de décès. Pour y parvenir, Banks dut convoquer quelques témoins clés devant un panel de juges.

— Deux jours avant la session, raconte l'homme de loi, j'ai préféré ne pas convoquer Billie Sol Estes. Comme John Paschall avait accepté de venir, sa présence allait me suffire. La présence d'Estes au Grand Jury avait causé un tel barrage dans les médias que j'ai préféré, dans cette nouvelle procédure, jouer profil bas. Et j'ai bien fait puisque, comme par hasard, l'accusation du viol est sortie le jour de notre passage devant la cour de l'État. Si Estes avait été à l'audience, conformément à la loi il aurait été arrêté lors de sa prestation de serment et l'affaire Marshall aurait été une fois de plus enterrée, tandis que l'image de Johnson serait demeurée, elle, intacte.

*

La vasectomie miraculeuse, la disparition des deux principaux témoins et les propos de Phil Banks avaient aiguisé notre appétit. L'avocat de la famille Marshall, au fait du dossier, affirmait d'ailleurs que si tant d'énergie

227

était déployée pour camoufler l'assassinat d'un fonctionnaire de l'USDA, c'était que celui-ci était directement lié à celui de Kennedy. Il ne s'agissait pas d'une déduction personnelle, mais d'une analyse des faits comme de nombreux témoignages. Le juge Barron, l'homme qui, en 1962, avait reçu quotidiennement des appels de Robert Kennedy et de Cliff Carter, ne se trouvait-il pas être l'oncle de Phil Banks ?

Si je voulais comprendre le 22 novembre 1963, il me fallait donc au préalable éclaircir les conditions de la mort d'Henry Marshall. Car j'en étais désormais convaincu, ce dossier en cachait un autre. Et si le mystère de l'assassinat de JFK restait un sujet dangereux en 1985, c'est que certains de ses protagonistes étaient encore en vie. Billie, grâce à ses cassettes, détenait une assurance-vie, mais on pouvait encore attenter à une denrée bien plus importante : son honneur.

*

La vérité sur le pseudo-viol nous attendait à la frontière mexicaine. Et dans les arcanes des révélations à tiroirs d'Estes.

Car, dans un premier temps, celui-ci ne nous avait pas tout dit. S'il avait consulté le dossier avec son avocat pour y dénicher la preuve de sa non-culpabilité, c'est que, quelques jours plus tôt, il avait reçu un étrange appel provenant d'un procureur mexicain. Lequel affirmait qu'il souhaitait le rencontrer pour apporter une solution à ses problèmes. Estes, persuadé que l'on surveillait chacun de ses gestes, préféra envoyer un homme à lui, Kyle Brown, qui rencontra le procureur à l'initiative de cette affaire et sortit du rendez-vous estomaqué.

— Ce magistrat véreux ne me cacha pas qu'il était à l'origine de l'affaire et pouvait la clore aussi vite qu'elle était apparue, nous confia-t-il après quelques réticences. Dans notre conversation, il précisa même que ce n'était pas la première fois qu'il montait ce genre d'opération, et toujours avec la même servante.

Pour prix de ses « bons offices », l'homme de loi réclamait 50 000 dollars afin de s'assurer que la « victime » ne se présent pa devant la cour. Billie Sol, averti, refusa de céder au chantage tout en sachant qu'une nouvelle peine équivaudrait à de la prison à vie. La faille de sa vasectomie lui offrit une porte de sortie idéale. Brown allait poursuivre sa négociation, mais cette fois dans le but de découvrir qui avait payé le Mexicain pour orchestrer cette manipulation.

— Trois jours après, je repartais vers la frontière, nous précisa Kyle. Avec une valise débordant de cash. La vue des billets délia aisément la langue du corrompu. Qui me livra le nom de celui qui l'avait payé.

Brown, dont nous avons enregistré l'interview, n'hésita pas à nous livrer l'information. Qui ne nous procura qu'une demi-surprise. Il s'agissait d'un ancien fidèle de Lyndon Johnson qui s'était depuis longtemps publiquement montré hostile à Estes. Nous étions cependant étonnés de retrouver son nom mêlé à une aussi sordide opération. Mais, finalement, avait-il d'autres moyens pour empêcher Estes de révéler la face cachée de Lyndon Johnson ?

— Avant de partir, j'ai prévenu le procureur que s'il gardait l'argent que cet intermédiaire lui avait versé au départ, il réaliserait sa dernière magouille. Il ne m'a pas cru et il a eu tort puisque, quelques semaines plus tard, son corps et celui de la servante mexicaine furent retrouvés dans une fosse où reposaient les victimes d'un parrain mexicain.

*

Si nous avons choisi, avec Tom, de ne pas divulguer le nom de l'ancien conseiller de Johnson impliqué dans cette sordide histoire, c'est parce qu'il est encore en vie. Et que nous savons le danger d'aller plus loin.

Mais la démonstration n'est-elle pas amplement suffisante ? La publicité faite autour de l'accusation de viol avait pour objectif de compromettre la reclassification du décès de Marshall, mais aussi de détruire toute piste nouvelle ouvrant sur la résolution de l'énigme du meurtre de John Fitzgerald Kennedy.

Lettre

En 1984, Billie Sol avait osé briser un tabou : il avait parlé. Pour la première fois, il avait remis en question la ligne qui l'avait conduit jusqu'à la déchéance.

— Cela paraît fou de l'exprimer ainsi, mais une fois ce pas franchi, parler ne me parut pas aussi compliqué que je l'avais cru.

Mais si Billie accepta de révéler ses secrets, il n'était pas prêt à s'y résoudre à n'importe quelle condition. Il refusa donc, comme des courriers l'attestent, plusieurs millions de dollars offerts par des éditeurs pour ses souvenirs. Non, son désir était de bénéficier d'une totale immunité puis d'utiliser ses informations pour trouver une issue à son combat contre son gouvernement.

*

— Le fisc américain était convaincu depuis les années 1960 que j'avais soustrait à ses services près de deux cents millions de dollars, nous dit-il. L'IRS me harcelait même pour que je rembourse des arriérés d'impôt sur des sommes que je jugeais fantaisistes. Au-delà des petites vexations liées à ce genre de situation, cela m'empêchait de mener des affaires sous mon nom propre. Et j'avais assez de cette situation.

Billie Sol décida donc, sous le sceau du secret, de proposer un marché au gouvernement américain : en échange de son témoignage et des preuves dont il disposait sur une série de meurtres, le fisc abandonnait ses poursuites contre lui.

— Mon avocat, Douglas Caddy de Houston, était célèbre pour avoir été le représentant légal d'Howard Hunt, l'un des plombiers du Watergate. Après plusieurs réunions de travail, Doug écrivit à Stephen Trott, l'assistant de l'attorney général en charge de la division criminelle, afin de lui faire notre offre.

Débuta alors une correspondance entre le représentant d'Estes et le département de la Justice. Mis en confiance par l'intérêt du gouvernement, Billie Sol accepta même, le 9 août 1984, de préciser les conditions de l'échange.

— Le courrier rédigé par mon avocat mentionnait une fois de plus, nous déclare-t-il, que j'acceptais de coopérer avec la justice américaine contre l'effacement de ma dette fiscale et un pardon présidentiel concernant ma participation indirecte à cette série de crimes.

Comme le montre ce document, publié en annexe, Estes n'éludait pas non plus le cœur du sujet. Par écrit, il affirmait en effet détenir des preuves impliquant Cliff Carter et Lyndon Johnson dans onze meurtres. Le dernier étant celui du président John F. Kennedy.

— Cette dernière ligne a semé un vent de panique à Washington, raconte-t-il. Le département de la Justice me proposa immédiatement une rencontre discrète dans un hôtel d'Abilene. Ce qui m'a permis de réaliser que mes cassettes ne me protégeaient pas de tout.

Un cadre de la Texas Mafia, l'organisation criminelle qui avait contribué à l'essor de Johnson et continuait de contrôler de nombreuses activités illégales, contacta en effet Billie Sol.

— Il m'expliqua que ma tentative de collaboration constituait une erreur. Et m'avertit que si je continuais dans cette voie, je ne me ferais pas vieux. Comme je tiens à mon honneur sans être pour autant être stupide ou suicidaire, j'ai fait machine arrière.

Estes refusa donc le rendez-vous et demanda à Doug Caddy de rompre les négociations.

*

L'histoire secrète, mais avortée, de la tentative de négociation entre Billie Sol Estes et le gouvernement américain aurait dû s'arrêter là mais, en 1985, Billie Sol changea d'avis :

— L'année suivante, par certains relais, je sus que le gouvernement était toujours intéressé par mon offre. N'étant pas naïf, je devinais qu'il s'agissait plus, pour le pouvoir, de savoir la nature des preuves que je détenais que de faire réellement exploser la vérité, mais qu'importe. Ayant quelques affaires fructueuses en perspective, je devais résoudre ma situation fiscale. Aussi, j'ai mis de côté l'avertissement et demandé à Douglas Caddy, dans la plus grande discrétion, de reprendre langue avec le département de la Justice.

Le 30 août 1985, l'avocat, prenant soin d'éviter le téléphone, écrivit à Billie Sol Estes que la réponse du bureau de l'attorney général était positive et que, désormais, tous deux pouvaient aller de l'avant.

— Mais c'est à ce moment-là que je fus arrêté pour le soi-disant viol de ma servante. L'histoire faisant la une de la presse, l'administration judiciaire, qui craignait que nos transactions ne deviennent publiques, rompit les négociations. Personne ne voulait être associé à un violeur. Même s'il détenait les clefs des catacombes de l'histoire politique américaine.

65

Accident

Les souvenirs de Billie Sol Estes, ceux de Phil Banks, l'accusation de viol nous avaient convaincus, Tom et moi, de la nécessité de savoir ce qui avait réellement été dit lors du fameux Grand Jury de 1984. John Paschall, Banks et Billie ne laissaient-ils pas entendre, à mots couverts toutefois, que les débats de Franklin avaient souvent délaissé le ranch de la victime Henry Marshall pour évoquer les exactions d'un réseau politique responsable de nombreux crimes ? Dont l'assassinat de Kennedy lui-même ?

Nous savions que le règlement même de cette instance ne nous permettait pas d'espérer obtenir quoi que ce soit des archives officielles. En revanche, Tom avait découvert une faille intéressante par laquelle nous pouvions nous engouffrer : tous les acteurs du Grand Jury se souvenaient que Clint Peoples, le Texas Ranger devenu US Marshall, avait construit sa déposition à partir d'un volumineux dossier qui ne le quittait pas.

Un dossier qui allait bientôt devenir notre obsession.

*

Le 22 juin 1992, Clint Peoples rentrait à son domicile de Waco lorsque son véhicule, sans raison, quitta la route et vint s'encastrer dans un poteau électrique. Peoples avait quatre-vingt-un ans.

On le sait, la communauté des chercheurs passionnés par l'affaire JFK a une très mauvaise habitude : chaque décès d'une personne ayant touché, de près ou de loin, au sujet Kennedy est invariablement classé dans la catégorie des morts suspectes. Et la disparition de Clint Peoples ne faillit pas à cette règle. Certes, il était décédé dans un quartier résidentiel qu'il connaissait depuis trente ans. Certes, son « accident » eut lieu au milieu de l'après-midi, avec une chaussée impeccable et une météo au beau fixe. Certes, les médecins du Hillcrest Baptist Medical Center assurèrent que ni la vitesse ni un problème cardiaque n'étaient à l'origine de son accident. Mais Clint Peoples avait quatre-vingt-un ans et le 22 novembre 1963 semblait bien loin...

*

Billie Sol approuva notre idée de partir en quête du dossier Peoples. Il nous gratifia même d'une description précise, se souvenant notamment que l'ancien Ranger stockait ce document dans le coffre de sa voiture lors du Grand Jury de 1984. Il est vrai qu'Estes avait intérêt à nous voir réussir, sachant que ces pièces étaient la seule façon de prouver ses accusations et par là même de remonter la filière des assassins du Président Kennedy. Ce qui ne l'avait pas empêché d'apporter sa touche conspirationniste en disant :

— Vous savez, je ne suis pas certain que sa mort soit un accident. Il y avait des traces à ses poignets. Comme s'il avait porté des menottes...

Deux ans plus tôt, Madeleine Brown, qui elle aussi connaissait Peoples, m'avait déjà soufflé le même doute. Je l'avais oublié, l'enfouissant au milieu des milliers d'histoires étranges, et souvent fausses, qu'alimentait le meurtre de JFK. Avec le petit sourire qui accompagnait sa phrase, Billie Sol venait donc de faire remonter ce souvenir à la surface. Mais il ne souhaitait pas aller plus loin. Ses informations, disait-il, provenaient d'une discussion avec un employé des pompes funèbres. Je doutais donc, préférant, pour ma part, me concentrer sur le dossier Peoples.

*

Durant les mois suivants, Tom et moi épuisâmes toutes les pistes possibles. Nous étions passés par les archives des Texas Ranger, puis celles des US Marshall, avions contacté les héritiers de Clint Peoples... mais en vain. À chaque sollicitation, personne ne connaissait ce dossier précis, tout en nous expliquant qu'en 1986, Peoples avait versé ses archives à la Bibliothèque de Dallas, avec consigne d'en permettre la consultation uniquement après son décès.

La déception fut à la hauteur de notre attente : les archives Peoples se constituaient de courriers officiels et de coupures de presse. Quant au dossier Henry Harvey Marshall sur lequel Clint Peoples avait passé plus de trente ans, il recelait tout juste quelques mauvaises photocopies d'articles parus lors du Grand Jury de 1984. Les papiers contenus dans les épaisses chemises décrites par Billie Sol Estes, le procureur John Paschall et l'avocat Phil Banks, s'étaient réduits comme peau de chagrin.

L'équation se compliquait : le dossier n'était plus introuvable... parce qu'il avait été expurgé. Et cette censure, trente ans après l'assassinat de JFK, m'obligeait à m'interroger sur la disparition de Peoples. Je croyais toujours à l'accident mais je me devais, cette fois, de vérifier.

*

Notre première démarche nous mena dans les bureaux de Phil Banks à Bryan. L'avocat ayant convoqué Peoples lors du passage devant la Cour d'État, nous espérions qu'il avait photocopié des extraits du dossier.

Ce n'était pas le cas, mais Banks nous livra une information étonnante.

Une semaine avant la mort de Peoples, les deux hommes s'étaient parlés au téléphone.

— Clint Peoples tenait à m'informer que l'affaire Marshall risquait de connaître une nouvelle actualité, nous avait-il dit.

Lorsque je lui demandais pourquoi, il m'apprit qu'il avait décidé de convoquer la presse la semaine suivante pour rendre publiques toutes ses informations.

— Celles relatives à la mort d'Henry Marshall ?

Banks hésita. Il tordit ses doigts, prit une inspiration et lâcha :

— Non, celles concernant l'assassinat du président Kennedy.

*

La tête me tourne.

Le 22 novembre 1963 m'avait entraîné sur les traces de Billie Sol Estes, lequel m'avait baladé dans ses souvenirs. J'avais ensuite atterri sur l'affaire Marshall en tentant de comprendre comment la mort d'un fonctionnaire du département de l'Agriculture pouvait me conduire à celle de Kennedy. J'avais encore découvert d'ignobles manœuvres, perpétrées vingt ans après ce meurtre, pour préserver l'image de Lyndon Johnson. Et là, une petite voix commençait à me susurrer que le décès accidentel d'un vieillard de quatre-vingt-un ans n'était peut-être pas... accidentel.

J'ai besoin de respirer. D'y voir plus clair. Et surtout d'en avoir le cœur net. C'est alors que ma discussion avec Georgia me revient à l'esprit. Soudain, je comprends mieux la crainte qu'elle avait de me parler. Même en 2003, l'ancienne secrétaire de Clint Peoples reste terrorisée.

Elle nous avait confié sa peur, prétextant que « trop de personnes étaient mortes à cause de cette histoire » et je l'avais écoutée sans y croire. Clint Peoples faisait-il partie de la liste ? Celle qui avait partagé son quotidien jusqu'en 1989 était seule en mesure de nous livrer la réponse.

*

Voilà près de quarante minutes que Georgia tourne autour de sa vérité. Je la sens hésitante, mais sais qu'il ne faut surtout pas la brusquer. Inconsciemment, je devine son envie de se libérer, mais aussi la trouille qui retient les mots au bord de ses lèvres.

Enfin, elle se décide.

— Il y a quelque chose que je n'ai jamais raconté, débute-t-elle d'une voix hésitante, sans cesser de regarder à droite et à gauche.

— Le jour de l'enterrement de Clint, il y avait une femme à la cérémonie. Installée à Waco, dans le quartier de Clint, elle est venue me parler...

Le déclenchement d'une alarme de voiture fait sursauter l'ancienne secrétaire de Peoples. Elle se rassure et reprend :

— Terrifiée, la femme m'a dit : « Ce n'est pas un accident. J'ai tout vu. Un gros pick-up rouge est venu derrière lui et l'a poussé sur le côté, contre le poteau. Je vous assure, ce n'est pas un accident. »

Georgia ne nous en dira pas plus. Mais, à travers ses silences, je déduis qu'elle connaît l'identité de ce témoin capital. Que cette rencontre ne fut en rien fortuite. Comme pour confirmer mon intuition, Georgia lâche, en guise de conclusion :

— Je ne peux rien dire de plus. Cette dame est toujours en vie... et trop de gens sont morts !

Je souhaite savoir autre chose encore. Parce que Banks avait excité ma curiosité en révélant que Peoples préparait une conférence de presse consacrée à la mort de Kennedy, j'espérais que Georgia pourrait m'éclairer :

— Saviez-vous que Clint travaillait toujours sur certains dossiers au moment de son décès ?

À ses yeux, je comprends d'emblée que sa réponse ne sera pas négative.

— J'ai entendu une drôle d'histoire, en effet. Au sujet d'une conférence de presse qu'il voulait donner, mais je n'étais pas au courant. En revanche, il faudrait que vous mettiez la main sur son dossier.

Georgia ignorant nos difficultés à trouver la trace des archives de Peoples, je choisis de la laisser dans l'ignorance.

— Pourquoi ?

— Parce que Clint était parvenu à lier l'affaire Marshall à la mort de Kennedy.

*

Mais voilà, le dossier Peoples n'existait plus. Seules quelques misérables coupures de presse tentaient, sans succès, de donner le change. En produisant l'effet inverse : l'absence même de ces documents majeurs en soulignait, preuve par l'absurde, l'importance.

Puis une nouvelle porte s'ouvrit à nous. Née d'une confidence faite par Will Wilson.

Nous étions repassés par Austin et avions demandé à l'ancien procureur du Texas si, par chance, il pouvait nous aider.

Il hésita longtemps à nous donner une réponse avant, dans un sourire, de nous dire :

— Et si vous demandiez au juge Barefoot Sanders ?

66

Bourbon

Il nous manquait toujours un élément.

Bien sûr, la disparition du dossier Peoples était presque aussi importante que sa découverte. Bien sûr, nous en savions assez sur l'assassinat d'Henry Marshall pour en déduire l'implication de Johnson. Mais j'avais toujours du mal à déterminer le lien unissant le faux suicide du fonctionnaire de l'USDA au meurtre d'un président des États-Unis.

Pourtant, intuitivement, j'étais convaincu que la pièce manquante existait. Que, quelque part, quelqu'un possédait ce « smoking gun », cette preuve incontestable.

Partis à sa recherche, Tom et moi étions revenus sur nos pas. En interrogeant à nouveau l'ensemble de nos témoins, nous espérions mettre à jour l'indice, le détail qui nous faisait défaut. Après mûres réflexions, nous avions conclu une fois encore qu'il nous fallait ouvrir une brèche dans le mur de secrets entourant ce fameux Grand Jury de 1984. N'était-ce pas là, et sous serment, que Clint Peoples, Billie Sol Estes et Griffin Nolan avaient approché la vérité Kennedy ?

En épluchant les multiples articles de presse de l'époque, où tout et son contraire avait été écrit, une rumeur incroyable nous sauta aux yeux. Un enregistrement clandestin des débats du Grand Jury aurait été réalisé ! L'information, perdue dans le maelström des fausses nouvelles, s'appuyait sur une fuite anonyme. Autant dire que ses chances d'authenticité se révélaient bien minces. Mais après avoir tout tenté, nous restait-il une autre piste ?

Évidemment, du district attorney Paschall à l'avocat Phil Banks, personne n'avait entendu parler de l'existence d'une cassette clandestine. Billie Sol lui même, pourtant expert en enregistrements de contrebande, se montra d'abord surpris. Puis, comprenant l'enjeu d'une telle pièce, il nous harcela pour que nous la trouvions. Oubliant que, très probablement, cette bande n'existait pas.

Toutefois, si l'on concevait possible une telle cassette pirate, les candidats à l'enregistrement s'avéraient peu nombreux. Estes et Paschall étaient d'emblée disqualifiés. Quant à Griffin Nolan, décédé, sa famille n'avait jamais entendu parler de quoi que ce soit. Et les noms des membres du Grand Jury n'avaient jamais été rendus publics. Il nous restait donc l'hypothèse invérifiable, mais très probable, que ce soit Clint Peoples lui-même qui ait contourné la règle du secret du Grand Jury. Autant dire qu'à nos yeux, cet enregistrement représentait un mirage de plus.

*

— Il y avait quelqu'un d'autre...
La phrase nous prend à froid.
Et Billie Sol a les yeux qui brillent.
— Dans la salle, se trouvait aussi un ancien flic. Un type qui avait vérifié deux ou trois trucs pour Paschall et qui avait mis la main sur Griffin Nolan, le pompiste.

Estes ne se souvient plus de son nom mais est persuadé que le district attorney de Franklin peut nous mettre sur la piste de ce policier à la retraite. Il reste maintenant à espérer qu'il est toujours vivant.

*

Jack, appelons-le ainsi puisqu'il souhaita que nous ne révélions pas son vrai nom, avait été inspecteur à Austin. Et en 1984, John Paschall l'avait contacté pour être sûr que Billie Sol Estes ne serait pas le seul témoin présenté devant le Grand Jury. Enquêtant sur la mort de Marshall, il avait croisé les ombres de Cliff Carter et de Lyndon Johnson. Il était aussi convaincu que Stegall était l'homme de Carter, même si cette recherche de vérité sortait du cadre de sa mission. Alors, il avait oublié. Et depuis noyait ses souvenirs, ceux-là et d'autres, dans les vapeurs de l'alcool.

Nous avions appris qu'il vivait retiré dans une ancienne ferme au cœur d'une épaisse forêt. Nous avions roulé près d'une demi-heure sur des pistes de terre avant d'arriver à son domicile. Après les considérations habituelles sur le temps, notre métier et Billie Sol, Tom lui avait demandé s'il se souvenait du nom de celui qui avait enregistré les débats du Grand Jury. Sa réponse fut négative. Notre traque s'arrêtait sur un cul-de-sac. Onze heures. Inutile de rester plus longtemps. D'autant que nous devions repasser par Bryan, où Phil Banks allait nous donner les coordonnées téléphoniques de Don Marshall, le fils d'Henry, ainsi que quelques documents sur l'affaire.

Jack nous raccompagna à la voiture. Alors que Tom s'était installé derrière le volant, au moment où je lui serrais la main pour le remercier, l'ancien policier nous demanda :

— Vous êtes sûr que vous ne voulez pas boire un coup ?

Ne jamais refuser de prendre un verre avec un flic à la retraite...

Jack sortit deux packs de bières fraîches et une bouteille de bourbon. Tom passa son tour. J'allais donc devoir lui tenir compagnie. Comme Jack disposait d'une certaine avance que je ne comptais pas rattraper, la conversation fut étrange. Notre flic s'exprimait par bouts de phrases, ses idées se perdant dans les vapeurs alcoolisées. Le mélange bière-bourbon cognait fort. Moi, je prenais soin de boire à l'économie, tentant de faire durer mon verre le plus longtemps possible. Mais le flic veillait. Il avait quelque chose à nous dire mais nous devions au préalable l'accompagner dans le dédale de ses souvenirs.

À presque 14 heures, Jack se leva d'un bond avec une vivacité étonnante. Son épouse n'allant plus tarder, il fallait lui donner l'illusion qu'il n'avait pas avalé quoi que ce soit.

Alors que je me demandais comment il allait réussir ce tour de force, il disparut dans sa chambre à coucher. De ma place, je le vis ouvrir le tiroir de sa table de nuit et y saisir un objet. Il s'approcha de moi et ouvrit la main :

— Voilà, elle est à vous, nous dit-il. Je ne veux plus entendre parler de cette histoire !

Dans sa paume moite reposait une microcassette.

67

Secrets

Un flic imbibé par le remords et aujourd'hui à la retraite avait joué le rôle de maillon faible du Grand Jury. Refusant, près de vingt ans plus tôt, de cautionner le poids du secret, il avait glissé un petit magnétophone dans la poche de sa veste. Et, lorsque John Paschall s'était tourné vers Billie Sol Estes, il avait lancé l'enregistrement. Certes, la qualité du son nous parut médiocre mais qu'importe : son contenu entrait dans l'Histoire.

*

District attorney : Avant de débuter, monsieur Estes, je voudrais m'assurer que vous avez compris que vous avez reçu une complète immunité pour l'ensemble du témoignage que vous allez maintenant donner sous serment devant le Grand Jury du Roberston County.

Billie Sol Estes : Je l'ai compris, monsieur.

District attorney : Ce que nous attendons de vous, c'est que vous nous disiez la vérité et tout ce que vous savez concernant Henry Marshall. Nous voulons savoir ce qui est arrivé, qui est impliqué et, en général, tout ce que vous savez sur cette affaire. [...] Le plus simple est que vous nous livriez vos informations de manière narrative et que nous vous arrêtions lorsque nous avons des questions plus précises. Est-ce bon pour vous ?

Billie Sol Estes : Oui monsieur.

District attorney : Alors nous vous écoutons...

Billie Sol Estes : Lyndon était extrêmement paranoïaque par rapport à la guerre que lui livraient les Kennedy.

L'animosité entre Bobby et lui était immense et M. Marshall avait décidé de coopérer avec Bobby, de lui donner des informations. Lyndon savait que cela allait tous nous détruire. Et il savait que cela allait détruire le parti et il savait que nous allions tous nous retrouver en prison.

En écoutant ces propos, nous avions notre confirmation officielle : au Grand Jury comme devant nous, Estes avait bien livré le motif de l'assassinat d'Henry Marshall. Ensuite, il lui fallut revenir sur l'opposition entre Johnson et les Kennedy.

Billie Sol Estes : Bobby Kennedy et John Kennedy m'ont offert l'immunité en échange de mon témoignage contre Lyndon. Ils ont vraiment eu besoin de Lyndon pour gagner dans le Sud... JFK n'aurait pas pu être élu sans lui. Mais bon, après s'être retrouvé à la Maison-Blanche, Bobby Kennedy a décidé de s'occuper de Lyndon. [...] Les Kennedy appartenaient à l'élite de la Côte Est et nous étions d'un autre monde. Tout cela a contribué à créer cette animosité, cette atmosphère...

Patient, John Paschall demanda ensuite au témoin d'évoquer ses propres relations avec Marshall.

Billie Sol Estes : Mon frère négociait avec Henry Marshall. Je ne me suis jamais retrouvé face à lui. [...] Je crois que ce qui a causé la mort d'Henry Marshall, c'était qu'il était un honnête homme et que nous ne pouvions pas faire d'affaires avec lui. Nous ne pouvions pas...

Après avoir tourné autour du pot, Estes n'eut plus le choix. Pour la première fois, il dut dévoiler les secrets de la préparation de cet assassinat.

Billie Sol Estes : Lyndon a dit que nous devions nous débarrasser de lui. Alors j'ai dit : « Bon, offrons-lui une mutation. » C'est cela, j'ai dit : « Transférons-le. Dégageons-le de là. Donnons-lui un meilleur boulot. Faisons-le assistant du secrétaire de l'Agriculture. Trouvons-lui un meilleur boulot. » Comprenez, personne n'a jamais vu un homme refuser une promotion... Mais il ne voulait pas de la promotion... Alors Lyndon a dit que nous devions nous débarrasser de lui. Je ne crois pas que Lyndon en avait personnellement contre Marshall. Je crois qu'il était un obstacle sur le chemin, un obstacle pour la cause. Marshall était une grosse menace...

244

Billie Sol sollicita une minute d'interruption. Sur l'enregistrement, on l'entend distinctement boire. À la reprise de l'audition, respectant la chronologie des événements, le district attorney voulut savoir s'il connaissait l'identité du meurtrier. Sol hésita puis déclara :

Billie Sol Estes : Mac Wallace... Je crois que son nom complet était Malcom... Malcom Everett Wallace. Carter et lui m'ont dit qu'il avait tué Henry Marshall... Qu'il l'avait eu par surprise... Il venait de quitter les pâturages... Il lui a sauté dessus, l'a frappé et... Et il a mis un sac... un sac sur sa tête... Enfin, oui, un sac plastique sur sa tête. Et il était en train de le tuer en l'asphyxiant avec du monoxyde de carbone quand il a entendu une voiture s'approcher... Et il a eu peur... Cela le préoccupait d'avoir été obligé de lui tirer dessus... C'est cela, Mac a tiré sur Henry Marshall. Cliff, lui, s'inquiétait pour autre chose. C'était cette voiture. Nous n'avons jamais su qui était dans cette voiture. Mais il y avait cette étrange voiture... Et ils se demandaient si quelqu'un les avait vus ou les suivait...

District attorney : Monsieur Estes, qui vous a dit que Mac Wallace avait tué M. Marshall ?

Billie Sol Estes :... Cliff Carter me l'a dit et également Mac Wallace. Nous en avons discuté avec Mac Wallace et Cliff... Nous en avons discuté tous ensemble.

District attorney : Qui était Cliff Carter ?

Billie Sol Estes : Je dirais qu'il était le bras droit de Lyndon. Son plus fidèle aide durant de très nombreuses années.

District attorney : Est-il mort ?

Billie Sol Estes : Oui, monsieur.

District attorney : Si je comprends bien, toutes les personnes en relation avec cette affaire sont aujourd'hui décédées ?

Billie Sol Estes : Je voudrais dire que je ne savais pas que Mac Wallace était mort jusqu'à ce que nous entamions toute cette procédure. Je crois que Clint Peoples me l'a appris il y a deux ou trois semaines.

Connaissant désormais l'identité de l'assassin de Marshall, John Paschall chercha ensuite à établir le partage des responsabilités.

District attorney : Est-ce que Mac Wallace a pris seul la responsabilité de tirer sur M. Marshall ou quelqu'un lui a-t-il donné un ordre direct de tuer M. Marshall ?

Billie Sol Estes : Tout ce que je sais c'est que Lyndon a dit que Marshall devait disparaître. En fait, nous avions eu cette autre réunion et Lyndon a dit que nous devions nous en débarrasser de manière définitive. J'allais le faire muter. Cliff allait le faire transférer, et pourquoi cela ne s'est pas fait, je ne le sais pas. Cliff était supposé s'occuper de sa mutation mais Lyndon a dit : « Débarrassez-m'en. »

District attorney : Où a eu lieu ce meeting ? Vous nous avez dit qu'il y avait eu une rencontre entre Cliff Carter, Lyndon Johnson et Mac Wallace où vous étiez présent. C'est bien cela ?

Billie Sol Estes : Oui. C'était dans l'arrière-cour de chez Lyndon.

District attorney : Au Texas ?

Billie Sol Estes : À Washington.

Dans la mesure où Billie Sol avait déjà communiqué à John Paschall l'identité du tueur du fonctionnaire de l'USDA les jours précédant cette audience, le district attorney avait eu une idée. Corroborer cette information en convoquant Nolan Griffin, le pompiste qui avait indiqué la direction du ranch à un inconnu, pour lui soumettre une photographie du fameux Malcom Wallace.

District attorney : Nous avons ici le portrait robot fait par les Texas Rangers en 1961 suivant les instructions de Nolan Griffin. Nous avons également une photographie de Malcom Everett Wallace prise en 1951. Nous allons maintenant les soumettre à Nolan Griffin pour comparaison. [Montrant la photographie :] Est-ce l'homme que vous avez personnellement vu en 1961 ?

Nolan Griffin : Oh oui !

District attorney : Ressemble-t-il à la description que vous en aviez faite alors ?

Nolan Griffin : Il est exactement le même, à l'exception d'une épaisseur dans sa chevelure.

District attorney : Un épi ?

Nolan Griffin : Un épi c'est cela. Je n'ai pas pu m'empêcher de le regarder. Avec un épi dans la chevelure, je dirais qu'il s'agit exactement du même homme.

Pièce après pièce, devant ce Grand Jury, chaque morceau du puzzle s'imbriquait. Restait maintenant à entendre Clint Peoples, l'autre témoin clé. Dans la semaine, Paschall avait passé plusieurs heures à parcourir l'épais dossier élaboré par l'ancien Texas Ranger devenu US Marshall. Et il savait qu'avec Peoples il détenait sa carte maîtresse. Sa réputation d'incorruptible et le prestige de son poste représentaient la garantie de sérieux dont le Grand Jury avait besoin. Dès lors, si Peoples confirmait ce que Billie Sol avait raconté, les raisons ayant entraîné la mort d'Henry Marshall pourraient être changées.

Son dossier devant lui, la main posée à plat sur la couverture comme s'il s'agissait de prêter serment, Clint Peoples libéra vingt-trois ans de frustration.

— Je voudrais d'abord vous rappeler que Billie Sol Estes n'a rien à gagner aujourd'hui. Et je voudrais aussi dire, avant d'aller plus loin, que mes années d'enquête ont prouvé que Billie Sol Estes connaissait Lyndon Johnson, qu'il fréquentait Cliff Carter et qu'il connaissait Mac Wallace. Il ne fait aucun doute qu'il connaissait parfaitement le réseau mis en place à Austin. J'ai découvert qu'il avait assisté à des réunions au Driskill Hôtel, dans la suite de Lyndon Johnson. Je peux affirmer aussi que Billie Sol Estes contribuait financièrement aux campagnes mais également à l'enrichissement personnel de Lyndon Johnson.

Une fois la pertinence des propos de Billie Sol confirmée, Peoples livra les informations qu'il détenait sur Malcom Wallace, l'assassin d'Henry Marshall.

— Je connais parfaitement le passé de Mac Wallace. Il faisait partie du cercle des proches de Lyndon Johnson. Il connaissait toute la famille Johnson. Lyndon mais aussi Lady Bird, son épouse. Leur relation datait de ses études à Austin. Mac était un gars d'un sang-froid extraordinaire. Il avait été arrêté une première fois pour meurtre, en 1951.

Et d'évoquer l'assassinat de Doug Kinser, un joueur de golf abattu de cinq balles par Mac Wallace. Défendu par

John Cofer, Mac avait, on s'en souvient, défrayé la chronique en écopant de cinq ans de prison avec sursis. Le jury, hésitant entre la peine à perpétuité et une condamnation à mort, avait préféré laisser la décision au juge. Par la suite, la famille Kinser reçut pendant longtemps des appels gênés d'anciens jurés s'excusant de leur pusillanimité et expliquant qu'ils avaient subi des pressions pour absoudre Mac Wallace. « Son avocat et certains membres du jury faisaient partie des proches de Lyndon », précisa même Peoples, avant d'asséner :

— Cinq ans avec sursis pour un meurtre avec préméditation, je n'ai jamais vu cela en cinquante-quatre ans de carrière !

Afin de prouver que Malcom Wallace était bien un protégé de Lyndon B. Johnson, le marshall expliqua :

— Quelques années plus tard, en 1961, je reçois la visite d'un inspecteur des services secrets de la Marine (ONI). Il menait une enquête sur Mac Wallace afin de lui donner un poste à responsabilité qui nécessitait le feu vert de l'ONI. Il s'agissait d'un emploi pour une entreprise du secteur militaire, liée à la sécurité nationale. Il vient dans mon bureau à Waco et me demande si je connais Mac Wallace. Je lui demande pourquoi il recherche des informations sur Mac Wallace et il me répond qu'il se renseigne afin de lui donner un boulot qui nécessite un accord de ses services. Et je lui réponds : « Vous ne pouvez pas lui donner une telle responsabilité. Sûrement pas. » Et il me dit : « Et pourtant nous allons le faire. » Je n'en revenais pas. Alors je lui ai fourni toutes les informations que j'avais en ma possession sur Mac Wallace. Sur le fait qu'il avait été condamné pour meurtre, qu'il avait été arrêté pour voies de fait. Qu'il buvait trop. Qu'il avait une vie sexuelle décadente. Et qu'on lui connaissait des amitiés communistes, ce qui à l'époque était le pire. Et il m'a dit à nouveau qu'ils devaient approuver sa candidature. Alors je lui ai demandé pourquoi. Et il m'a répondu :

— Politique...

— Mais quel genre d'homme politique peut demander qu'un tel personnage obtienne un boulot classé secret défense ?

Et il m'a dit :
— Le vice-président.
J'ai demandé :
— Le vice-président Johnson ?
Et il m'a répondu :
— C'est cela...

*

Un silence. Alors que nous écoutons la bande avec Billie Sol, elle s'interrompt, mangeant la question de John Paschall. Mais Estes nous rassure :
— Vous avez l'essentiel. Tout est là.

*

J'essaie de dresser le bilan de notre découverte. La bande magnétique existe et constitue une pièce majeure. D'abord parce qu'elle authentifie les propos de Billie Sol Estes. Non seulement ses informations sur la mort d'Henry Marshall et l'implication de Mac Wallace sont exactes, puisqu'elles sont confirmées par Nolan Griffin, le seul témoin de l'affaire Marshall, mais les conclusions de l'enquête de Clint Peoples vont dans le même sens et confirment son rôle au sein du réseau Johnson.

Oui, Billie Sol Estes, comme il nous l'avait raconté depuis des mois, connaissait bien une partie des secrets de LBJ et de Cliff Carter.

Ensuite, cet enregistrement contenant des témoignages cruciaux, prononcés sous serment par Griffin, Peoples et Estes, dévoilait l'existence d'un nouveau personnage, un assassin à la solde de Lyndon Johnson.

Mais il nous manquait toujours le lien, celui que Sol, Phil Banks et Georgia avaient mentionné. Il nous fallait encore découvrir pourquoi la mort de Marshall nous conduirait, Tom et moi, à celle de John F. Kennedy.

J'en étais sûr : le seul qui pouvait m'apporter une réponse restait Billie Sol. Une réponse qui n'allait pas me décevoir :
— Le 22 novembre 1963, à 12 h 30, Malcom Wallace était à Dallas.

68

Deuxième tireur

À écouter Billie Sol Estes, Malcom E. Wallace était l'un des tireurs de Dealey Plaza, l'un de ceux qui avaient exécuté le président de la première puissance mondiale. Il ajoutait même que Mac ne se trouvait pas derrière la barrière de bois du Grassy Knoll, mais au cinquième étage avec Lee Harvey Oswald.

*

Ces dernières années, ceux qui s'intéressaient à l'assassinat de JFK avaient été frappés par une étrange épidémie. Alors que pendant des décennies on ne parlait que de Oswald, le public avait vu déferler une profusion de noms de personnes dites – ou se disant – impliquées dans l'attentat. La plupart étaient mortes. Certains, à condition de passer au préalable par la case « péage », s'autoproclamaient même meurtriers du président. Et bientôt il allait y avoir plus d'assassins sur Dealey Plaza que de témoins visibles sur les photographies de l'époque ! Moi-même, dans *JFK, autopsie d'un crime d'État*, je m'étais avancé en citant l'identité des plus probables. Et maintenant, Billie Sol Estes, en me livrant Mac Wallace, contribuait à allonger la liste et enrichir le catalogue.

*

Certes, Billie Sol ne parlait pas à la légère. Et, jusqu'à présent, ses informations, confirmées par le Grand Jury de Franklin, s'étaient révélées justes. L'identité même de Mac Wallace ne figurait-elle pas dans la démarche qu'il avait entreprise auprès du département de la Justice, courrier de Doug Caddy à l'appui ?

Certes, Virginia, la dernière épouse de Mac Wallace, m'avait confirmé que son mari fréquentait les Johnson. En insistant sur un point étrange :

— Mac connaissait mieux Lady Bird que Lyndon.

Certes, existait aussi le témoignage, fort pertinent, de Lucianne Goldberg, un agent littéraire de New York connu pour son implication dans la médiatisation du scandale Monica Lewinsky. Travaillant, en 1960, sous le nom de Lucy Cummings, au comité électoral de Lyndon Johnson, elle se souvenait parfaitement y avoir rencontré Malcom Wallace. Et ce à au moins trois reprises. Et toujours en compagnie de Cliff Carter. À l'en croire, c'était même l'homme de confiance de LBJ qui l'avait présentée à Wallace. Plus intéressant encore, à deux occasions, une fois au Mayflower Hotel, une autre à l'Ambassador, le QG de campagne de LBJ, elle avait pu apercevoir Mac en compagnie de Lyndon. À l'époque Wallace travaillait comme statisticien au département de l'Agriculture, directement sous l'autorité d'un homme de Carter.

Certes, je ne pouvais oublier qu'en 1951, lorsque Wallace avait abattu Doug Kinser, il était l'un des amants de Josefa Johnson, la sœur de Lyndon. Qu'à partir de février 1961, le même Wallace vécut à Anaheim, en Californie, où il était manager du département achat de Ling Electronics, filiale de Ling-Temco-Vought (LTV), une société spécialisée dans la fabrication de circuits électroniques et de missiles qui l'avait recruté neuf ans plus tôt, juste après sa condamnation à cinq ans de prison avec sursis. Or, durant près de neuf ans, Mac, avant de rejoindre la Californie, fut en poste au siège de la société à Garland, une ville située à quelques kilomètres de Dallas. Une compagnie dont l'actionnaire principal était le propriétaire du Texas School Book Depository.

Enfin, plus troublant, j'avais obtenu le témoignage d'un collègue de Mac Wallace qui nous assurait qu'il ne s'était pas présenté à son poste dans la semaine du 22 novembre 1963.

Mais tout cela ne faisait pas de lui un assassin. Si Malcom Wallace avait participé au crime, il fallait le prouver ou alors nous taire.

*

Jay Harrison, un ancien policier de Dallas, menait son enquête depuis plus de trente ans et, de temps en temps, nous offrait ses lumières.

Le 22 novembre 1963, quelques minutes après les coups de feu, il se trouvait sur Dealey Plaza. Jay devait noter les plaques d'immatriculation des véhicules stationnés sur le parking situé derrière le Grassy Knoll, là même où certains témoins affirmaient avoir vu un tireur. Si Jay était depuis devenu un obsessionnel de la vérité, c'était parce qu'il n'avait pas supporté que le gouvernement américain lui mente. En effet, lorsque, bien des années plus tard, il demanda des copies de ses notes, comme la loi l'y autorisait, l'administration lui avait répondu qu'elles n'existaient pas. En somme, sa liste des plaques d'immatriculation n'avait jamais été versée aux travaux de la commission Warren.

Jay avait gardé en mémoire une autre question sans réponse. Le 22 novembre 1963, quelque temps après la fusillade, l'identité judiciaire de la police de Dallas avait passé le cinquième étage du Grassy Knoll au peigne fin. Deux spécialistes du DPD s'étaient chargés de relever les empreintes digitales sur les cartons qui avaient servi à dissimuler le tireur. Et trente et une empreintes avaient été relevées. Dont celles de Lee Harvey Oswald, d'autres employés du Texas School Book Depository et de deux policiers. Toutefois, il en existait une, partielle, que ni le DPD ni le FBI n'étaient parvenus à identifier. Une empreinte qui, sur ordre de J. Edgar Hoover, fut classée anonyme et partit dormir dans les cartons des Archives nationales.

Grâce à son réseau, Jay était parvenu à se procurer une copie haute définition de l'empreinte anonyme du 2 novembre 1963. Et depuis qu'il avait appris les accusations de Billie Sol Estes, une idée lui trottait dans la tête : demander à un expert de comparer l'empreinte du

Texas School Book Depository à celles de Malcom Wallace.

*

Mais pour réussir, il fallait d'abord retrouver des empreintes authentifiées de Wallace.

Par chance, les archives de la police d'Austin recèlent de multiples trésors. Dont la fiche de renseignements de Malcom Wallace. Établie en 1951 au moment de son arrestation pour l'assassinat de Doug Kinser, elle contient le relevé parfait de l'empreinte de ses dix doigts. De quoi offrir à Jay une excellente base de comparaison.

Le recours à Nathan Darby s'imposa alors comme une évidence. À quatre-vingt-quatorze ans, toujours alerte, Nathan était incontournable. Son passé d'expert certifié devant les tribunaux était élogieux. En outre, autrefois à la tête de la police d'Austin, il y avait mis en place le système de relevé et de conservation des empreintes digitales. C'était sous son autorité, et selon sa méthodologie, qu'en 1951 un de ses hommes avait passé les doigts de Mac Wallace à l'encre.

Pour ne pas fausser l'expérience, Jay fournit à Darby deux exemplaires « aveugles ». Le premier ne permettait pas de savoir qu'il provenait des archives du FBI et avait été relevé à Dallas, le 22 novembre. Le second, la fiche de 1951, avait été expurgé du nom de Mac Wallace et des renseignements pouvant conduire à son identification.

Dans un premier temps, Darby identifia l'empreinte du 22 novembre. Il s'agissait de la face extérieure d'un petit doigt gauche. Son dépôt, irrégulier, prouvait que le suspect l'avait déposée en mouvement. Bref, une empreinte accidentelle.

Nathan, en véritable magicien des lignes des doigts, poursuivit son observation en connaisseur.

— Lorsqu'une personne est soumise à un grand stress, son corps se met à produire une sorte de transpiration. Or, l'empreinte anonyme est extrêmement sombre sur la face intérieure. Le signe habituel d'une grosse montée d'adrénaline.

L'anonyme du cinquième étage était donc en proie à un stress interne lorsqu'il effleura l'un des cartons protégeant l'assassin du président.

Une fois averti du support sur lequel l'empreinte avait été découverte, Darby nous livra une autre donnée majeure.

— Il faut savoir que le carton agit comme un buvard. Il va boire l'empreinte. L'espérance de vie de celle-ci est donc limitée à quelques heures. Et si le lieu est fermé, que l'air y circule mal, son temps de latence se montre encore plus bref.

Nathan Darby venait ni plus ni moins de dater le moment où l'empreinte avait été déposée. À savoir quasiment à l'instant où JFK avait été assassiné.

Il pouvait même être encore plus précis. Ayant maintenant sous les yeux les autres empreintes relevées ce 22 novembre, dont celle de Lee Harvey Oswald, il dit :

— Elles ont la même intensité.

— Ce qui signifie ?

— Qu'elles ont été déposées dans le même laps de temps.

Il y avait bien, le 22 novembre 1963, un inconnu, stressé, au cinquième étage, quand John F. Kennedy fut exécuté.

*

Il restait alors à identifier le porteur des empreintes. À vérifier si l'intuition de Jay, l'ancien flic, était juste.

Darby poursuivit son étude. Œuvrant, toujours à l'aveugle, mais cette fois sur les traces laissées à Dallas ainsi que sur la fiche de police, Derby découvrit en quelques heures quatorze points de comparaison. Or, aux États-Unis, il suffit de six points pour envoyer un suspect à la chaise électrique.

Deux ans plus tard, en 2003, la récolte de l'expert est passée à trente-trois points convergents. Des points qui sont des pivots uniques permettant d'affirmer que les empreintes appartiennent à la même personne.

Nathan Darby l'affirme donc, et rien ne le fera changer d'avis : le 22 novembre 1963, les policiers de Dallas ont relevé sur les lieux du crime l'empreinte de Mac Wallace.

Billie Sol Estes avait raison une fois encore : l'homme de Lyndon Johnson était le deuxième tireur.

69

Tourments

La version officielle s'effritait donc de toutes parts.

Les révélations de Billie Sol sur la face cachée de Lyndon Johnson, la certitude que Mac Wallace se trouvait au cinquième étage au moment de l'assassinat de Kennedy représentaient toutefois des secrets lourds à porter. D'un côté, je voulais accélérer la sortie de ce livre, de l'autre, je savais que j'avais encore besoin de temps pour peaufiner mes recherches. Inconsciemment, j'étais en fait persuadé qu'il était possible de s'approcher plus près encore de la vérité du 22 novembre 1963.

J'avais en tête des milliers de questions et, pour la première fois depuis cinq ans, j'étais habité par le sentiment de parvenir à trouver des réponses. D'autant que l'éclairage que m'avait offert Billie Sol sur tant de ténébreux dossiers me permettait enfin de retrouver mon chemin dans l'épaisse jungle des théories conspirationnistes. La présence de Malcom Wallace et l'implication de Johnson, en plus de rendre définitivement caduque le rapport Warren, me serviraient de tamis : grâce à ces prismes, il m'était désormais possible de faire le tri. Les Cubains, pro ou contre Fidel, les Russes, blancs ou rouges, la mafia, la CIA, les services secrets israéliens allaient pouvoir rejoindre les poubelles de l'histoire.

En revanche, il fallait maintenant me concentrer sur toutes ces histoires impliquant Johnson que je n'avais pas voulu entendre.

*

Madeleine Brown, l'ancienne maîtresse de LBJ, venait de mourir et je regrettais de ne pas lui avoir posé les bonnes questions au bon moment. Quelque temps avant son décès, elle m'avait remis un document prouvant son statut de favorite du vice-président. Depuis qu'elle avait décidé de se raconter, Madeleine parlait aussi de son fils, trop tôt disparu. Un garçon dont elle prétendait qu'il était l'enfant naturel de Lyndon. Elle annonçait d'ailleurs fièrement que, durant des années, Jerome Ragsdale, un avocat de Dallas proche de Lyndon, lui avait remis de l'argent pour assurer l'éducation du rejeton. La ressemblance était réelle, mais la coïncidence toujours possible. De toute manière, n'éprouvant pas un grand intérêt pour la vie privée des hommes politiques, j'avais préféré ne pas me pencher sur la question.

La lecture de la lettre du 18 mai 1973 me montra pourtant combien j'avais tort. Je n'avais en effet pas compris qu'en prouvant son statut de maîtresse, de mère du fils caché du vice-président, ses confidences sur l'assassinat de JFK prenaient une tout autre valeur.

Comment ne pas, en effet, déceler des sens cachés dans le courrier sur papier à en-tête du cabinet d'avocat de Ragsdale qui évoquait le décès de Johnson en ces termes : « Tous ceux d'entre nous qui étions proches de Lyndon sont tristes de sa disparition récente, écrivait le document. Il a pu heureusement mourir dans son ranch et c'était ce qu'il voulait. Ce qui est dommage, par contre, c'est qu'il soit mort si amer et si tourmenté » ? Comment, avec le recul, après les confidences de Billie et nos mois à sillonner le Texas, ne pas relire ces mots sans frémir ? Dans ses derniers instants, Lyndon Johnson était tourmenté. Comme si, face à la mort, il avait eu du mal à assumer ses secrets.

« Vous avez mon assurance personnelle que je continuerai, comme dans le passé, à assurer les arrangements financiers que Lyndon avait prévus pour vous et Steve, ajoutait le courrier. [...] Je continuerai à vous rendre visite chaque semaine afin de m'assurer que vous ne manquez de rien. » En somme, si Johnson, au-delà de sa mort, s'était organisé pour que soit toujours versé de l'argent à

Madeleine et Steve, c'était bien que la maîtresse disait vrai.

Comme la chute d'un domino en entraîne un autre, une nouvelle interrogation vint me tarauder. Et si les souvenirs de la vieille dame relatifs au 21 novembre 1963, autrement dit à la veille du meurtre de Kennedy, étaient eux aussi authentiques ?

Soirée

D'après Madeleine Brown, le 21 novembre 1963 Lyndon Johnson avait assisté à une soirée privée chez Clint Murchinson, l'un des milliardaires de Dallas. Il est vrai que celui-ci, après avoir fait fortune dans le pétrole, soutenait depuis toujours la carrière politique de LBJ. On murmurait même que, via l'avocat d'affaires Ed Clark, il avait offert un puits au rendement régulier à son poulain. Mais Murchinson pouvait aussi avoir une autre fierté : il ne contrôlait pas seulement le vice-président des États-Unis. Se servant de la passion du jeu, du luxe et des jeunes éphèbes de J. Edgar Hoover, il s'était assuré de la fidélité du directeur du FBI.

*

Si Madeleine se souvenait de cette soirée, c'est surtout parce que Lyndon Johnson y prononça une phrase à la fois énigmatique et, elle le comprit le lendemain, prophétique : « À partir de demain, ces maudits Kennedy ne seront plus un problème. »

Plus tard, interrogeant son amant sur l'implication des milieux pétroliers de Dallas dans l'assassinat de JFK, Madeleine avait obtenu la confirmation de ce qu'elle craignait. Lyndon lui avait interdit assez violemment d'aborder un tel sujet.

*

Lors de notre dernière rencontre, Madeleine m'avait confié posséder une liste complète des invités de la soirée Murchinson. Ainsi que sa volonté de la rendre un jour publique. Hélas, le cancer l'avait emportée sans lui offrir une telle opportunité.

Il ne me restait donc qu'une solution pour tenter d'éclaircir l'histoire : trouver mes propres témoins. En songeant à m'adresser d'abord à ceux que l'on oublie, à tort, parce qu'ils font partie du décor : les sans-grade. Plutôt que de me lancer dans la chasse aux millionnaires, je suis parti à la recherche des employés de maison. Non dans l'espoir de découvrir un serveur espion ayant eu la chance d'entendre la conversation ayant motivé la « prémonition » de Johnson, mais pour que l'on me confirme, ou pas, l'existence de cette soirée.

*

Comme beaucoup de retraités américains, Mae habite à Las Vegas. Non par amour des casinos, mais parce que la vie dans les banlieues de la ville du jeu est relativement sûre et peu coûteuse. Clouée sur son fauteuil par une maladie osseuse, elle a été pendant près de trente ans au service des Murchinson. Douée d'une mémoire intacte, elle m'affirma se souvenir parfaitement de la veille de l'assassinat de Kennedy.

— Les Murchinson avaient deux maisons à Dallas, raconta-t-elle. Et ce soir-là, il y avait deux soirées. L'une organisée par Madame et l'autre par Monsieur. Je servais à celle de Mme Murchinson. Avant de se rendre à la soirée de M. Murchinson, Lyndon Johnson est passé saluer l'épouse de Clint, le chauffeur de M. Murchinson le conduisant ensuite à l'autre party. J'ai été surprise par l'atmosphère étrange. C'était comme s'ils célébraient un mariage !

Quand je lui demandai d'où elle tirait cette conclusion, elle me répondit le plus simplement du monde :

— D'habitude, ils buvaient du whisky, mais ce soir-là, ils célébraient quelque chose parce qu'ils étaient tous au champagne.

71

Double

En entendant le récit de ma conversation avec la domestique des Murchinson et l'ex-maîtresse de Johnson, Billie Sol ne se montre pas surpris. Il connaît suffisamment Madeleine Brown pour lui accorder un crédit, ce que je ne peux pas, personnellement, me permettre. Quant au témoignage de Mae, s'il est troublant, il nous pose problème : le 21 novembre 1963, d'après la vulgate officielle, Lyndon Johnson avait passé la soirée dans la chambre de son hôtel de Fort Worth. Avec un garde en faction devant sa porte.

Certes, les travaux de la commission Warren avaient largement prouvé leur vacuité, mais, jusqu'à preuve du contraire, Lyndon n'avait pas pu sortir cette nuit-là.

*

Je m'ouvre de ces doutes à Estes. Lequel ne cache pas aimer ces moments où je me perds dans les dédales du mystère Kennedy. Il est vrai qu'il les apprécie parce qu'il en détient généralement la clé.

— As-tu jamais entendu parler de John Ligget ? Et de Jay Bert Peck ? me dit-il.

Billie Sol vient de sortir deux nouveaux noms de son sac à secrets. Et j'ai besoin qu'il m'en dise plus :

— Un à la fois, s'il te plaît. Qui est ce Peck ?

— Jay Bert Peck était un cousin éloigné de Lyndon. Qui avait la particularité de lui ressembler étonnamment. Peck était son parfait sosie.

Estes note ma grimace.

— Il n'y a rien de mystérieux à cela. Peck était même le sosie officiel de Lyndon. Il gagnait un peu d'argent en participant à des animations et il joua même le rôle de LBJ dans un film.

Une visite à la bibliothèque de Dallas me confirma les informations de Billie. Je l'ignorais mais, comme Saddam Hussein et Fidel Castro, LBJ avait son sosie !

— Lyndon a maintes fois utilisé cette effarante ressemblance, et notamment lorsqu'il avait besoin d'un alibi solide. Cela fut le cas dans la nuit du 21 au 22 novembre. LBJ était parti pour Dallas afin de prendre connaissance des derniers détails de l'opération tandis que Peck se faisait passer pour lui à Fort Worth !

À ces propos, je ne bronche pas, partagé entre l'admiration et l'éclat de rire.

Sol hoche la tête, légèrement agacé :

— C'est pour cela d'ailleurs que Ligget a liquidé Peck.

Avant même que je dise quoi que ce soit, Billie renchérit :

— Et tu devrais aller demander à sa femme où était Ligget le 22 novembre 1963.

Spécialiste

Je quittai le Texas pour les terres ocre de l'Oklahoma. Lois résidait à quelques encablures de la Route 66, là où le ciel écrase tout. Et c'était la première fois qu'elle allait se retrouver face à un journaliste. Jay, qui m'avait mis sur sa piste, parlait d'elle en utilisant une formule alléchante :

— Elle a les réponses à de nombreuses questions mais elle ne le sait pas encore.

Pas de doute, Lois avait été d'une beauté éclatante. Perdue chez les *rednecks*, la veuve de John Ligget se montra fort courtoise. D'autant plus aimable qu'elle ne portait aucun intérêt à l'assassinat de Kennedy. Lois n'avait rien d'autre à nous offrir que l'histoire de sa vie, dont elle ignorait l'importance.

*

En 1962, Lois, dont le premier mari avait péri dans un accident d'avion, fit la connaissance de John Ligget. Ses yeux bleus et ses bonnes manières la séduisirent et, rapidement, il devint le beau-père de ses trois enfants.

Ligget était thanatopracteur. Un excellent praticien même. Aux États-Unis, où la coutume est d'embaumer les cadavres, John était spécialisé dans la reconstruction faciale. Véritable magicien de la cire, son talent l'entraînait parfois en dehors de Dallas, même s'il exerçait dans le plus grand cimetière du pays, Restland. Par deux fois au moins, Ligget se rendit aussi à La Nouvelle-Orléans pour donner les derniers soins de beauté à de riches clients. Mais son trophée, Ligget l'obtint au moment de la mort de l'actrice Jane Mansfield :

— Mansfield était dans une décapotable, nous explique sa veuve, qui sortit de route. Le choc lui avait tranché la tête, qui avait roulé sur plusieurs centaines de mètres. La famille de l'actrice souhaitant que Mansfield soit présentée à son public dans un cercueil ouvert, John rendit son éclat à la défunte et fit en sorte que personne ne note les traces de l'accident.

Mais un autre rendez-vous avec l'histoire allait changer la vie de ce spécialiste ès cadavres.

*

Le vendredi 22 novembre 1963, Lois se trouvait au cimetière de Restland avec John pour l'enterrement de sa tante. Quelques minutes avant 13 heures, un employé du cimetière s'approcha de l'expert en reconstruction faciale.

— Il a dit à John que le président avait été tué et que l'on avait besoin de lui, raconta Lois. Un corbillard attendait John. Avant de partir, il est venu vers moi et m'a expliqué qu'il serait absent pour un jour ou deux et que je ne pourrais pas le joindre.

Ligget, en compagnie d'un de ses collègues, grimpa dans le véhicule qui démarra rapidement. Dans la précipitation, Lois entendit que son mari partait pour Parkland Hospital, l'établissement où, au même instant, les médecins de Dallas se battaient pour tenter l'impossible : sauver John F. Kennedy.

— Comme mon mari me l'avait annoncé, je n'ai pas eu de nouvelle de lui pendant plus de vingt-quatre heures. Et quand il revint à la maison, dans l'après-midi du samedi, il était dans un état pitoyable. John, d'ordinaire extrêmement élégant, rasé de près et parfumé, n'avait pas dormi une minute et avait passé la nuit dans ses vêtements.

Au-delà de son aspect physique, ce furent les premiers propos de Ligget qui choquèrent Lois :

— Il m'a dit : « Prends les enfants, quelques vêtements et rejoignez-moi à la voiture. Nous partons immédiatement. » Comme son ton indiquait qu'il n'y avait pas à tergiverser, la famille s'exécuta et nous avons sur-le-champ pris la direction du sud et fait une halte à Austin. Là, nous nous sommes arrêtés dans un cabaret où John avait ses habitudes. Il a discuté une vingtaine de minutes avec deux hommes et nous sommes repartis plus loin encore, vers San Antonio. Mon mari roulait tellement vite qu'un policier nous a même arrêtés. Dans la banlieue de San Antonio, nous sommes descendus dans un motel minable.

Debbie, la fille de Lois, âgée de douze ans en 1963, intervint pour confirmer les souvenirs de sa mère :

— John s'est installé au bout du lit et a allumé la télévision. Il fumait cigarette sur cigarette. Quand John était nerveux, il avait un tic à la mâchoire : il lui était impossible de la contrôler. Et là, on sentait cette tension sur l'ensemble de son visage.

Lois prit le relais de Debbie :

— À la télévision, on ne parlait que de l'assassinat du président. Quand nous avons vu sur l'écran Lee Harvey Oswald sortir encadré par des policiers de Dallas et un homme surgir de la foule pour faire feu sur lui, John s'est tourné vers moi, a écrasé sa cigarette et m'a dit : « C'est bon, maintenant nous pouvons rentrer chez nous. »

À Dallas, Jack Ruby venait d'abattre l'unique suspect du meurtre de JFK.

Évidemment, à plusieurs reprises, Lois tenta d'interroger Ligget sur ces étranges journées de novembre 1963. Mais son mari lui fit rapidement comprendre qu'il n'avait rien à dire.

*

Qu'avait donc fait John Ligget le 22 novembre 1963 ? Pourquoi, après une nuit blanche, avait-il quitté Dallas dans une telle précipitation ? Et pourquoi, enfin, la mort d'Oswald avait-elle sonné le signal du retour ?

Il n'existe pas de réponse absolue à toutes ces interrogations. Seulement des débuts de pistes.

Depuis plus de vingt ans, l'autopsie du président assassiné est sujette à controverse. Dans mon précédent livre

265

consacré à cette affaire, j'en avais longuement détaillé les raisons. Entre les souvenirs non concordants des médecins de Dallas et de ceux de Washington, où l'autopsie s'était déroulée, entre les différentes descriptions contradictoires du cercueil transportant le corps de la victime, il existait un espace pour l'émergence de nombreuses théories.

Et puis il y avait les clichés bizarres de la dépouille présidentielle. Des images insoutenables qui suscitent de multiples questions. D'une photographie à l'autre, les blessures de Kennedy ne sont pas les mêmes. Je sais que cette affirmation fait hurler les gardiens du temple Warren, mais s'en rendre compte est à la portée de tous. Il suffit de faire, par exemple, un arrêt sur une image de la copie restaurée du film Zapruder pour voir le crâne de Kennedy voler en éclats, avec la partie droite du front qui explose, libérant une partie de sa cervelle. Or, quand on détaille un cliché en noir et blanc de l'autopsie où l'on voit, de face, JFK reposer pour l'éternité, on ne fait que deviner une blessure, sur le haut de son crâne, à la lisière du cuir chevelu. Une blessure minime qui ne correspond pas aux dégâts visibles dans le film Zapruder. De même, l'aspect général du visage apparaît étrange, cireux. Une surprenante patine autour de son œil droit retient le regard.

John Ligget, le magicien de la cire, le spécialiste de la reconstruction faciale des visages détruits, fut-il à l'origine de cette anomalie ? A-t-il participé à un maquillage du corps de JFK afin de valider l'hypothèse d'un tireur unique atteignant le Président par l'arrière ?

Il est impossible de l'affirmer, mais il existe un indice troublant. Lorsque, le 22 novembre 1963, John Ligget quitta rapidement Restland pour l'hôpital de Parkland, il n'était pas seul. Wes Allen, comme s'en souvient Lois, l'accompagnait.

*

En août 2003, comme nous avions enfin retrouvé sa trace, Tom téléphona à ce dernier. Allen exprima quelques réticences à évoquer un tel sujet, disant même mal comprendre l'intérêt que nous portions à John Ligget. Et lorsque Tom aborda la date du 22 novembre 1963, il se fit particulièrement vague.

— John Ligget était-il un de vos amis ?

— Oui, très souvent nous partagions le même poste. Nous nous retrouvions ensemble au funérarium.

— Que s'est-il passé le vendredi 22 ?

— Je ne m'en souviens pas.

— Comment avez-vous appris la mort du président ?

— Heu... Je ne me souviens pas. On a dû me le dire. Un employé de Restland.

— John travaillait-il ce jour-là ?

— Je ne me souviens pas de cela. Probablement...

— Son épouse et sa belle-fille nous ont raconté qu'il était parti avec vous à Parkland.

— Je ne me souviens pas de ce détail là.

— Elles se souviennent que vous aviez prévenu Ligget de la mort de JFK et que vous avez quitté Restland immédiatement.

— Je ne m'en souviens pas. Désolé.

Tom allait raccrocher lorsque Allen, désirant lui aussi conclure, livra cette étrange précision :

— Comprenez-moi bien, je ne dis pas que tout cela est faux. Je dis seulement que je ne m'en souviens plus.

Après Richard Nixon et George H. Bush, Wes Allen, le collègue de John Ligget, était la troisième personne frappée d'amnésie lorsqu'il s'agissait d'aborder le 22 novembre 1963.

73

Nettoyage

Le chapitre Ligget n'était pas clos. Car lorsque Billie Sol avait murmuré son nom, c'était dans le cadre bien précis de l'assassinat de Jay Bert Peck, le sosie de Lyndon Johnson. Nous devions donc avancer encore un peu dans cette direction.

*

Lois ignorait l'étrange passé de son époux mais se souvenait de sa dernière rencontre avec lui, en 1974.

— Nous avions divorcé en 1968 parce que j'avais de plus en plus de mal à supporter les personnes qu'il fréquentait. Les parties de poker organisées à la maison n'avaient pas, en effet, une bonne influence sur mes enfants. Toutefois, j'étais restée en bons termes avec lui. John aimait sortir et moi aussi. En septembre 1974, je reçus un appel de lui. À l'autre bout du fil, complètement paniqué, il me demandait de le retrouver d'urgence au Creek Lounge, où il avait ses habitudes.

Lois, surprise par le ton inquiet de son ex-mari, demanda à sa fille Debbie de l'accompagner. La rencontre dura tout au plus quelques minutes :

— John m'annonça qu'il allait être arrêté pour meurtre dès le lendemain. Et me précisa que s'il lui arrivait malheur, je n'aurais pas de soucis puisqu'il avait souscrit une assurance vie au bénéfice de mes enfants. Avant de partir, John offrit même à Debbie des boutons de manchettes qui avaient appartenu à son père.

Le lendemain, comme il l'avait prédit, John Melvin Ligget fut arrêté pour tentative d'homicide contre la veuve de... Jay Bert Peck.

Une affaire aux détails sordides. La victime avait d'abord été atrocement battue. Puis, utilisant un couteau, son tortionnaire lui avait mutilé le sexe. Souhaitant maquiller son forfait, Ligget avait achevé ce macabre travail en déclenchant un incendie. Jamais la veuve de Peck n'aurait dû échapper aux flammes, mais au prix d'un effort extraordinaire elle parvint à se glisser à l'extérieur avant de perdre connaissance. Quand, deux jours plus tard, elle refit enfin surface, elle expliqua que non seulement elle connaissait son agresseur mais que c'était également lui qui avait assassiné son mari quelques années plus tôt.

Son nom ? John Melvin Ligget !

L'histoire était ahurissante. Et méritait que Billie Sol nous dévoile désormais ce qu'il savait de la mort du cousin et sosie de Lyndon Johnson.

— Un an après la disparition de JFK, Peck acheta une nouvelle et superbe demeure à Plano, à l'époque la banlieue la plus aisée de Dallas, dit-il. La même année, décidément faste, il devint aussi propriétaire d'un bar à la mode. Or, officiellement, Peck n'était que le chef de la sécurité du milliardaire Murchinson.

Pour Estes, il ne fait donc aucun doute que Peck avait été payé pour avoir participé à l'assassinat de Kennedy.

— L'ennui, pour lui, c'est qu'il jouait trop. Et perdait beaucoup. En 1968, il dut faire face à une énorme dette de jeu. Pour s'en sortir, il sollicita Lyndon, et Ligget reçut l'ordre de s'occuper de son cas. Durant un week-end, celui-ci sonna à la porte du maître chanteur et demanda à Jay Peck de le suivre dans la chambre à coucher. Là, il lui tira une balle dans la tête. En ressortant, Ligget passa par le salon et, sans se démonter, annonça à la femme de Peck que son mari venait de se suicider. Et qu'il fallait qu'elle attende une demi-heure avant de prévenir la police.

Si, jusqu'en 1974, la veuve Peck avait respecté les consignes de Ligget, maintenant qu'il avait tenté de l'assassiner, le pacte lui semblait brisé. Elle pouvait le dénoncer.

*

Autant les deux disparitions tragiques étaient avérées, autant je comprenais mal pourquoi Ligget était revenu sur ses pas six ans plus tard ! Pourquoi avait-il tenté de tuer la veuve Peck après tant d'années ?

— Il s'est passé beaucoup de choses en 1974, m'indique Billie. À commencer par le décès de Lyndon. Et Ligget a fait le nettoyage.

— Mais pourquoi en 1974 ? Onze ans après Dealey Plaza ?

Billie Sol hésite sur la meilleure manière de me répondre.

— Cela remonte à l'origine du deal, à la préparation même de l'assassinat de Kennedy. Chaque participant recevait un million de dollars par an, paiements effectués par Ed Clark, l'un des avocats d'affaires de Lyndon par ailleurs en charge de la discrétion fiscale de ces versements.

Sur ce point, Estes ne m'apprenait pas grand-chose. Quelques semaines plus tôt, j'avais en effet eu au téléphone Barr McClellan. Que j'avais commencé par féliciter, l'un de ses fils, proche de George W. Bush, étant devenu porte-parole de la Maison-Blanche. Barr, qui achevait la rédaction d'un ouvrage mettant lui aussi en cause Lyndon Johnson, avait été un associé d'Ed Clark et disait la même chose que Billie. Depuis Austin, Clark s'était bien chargé du paiement discret des assassins du président.

— Carter, ajoute Billie, principal architecte de la manne des fonds secrets, était mort en 1971. Lyndon, en 1974, venait à son tour de disparaître. Il y avait comme une inquiétude chez les différents protagonistes de ce complot. L'allocation annuelle devait encore être versée pendant trois ans... C'est finalement la famille d'un milliardaire de Dallas qui régla le solde. Mais pas à la totalité du réseau. Clark a perçu sa part, les tireurs aussi. Les autres, eux, ont reçu la visite de Ligget.

*

Selon l'enquête du DPD effectuée lors de l'arrestation de Ligget, six autres personnes avaient péri selon le même mode opératoire : une atroce mutilation des victimes et notamment les organes génitaux puis, tandis qu'elles agonisaient, le déclenchement d'un incendie dans lequel elles devaient périr.

— Ligget était fasciné par la mort, commente Estes. C'était ni plus ni moins un tueur en série dont l'organisation responsable du meurtre de Kennedy a utilisé les pulsions.

En 1974, Ligget assassina Lewis T. Stratton et Maurine Joyce Elliot, un couple de cafetiers, qui fut brûlé vif dans l'incendie qui suivit, après avoir été battu et mutilé. Pourquoi cette exécution ? Parce que Maurine était une ancienne serveuse du Creek Lounge, un bar proche de Restland où se retrouvait autrefois le milieu de Dallas et où Ligget évoquait ses journées de travail, y compris celles hors du cimetière. Comme elle avait pu percevoir des bribes de conversations et que Stratton avait le malheur d'être son compagnon, ils devaient mourir.

— J'ai également entendu dire de sources réputées sérieuses, poursuit Billie, que Ligget avait assassiné Roscoe White en camouflant le meurtre en incendie accidentel. Au moment de sa disparition, Roscoe se trouvait à la tête d'une sérieuse dette de jeu et avait tendance à trop parler. Il n'avait pas participé au crime, mais fréquenté l'un des tireurs. White mourut en 1971, tout comme Malcom Wallace et Cliff Carter. Certains appellent cela du hasard...

La trace du tueur se retrouvait également à la Nouvelle-Orléans. Et encore en 1974, quand trois personnes périrent dans les mêmes conditions : des victimes battues, mutilées puis abandonnées dans les flammes. Si Billie ignore la cause directe de ces meurtres, il évoque un lien indirect entre eux. Le fait que les trois victimes travaillaient pour un groupe dont l'actionnaire principal était l'un des milliardaires de Dallas.

— John Kennedy n'a pas été la seule victime du 22 novembre 1963, assène Estes. Car en plus des Peck et de la liste Ligget, il y eut encore Rufus McClean, George De Mohrenschildt, John Holmes Jenkins, Sam Campisi, Joseph Francis Civello, Mary Ester Germany, Rose Cheramie, Clayton Fowler... Et j'en oublie.

*

Rufus McClean était le procureur fédéral d'El Paso qui, le premier, en 1961, tenta de faire chuter Billie Sol Estes. En revanche, placer le nom de George De Mohrenschildt dans cette liste me gênait. Officiellement en effet, il s'était suicidé quelques heures avant d'être entendu par un enquêteur du HSCA, le comité d'enquête du Congrès qui avait décidé d'ouvrir à nouveau le dossier JFK.

— Suicide, meurtre... Je peux affirmer que son équilibre psychique instable préoccupait de nombreuses personnes à Dallas. Donc, que sa fin était programmée, déclare Estes.

Or, De Mohrenschildt est une pièce non négligeable du puzzle. Un proche d'Oswald qui, dans un film inédit enregistré quelques semaines avant sa disparition et aujourd'hui entre les mains d'un collectionneur privé en Europe, avouait avoir manipulé Lee Harvey pour s'assurer de sa participation à l'assassinat de JFK.

Rose Cheramie, quant à elle, fut retrouvée morte au bord d'une route tranquille du Texas, le 4 septembre 1965. Avant l'assassinat de Kennedy, elle travaillait comme strip-teaseuse au Carrousel Club de Jack Ruby. Et, le 19 novembre 1963, on l'avait découverte errante au bord d'une route de la Nouvelle-Orléans, à la limite de l'overdose d'héroïne, et couverte d'hématomes. À plusieurs reprises durant son hospitalisation, elle avait assuré que JFK allait se faire assassiner à Dallas.

— Et Mary Ester Germany ?

— C'était la logeuse du dernier domicile de Lee Harvey Oswald dans le quartier de Oak Cliff, explique Billie Sol. Elle a été tuée parce qu'elle connaissait l'identité des colocataires des dix-neuf autres chambres et les connexions entre Lee Harvey Oswald et certains membres de la mafia texane.

Sam Campisi, de son côté, représentait la Cosa Nostra à Dallas et était un proche de Jack Ruby. Comme Joseph Civello, relais texan de Carlos Marcello, le parrain de La Nouvelle-Orléans. Enfin, Clayton Fowler, décédé le 22 mars 1971 à l'âge de quarante-neuf ans, avait coordonné la défense de Jack Ruby durant son procès.

— Et si mes informations sont bonnes, intervient Estes, il a été tué parce qu'il connaissait certains détails du réseau de blanchiment mis au service de Lyndon.

Quant à John Ligget, l'ancien spécialiste de la reconstruction faciale devenu tueur en série, il n'est jamais passé devant un tribunal. En 1975, pendant un transfert, il a tenté une évasion et a été abattu d'une balle dans le dos.

Du moins, si on se fie à la version officielle.

74

Disparition

— J'ai toujours trouvé étrange que John Ligget ait été au courant de sa future arrestation, lance Billie Sol. Et encore plus qu'il l'attende en paix, ne tentant rien pour se sauver alors que, s'agissant de meurtres, la chaise électrique l'attendait au bout de la procédure.

Estes a toujours le don d'ouvrir de nouvelles voies sans avoir l'air d'y toucher.

Et moi, évidemment, cette sérénité étonnante m'intriguait aussi.

*

Comment expliquer, détail plus insolite encore, que John ait été interpellé et placé immédiatement au secret ? Avec, sur ordre du juge de Dallas, interdiction à la police de Plano, où vivaient les Peck, d'interroger ce suspect ? Pourquoi Ligget resta-t-il enfermé pendant plusieurs mois sans jamais expliquer son geste, bien que sous discrète surveillance ?

— John m'a écrit un jour pour me demander de lui rendre visite en prison, nous dit Lois. J'habitais Austin, mais je me suis dit qu'il avait une bonne raison de vouloir me voir dans sa cellule de Dallas. Aussi, sans en parler autour de moi, j'ai pris la décision d'aller le rencontrer. Au dernier moment, pourtant, j'ai changé mes plans. J'avais reçu un appel de Malcom, le frère aîné de John, qui voulait un rendez-vous immédiat dans un parc d'Austin. Il avait su, sans que je sache comment, que je comptais rendre visite à John et me conseilla, si je tenais à ma famille, d'oublier John et cette idée. Par prudence, j'ai obéi.

Malcom, frère de John, naviguant entre Austin, centre du pouvoir texan, et Washington, est visible sur un cliché noir et blanc pris en 1963. Autour d'une table de cabaret, il fixe l'objectif. À sa gauche, Jack Ruby.

*

Et la mort même de John Ligget, tandis qu'il était en route vers ce qui aurait dû être sa première confrontation avec la justice, ne semblait-elle pas suspecte ? Cette tentative d'évasion tournant mal n'arrangeait-elle pas beaucoup de monde ?

Au début des années 1990, Debbie, la fille de Lois, décida d'en apprendre un peu plus sur l'étrange personnalité de son ex-beau-père. Pour ce faire, elle rencontra Lona Ligget, la dernière épouse de John, une femme qui, rassurée par le lien de parenté l'unissant à Debbie, lui confia quelques informations troublantes.

— Le cadavre de John avait été envoyé à Restland, raconta Debbie. Et Lona, qui avait décidé de le voir une dernière fois, se présenta sans prévenir à la morgue. On la mena au cercueil où John reposait, et là ce fut le choc : la dépouille n'était pas celle de son compagnon. Elle était catégorique : le cadavre avait même une moustache, ce qui n'avait jamais été le cas de Ligget. Quand elle a protesté, l'employé des pompes funèbres a refermé le couvercle en martelant que c'était bien John Ligget. Dès lors, elle avait compris qu'il valait mieux se taire.

S'ils sont vrais, les souvenirs de Lona rapportés par Debbie peuvent expliquer l'attitude de Ligget avant son arrestation. Après avoir achevé sa besogne de nettoyage, ses employeurs lui avaient offert une porte de sortie : l'arrestation débouchait sur une fausse évasion et un départ vers le soleil.

*

Le scénario était parfait, mais je n'étais pas dans un film. Et si je n'ignorais pas que ce genre d'opération avait été parfois utilisé dans le cadre du programme de protection des témoins, il me restait à prouver, si possible, que Ligget, tel un repenti de la mafia, avait bien été exfiltré.

Des données incongrues favorisaient cette hypothèse. Ainsi, à en croire la version officielle, Ligget avait été abattu durant son transfert des bureaux du shérif au tribunal, soit à quelques dizaines de mètres de Dealey Plaza. Or, première étrangeté, son certificat de décès mentionnait une autre rue, située à plusieurs centaines de mètres du lieu où il serait mort. Ensuite, le shérif qui l'avait abattu d'une balle était... introuvable. Son nom ne figurait même pas sur les listes des anciens employés du Sheriff Department. Enfin, et c'était le plus troublant, le certificat de décès de John Ligget précisait qu'il était décédé suite à une blessure sur la face de son thorax. Or, Ligget, en pleine évasion, était censé courir lorsqu'il fut atteint dans le dos. Pourquoi, dès lors, son cadavre portait-il une blessure de l'autre côté ?

Jusqu'en 1999, Lois ne s'était jamais posé ces questions. À ses yeux, John Ligget était mort en 1974, emportant avec lui ses secrets. N'ayant jamais deviné le versant noir de son ex-mari, elle n'avait aucune raison de mettre en cause sa disparition. Jusqu'au jour où elle se retrouva... face à lui !

— C'était durant les vacances de Noël et je séjournais à Las Vegas avec mes petits-enfants, nous expliqua-t-elle. Nous passions la soirée au Horseshoe, le casino de Benny Binion, quand j'ai soudain senti une présence connue. Je vis devant moi le dos d'un homme qui me parut familier. Je me suis arrêtée et j'ai fixé cette nuque en tentant de me souvenir qui elle me rappelait. L'individu a alors senti le poids de mon regard et s'est retourné. Ses yeux bleus, une véritable signature, se sont plantés dans les miens. C'était John.

L'échange dura une seconde ou deux.

— Brusquement, il a tourné la tête et s'est approché d'un agent de sécurité du casino, lui glissant quelques mots à l'oreille en désignant notre groupe. Il s'est ensuite précipité dans l'ascenseur, l'agent s'assurant qu'il était

276

impossible de le suivre. Ce fut bref mais j'en suis sûre, je venais de voir John Ligget !

*

Au-delà de la crédibilité que dégage Lois, l'histoire d'une rencontre impromptue avec John Ligget, vingt-cinq ans après sa mort, ne m'étonna guère.

Car depuis quelques mois, j'avais la certitude que Malcom Wallace avait lui aussi terminé sa vie dans la capitale du jeu... après sa mort accidentelle de 1971.

Seconde vie

C'est une nouvelle fois Billie Sol qui m'aiguille sur la mort du deuxième tireur. Nous parlons de la disparition de Cliff Carter en 1971 avec Tom quand Estes nous glisse :

— Cliff est mort la même année que Mac. En fait, pour être exact, je devrais dire l'année où Mac s'est mis au vert.

*

Le 7 janvier 1971, Malcom E. Wallace fut transporté aux urgences du Medical & Surgical Hospital de Pittsburgh, Texas. Il était 19 heures 58 et il fut déclaré « mort à l'arrivée ». Sur son rapport, Ronny Lough, le *state highway patrolman*, nota que « le conducteur avait dû perdre le contrôle de son véhicule, qu'il était sorti de la route et était venu s'encastrer contre le pilier d'un pont de l'US Highway 271 ». Le policier précisait que la chaussée « n'était ni gelée ni mouillée, qu'il n'y avait pas d'autre véhicule impliqué dans l'accident » et terminait sur une note intéressante : « Il a été impossible de retrouver le moindre témoin. »

Mac Wallace, le tireur du Texas School Book Depository, avait quarante-neuf ans.

*

Durant son enquête, Jay, l'ancien policier de Dallas qui travaillait désormais pour Tom et moi, avait rencontré l'un des urgentistes de Pittsburgh. Un homme qui, aujourd'hui praticien établi près d'Austin, se souvenait parfaitement de l'arrivée de la première victime de la route de l'année 1971.

— C'était mon premier cadavre en situation à Pittsburgh, raconta-t-il. Et nous avons eu un doute avec son corps. Il y avait des marques de l'accident certes, mais aussi des indices qui indiquaient que la mort remontait à un ou deux jours.

Le médecin ne se rappelait pas qui, en revanche, le 7 janvier 1971, rédigea le certificat de décès. Un document pourtant intéressant puisqu'il naviqua près d'un an entre Pittsburgh et Austin avant d'être validé par l'État du Texas. Un document intéressant surtout parce que l'original cache difficilement que les raisons du décès et la description des blessures y ont été modifiées à maintes reprises.

*

— Il y avait un contrat sur sa tête.

Billie Sol ne souhaite pas partager sa source mais il est catégorique : Mac Wallace n'est pas mort en 1971.

— Il buvait trop et il jouait trop. Ce défaut avait toujours existé chez lui, mais cette fois il prenait des proportions dangereuses pour le réseau. D'autant que Mac était gourmand, très gourmand.

— Alors ?

— Alors, ils ont décidé de s'en séparer. Mais Mac l'a su et a organisé sa propre fuite, parvenant à se faire discret entre la Californie et Las Vegas, où il avait des amis au Horseshoe.

Retrouver Mac Wallace au même endroit que John Ligget apparaissait logique : certains membres du réseau Johnson n'étaient rien d'autre que des « porte-flingue » à louer. Des exécuteurs qui, dans le sud des États-Unis, se virent confier des contrats par la mafia. Las Vegas étant depuis toujours sous le contrôle de la Cosa Nostra, il était presque naturel de faire appel à une puissante organisation pour échapper à l'ire d'une autre organisation.

*

Tom Bowden et moi-même sommes donc catégoriques : Malcom E. Wallace a vécu jusqu'au début des années 1980. D'ailleurs, les preuves de sa présence à Las Vegas en 1979 et 1980 existent. Toutefois, suivant les conseils de notre dernier témoin, nous avons préféré laisser à d'autres le soin de les rendre publiques.

Assassinat

Cela faisait maintenant près de trois ans que, grâce aux révélations de Billie Sol, j'étais plongé au cœur du complot. Trois années pendant lesquelles j'avais appris, corroboré, suivi des fausses pistes et découvert de vraies informations. Trois années d'espoirs, de doutes, de déceptions, de peur aussi.

Par moment, ce périple avait été euphorisant. À d'autres, effrayant. À une époque, j'avais même perdu le sommeil, tandis que Tom gardait un revolver à portée de son lit dès qu'il se couchait. Comme si la mort allait nous faucher durant la nuit.

Et puis, peu à peu, nous nous sommes habitués à vivre avec les secrets du 22 novembre 1963.

Nous savions qu'il nous serait difficile de convaincre, mais qu'en bout de course nous respirerions mieux, libérés du poids de savoir.

Notre périple à travers l'histoire du Texas et des États-Unis avait été instructif. Conclure l'affaire Marshall s'était révélé nécessaire. Désormais, Billie Sol pouvait aller plus loin encore.

Nous étions prêts à entendre la vérité du 22 novembre 1963.

*

— La quasi-totalité de mes informations sur le meurtre de John Kennedy remontent à l'après 22 novembre, nous dit-il. Et beaucoup proviennent d'une réunion au Driskill Hotel d'Austin de décembre 1963, où j'avais rencontré Cliff Carter et Malcom Wallace. D'autres sont issues de mes conversations avec Cliff, Mac et Lyndon lui-même. La plus importante remonte toutefois à août 1971, durant un entretien privé avec Carter. Enfin, quelques détails proviennent de rencontres avec certaines personnes impliquées dans le meurtre dont je ne communiquerai jamais l'identité.

*

Le voyage de John et Jackie Kennedy au Texas avait débuté par une réception à Houston et une halte à San Antonio. Si, officiellement, JFK se trouvait dans cet État pour rendre hommage à l'un de ses hommes politiques et récolter des fonds, il avait surtout fait le déplacement afin de remettre de l'ordre dans les rangs du parti démocrate. Puisque, dans un an, Kennedy allait se représenter à la Maison-Blanche, Ralph Yarborough et John Connally devaient absolument se rabibocher.

Après avoir passé la nuit dans un hôtel de Fort Worth, puis avoir participé à un petit déjeuner offert par la chambre de commerce de la ville, le président rejoignit Air Force One pour un court vol vers Dallas. Où le programme prévoyait qu'il défilerait dans les rues avant de se rendre à un banquet organisé au Trade Mart. Après un bref discours, JFK devait embarquer de nouveau dans le Bœing officiel, à destination cette fois d'Austin. Là, suite à une énième réception en son honneur, il était prévu qu'il dorme au ranch de Lyndon B. Johnson.

Air Force One se posa sur l'aéroport Love Field de Dallas à 11 heures 37. La pluie ayant cessé, le temps était désormais au beau fixe et le mercure proche des trente degrés. La limousine présidentielle, une Lincoln convertible modèle 1961, attendait pour le défilé. Le convoi quitta Love Field à midi moins dix et entama le parcours qui avait été annoncé dans les journaux locaux.

Jesse Curry, chef de la police de Dallas, Bill Decker, shérif de la ville, et deux agents du Secret Service ouvraient le cortège. Dans la limousine située en deuxième place, John Connally et son épouse Nelly avaient rejoint John et Jackie. Immédiatement derrière

282

la Lincoln, suivait la Queen Mary, voiture du Secret Service dont chaque agent était armé. Le véhicule suivant transportait le vice-président Lyndon B. Johnson, le sénateur Ralph Yarborough et leurs épouses. Des dignitaires locaux, des membres du cabinet présidentiel et des représentants de la presse fermaient le cortège. Les véhicules progressèrent dans le centre de Dallas sans aucune difficulté.

Dans les années 1960, le centre d'affaires de la cité se trouvait au niveau de Main Street. Main Street et deux autres rues passantes, Commerce Street et Elm Street, convergeaient juste après Dealey Plaza. Le tracé prévoyait aussi de rejoindre le Stemmons Freeway pour s'arrêter au Trade Mart. Afin de réussir la manœuvre, le convoi devait tourner à droite, sur Houston Street, puis à gauche, sur Elm, avant de descendre sur Dealey Plaza. Un tracé délicat qui impliquait un virage en épingle obligeant les véhicules à ralentir à hauteur d'un immeuble à façade de brique ocre : le Texas School Book Depository.

Selon la commission Warren, c'est à ce moment-là que Lee Harvey Oswald fit feu, à trois reprises, depuis une fenêtre située au cinquième étage du bâtiment. Une des balles rata sa cible et ricocha sur l'un des piliers en béton du pont de chemin de fer tout proche. Un éclat de ciment blessa un spectateur, James Tague. Une autre, plus connue sous le surnom de « balle magique », toucha le président par le dos, puis ressortit par sa gorge avant d'atteindre le dos de Connally, de lui briser une côte, de sortir par sa poitrine pour aller lui casser le poignet et, finalement, se loger dans sa cuisse. Enfin, un dernier projectile, tiré depuis l'arrière, fit exploser le crâne de JFK.

Immédiatement, la Lincoln présidentielle fonça vers l'hôpital de Parkland où les médecins tentèrent en vain de sauver le 35e président des États-Unis. À 13 heures, sa mort fut annoncée officiellement.

Une fois le décès de JFK connu, Lyndon Johnson rejoignit Air Force One. Commença alors une longue attente, interrompue seulement par l'arrivée du corps de John Kennedy. Avant que l'avion ne décolle pour Washington, LBJ décida de prêter serment à bord. La difficulté de trouver le juge exigé par Johnson justifia le retard pris par le Bœing pour quitter la piste de Love Field.

Si l'on continue de se fier au rapport Warren, Lee Harvey Oswald fut arrêté en début d'après-midi dans un cinéma, le Texas Theatre. Sous bonne escorte, il fut immédiatement enfermé au Dallas City Jail. Mais, le dimanche suivant, en matinée, alors que son transfert vers la prison du comté de Dallas débutait, Jack Ruby, propriétaire d'un cabaret, fendit la foule des journalistes et tira à bout portant sur le prisonnier. Une fois. Une seule. Quelques heures plus tard, l'assassin présumé de John F. Kennedy décédait à l'hôpital de Parkland.

Un an plus tard, la commission d'enquête, nommée par Lyndon Johnson et présidée par Earl Warren, concluait à l'assassin unique. À l'en croire, il n'y avait pas eu de complot à Dallas.

*

La véritable histoire de l'assassinat de John F. Kennedy n'a rien à voir avec ce scénario. Comme le dit Billie Sol Estes, elle est même relativement simple. En tout cas beaucoup moins compliquée que ce que quarante années des thèses conspirationnistes pourraient nous faire croire.

— La décision finale de supprimer Kennedy fut prise lors d'une partie de poker disputée au restaurant Brownies situé sur Grand Avenue, à Dallas, assène Estes.

Depuis la fin des années 1940, l'endroit était une étape obligée pour tout amateur de jeux de cartes clandestins. Au début des années 1950, le premier étage avait même été entièrement aménagé en salle de jeux, tandis qu'au rez-de-chaussée se bousculait jusque tard dans la nuit une clientèle hétéroclite composée de millionnaires et de pauvres, de policiers et de délinquants, de prostituées et de maquereaux. H. L. Hunt, l'homme le plus riche du monde, appartenait au cercle des habitués du restaurant comme de la salle du haut. Quant au père de Malcom Wallace, son bureau était installé au même premier étage.

— En mai 1963, renchérit Billie, Cliff assista à une partie de poker opposant de très hauts « dignitaires » de la mafia Texane. Qui évoquèrent la possibilité de se débarrasser de Kennedy, comme ils en rêvaient depuis des mois. Mais cette fois, en fin de partie, quand la salle se vida, la conversation prit un tour beaucoup plus sérieux. H. L Hunt et D. H Byrd, le propriétaire du Texas School Book Depository, étaient présents.

S'ils n'étaient sans doute pas seuls, selon Cliff Carter – qui le raconta à Estes –, ils prirent part à l'essentiel du débat. Et rapidement, Carter reçut le feu vert.

— Je ne sais pas qui a pris la décision finale de passer à l'acte. J'ai en revanche le sentiment profond que Cliff a demandé, au nom de Lyndon, que la procédure soit accélérée et qu'une position définitive sur le sujet soit élaborée.

En fait, si la Texas Mafia songeait à assassiner JFK depuis un bon moment, la réflexion de LBJ et Carter était beaucoup plus avancée. Chacun y avait intérêt, mais encore fallait-il fédérer tout le monde et franchir le pas.

— Carter avait déjà commencé à réfléchir aux moyens de réussir une telle opération. Par souci de garder le contrôle de l'affaire, il annonça donc, ce soir-là, que l'argent utilisé pour mener à bien le projet proviendrait des fonds secrets de Lyndon. Et que les participants seraient ensuite payés selon des modalités que lui-même fixerait. Et en ce mois de mai 1963, les joueurs de poker s'engagèrent tous à verser un million de dollars à la cause. Cliff prit soin de rassurer ses « sponsors » : jamais leurs noms ne seraient mêlés à l'assassinat. Pour éviter toute fuite, il ne communiquerait d'ailleurs aucun détail. Il accepta seulement de préciser que l'option du mois de novembre semblait la plus vraisemblable.

Quelques semaines plus tôt, le président Kennedy avait accepté l'idée de venir au Texas présider une cérémonie en l'honneur d'Albert Thomas, un membre local du Congrès.

*

L'un des joueurs présents, dont Billie ne souhaite pas rendre le nom public, était un industriel texan ainsi que le principal soutien financier du shérif de Dallas, Bill Decker. Sûr de son influence, il se chargea de s'assurer la complicité de Decker, mais également de fédérer à cette cause deux personnages clés du Département de Police de Dallas. Le contrôle des deux organismes de lois de Big D. était en effet essentiel à la réussite de l'opération.

Quant à D. H. Byrd, allié politique de Lyndon depuis de nombreuses années, magnat agricole et pétrolier détenant des parts importantes dans des entreprises liées à l'aéronautique militaire, comme LTV qui, on l'a vu, employait Mac Wallace depuis 1951, il voyait ses intérêts à court terme.

— Une fois LBJ installé à la Maison-Blanche, les contrats liés à l'engagement au Vietnam rapportèrent à Byrd bien plus que ce qu'il avait versé au fonds secret de Lyndon cette nuit de mai 1963, explique Estes. Impliqué dans l'immobilier – je te rappelle qu'il était propriétaire de l'immeuble du Texas School Book Depository –, il a même révélé, le soir du 22 novembre 1963, à l'un de ses amis avec qui il était à Tyler : « Ils ont utilisé mon immeuble pour tuer le président. »

Autre « généreux donateur » du complot, H. L. Hunt était un personnage complexe et passionnant. Ainsi, bien qu'ultraconservateur, il pratiquait sans vergogne la bigamie. Une partie de sa fortune « nourrissait » aussi des centaines de groupes d'extrême droite à travers le monde, dont en France. Mais sa réelle fascination était le pouvoir. Il distribuait d'ailleurs gratuitement sur l'ensemble du territoire américain des livres où il décrivait sa vision d'une société meilleure. Dans le monde de Hunt, le droit de vote était proportionnel à l'état des richesses, un millionnaire valant sept fois plus qu'un ouvrier.

— Hunt était brillant, commente Estes. Il avait vu, par exemple, les avantages qu'il pourrait tirer de la radicalisation du combat de la communauté noire et apporta un important soutien financier à Malcom X. Il espérait que l'armement du groupe déclencherait une guerre civile pour ensuite tirer parti du chaos.

Quelques minutes après la fusillade de Dealey Plaza, H.L. Hunt quitta Dallas et rejoignit Washington où il possédait une maison voisine de celles de Johnson et Hoover.

*

— L'ensemble de mes conversations de 1963 à 1971 avec Cliff Carter, Malcom Wallace et Lyndon Johnson me permet d'affirmer que Carter était le cerveau de cette opération. C'était un véritable stratège, renchérit-il. Son intelligence était supérieure et ses années dans l'armée, puis comme US Marshall, l'avaient préparé à l'organisation et à la gestion de ce type d'événement. Enfin, et surtout, il possédait un avantage incontestable aux yeux de Lyndon : il était d'une loyauté sans faille.

Selon Billie Sol, ce fut même Cliff Carter qui eut l'idée de livrer un coupable en pâture à l'opinion.

*

— Une fois l'argent récolté, les grandes lignes arrêtées, l'étape suivante fut de s'assurer de la venue de Kennedy au Texas, reprend Estes. Une tâche réservée à Lyndon et à son équipe, ainsi qu'à un proche de Kennedy. Car, oui, Cliff avait un homme a lui dans le cercle du Président. Après la mort de JFK, celui-ci devint un membre important du comité électoral de LBJ en 1964. Sa proximité avec Cliff fut du reste déterminante dans le scrutin.

Lorsque le voyage texan fut approuvé, Carter quitta Washington pour s'installer, au cours du mois de juillet 1963, à Austin.

— Son retour au Texas marquait sa volonté de connaître tous les détails de la préparation du crime. Le défilé de Dallas fut ainsi entièrement contrôlé par des hommes de Lyndon. John Connally, dont j'ignore s'il a participé au complot, fut ainsi extrêmement actif dans l'élaboration du parcours.

Ainsi lorsque Jerry Bruno, responsable du parti démocrate normalement chargé d'établir le programme et le parcours présidentiel, désapprouva officiellement le choix des lieux, le gouverneur Connally fit le voyage à Washington et obtint l'assurance qu'il était bien le seul à prendre les décisions finales relatives au trajet.

*

À en croire Estes, tout était noyauté. Les deux autres hommes supervisant la parade présidentielle étaient eux aussi sous le contrôle de Cliff Carter. Jake Puterbaugh, qui décida du tracé final, avait travaillé de son côté au Département de l'Agriculture avec Malcom Wallace. La délivrance des accréditations presse et des places dans le défilé avait été accordée à la Weekly and Valenti, agence de relations publiques installée à Austin dont le président, Jack Valenti, assurait depuis le milieu des années 1950 la communication de Lyndon. Il était également en charge de la soirée de gala donnée en l'honneur d'Albert Thomas à Houston.

— Jack Valenti se trouvait aussi dans Air Force One quand LBJ prêta serment, renchérit Billie Sol. Une des premières décisions du nouveau président des États-Unis fut d'ailleurs de le nommer conseiller spécial, avec des émoluments considérables. Et lorsque, dans la nuit du 22 au 23, Lyndon se retira dans ses appartements, seuls deux hommes l'accompagnèrent pour préparer sa première journée à la tête du pays : Cliff Carter et Jack Valenti.

Quant à la sécurité du parcours, elle se trouvait entre les mains du Secret Service, du département de la police de Dallas et du bureau du shérif Bill Decker. Or dans chacune de ces organisations, Cliff Carter, Lyndon Johnson ou un membre influent du réseau contrôlaient des personnes clés.

*

— Le plan était simple, explique Billie : Kennedy devait être tué par un assassin solitaire qui, à son tour, serait abattu lors de son arrestation. Ensuite, depuis Dallas et Washington, tout serait mis en œuvre pour protéger

Lyndon en s'assurant que la thèse du désaxé soit la seule acceptable.

Dans la mesure où J. Edgar Hoover était tenu en laisse par Johnson et ses alliés, cette stratégie avait toutes les chances de fonctionner.

— Lorsque, à la sortie de la Seconde Guerre mondiale, Cliff édifia le réseau politique de Lyndon, il recruta l'élite universitaire de l'État, son vivier préféré étant l'University of Texas d'Austin. Un établissement qui était aussi la deuxième plus importante antenne universitaire de la CIA dans le sud des États-Unis. C'est là que Mac Wallace, alors étudiant, fit la connaissance de George De Mohrenschildt et le présenta à Cliff. De Mohrenschildt enseignait à Austin tout en préparant un diplôme de géologue.

Or, en 1963, Mac apprit que De Mohrenschildt, qui rendait des services à la CIA, surveillait pour l'Agence un certain Lee Harvey Oswald, de retour d'Union soviétique. Wallace contacta son ancien ami d'Austin et demanda à être présenté à Lee. Comme le jeune homme n'était pas très futé, facilement influençable et qu'il avait besoin d'argent, la manipulation allait s'avérer facile.

*

— Carter et Wallace connaissaient aussi Jack Ruby, renchérit Billie. Cliff l'avait rencontré lors de certaines parties de poker, le propriétaire du Carrousel Club jouant occasionnellement et recevant de temps à autre dans son arrière-salle. Je ne crois cependant pas que Jack Ruby ait été au courant de quoi que ce soit avant sa propre entrée en scène, puisqu'il n'était pas prévu qu'Oswald soit capturé vivant. Quant à moi, j'avais été presque associé à Ruby au début des années 1960. Alexander Ruel, l'un de mes partenaires de Superior Manufacturing, la société chargée de me fournir des réservoirs à engrais et des fausses factures, souhaitait à l'époque investir dans le Carrousel Club et me demanda de le présenter à Jack. Le marché n'aboutit jamais parce que Ruel apprit, grâce à un détective privé, que Jack était homosexuel. Tare réddhibitoire à ses yeux

Un point aisé à vérifier puisque cette anecdote figure à la page 883 du volume XXII du rapport de la commission Warren.

*

Restait encore à recruter les autres tireurs, ceux qui achèveraient l'exécution entamée par Oswald. Carter délégua cette mission à Malcolm Wallace.

— J'ignore les détails concernant l'équipe formée par Mac, explique Estes. Mais connaissant son expérience dans ce domaine, son talent pour s'adjoindre des complices efficaces permettant de perpétrer différents « suicides », je sais qu'il ne manquait ni de noms ni d'adresses. En 1971, Carter m'a avoué que l'équipe était principalement composée de Texans, parce qu'il savait leur sens du secret. Si, à plusieurs reprises, il m'est arrivé d'entendre un nom cubain et deux ou trois noms français, j'ignore s'ils ont réellement pris part à l'opération. Comme j'ignore la position précise des tireurs placés en embuscade sur Dealey Plaza. Dans ses confidences, Cliff m'a juste révélé que Mac se trouvait au cinquième étage avec Oswald. Et qu'il avait réservé la place située derrière la palissade du Grassy Knoll à la meilleure gâchette du groupe.

À en croire Estes, l'exécution du président Kennedy fut « facile ». Notamment parce que le travail en amont avait porté ses fruits et que la zone de tir était sous contrôle. Une fois le crime perpétré, comme les premiers représentants de la loi arrivés sur les lieux dépendaient du bureau du shérif Decker, lui-même bien en main, les membres du commando purent se disperser sans encombre. Leur protection et leur fuite avaient été planifiées, les éléments accréditant l'hypothèse d'un tireur unique habilement mis en place. Seul accroc, et de taille, l'arrestation de Lee Harvey Oswald ne se déroula pas comme prévu.

*

— Le plan initial prévoyait sa mort, et non son interpellation et son interrogatoire au DPD, confirme Estes. J'ai certaines bonnes raisons de croire que le policier J. D. Tippit devait faire le boulot. Mais sans confirmation de Carter, je n'extrapolerai pas. Je suis certain en revanche que cette arrestation a déclenché un beau mouvement de panique au sein des comploteurs. Et que c'est seulement là que le contre-feu Jack Ruby a été déclenché. Jack n'eut pas le choix : il reçut l'ordre accompagné de garanties de clémence judiciaire, et ne pouvait refuser. Il pensait pouvoir être jugé à Dallas par des amis de Lyndon et, en plaidant la démence, s'en sortir pas trop mal. De toute façon, s'il avait dit non, il signait son arrêt de mort.

Mais cette précipitation fit commettre une erreur aux comploteurs. Lorsque, le dimanche 24 novembre, Jack Ruby tira à bout portant sur Lee Harvey Oswald, il ne vit pas qu'il avait oublié un bout de papier froissé dans sa poche. Une pièce découverte durant sa fouille, sur laquelle apparaissait le numéro personnel de la fidèle et discrète assistante du shérif Bill Decker.

*

Une fois le forfait commis, encore fallait-il convaincre l'opinion, public comme médias, que ce crime historique n'avait été perpétré que par un désaxé solitaire. Un magistral travail de désinformation prévu à l'avance.

— Cliff connaissait pertinemment l'enjeu médiatique des premières heures suivant un tel assassinat. Dans n'importe quel meurtre, elles sont déterminantes pour l'enquête ainsi que pour le sens vers lequel télé et journaux vont aller. Après avoir contrôlé les preuves saisies sur le lieu du crime, celles-ci furent donc confiées au FBI. L'image publique d'Hoover étant à l'époque celle d'un patriote incorruptible, personne ne mit en doute son impartialité.

Le directeur du FBI étant prêt à confirmer la seule culpabilité d'Oswald, les États-Unis, traumatisés, le suivirent. Et quand certains osaient émettre des réserves, on leur fit fermement comprendre qu'ils se fourvoyaient, voire qu'ils manquaient de patriotisme.

— Lyndon et Cliff exercèrent d'énormes pressions sur les enquêtes effectuées par les services de Dallas et de l'État du Texas. À plusieurs reprises, et plus particulièrement entre les 22 et 24 novembre, Cliff entra en contact avec différents responsables pour leur conseiller de s'en tenir à la thèse du tireur solitaire. Son relais principal étant Wagonner Carr, le procureur général du Texas avec qui il avait fait ses études, son message put passer sans trop de réticences. Il lui demanda surtout d'étouffer dans l'œuf toute velléité d'aller voir ailleurs. Avec une excuse facile à trouver : il en allait de la sécurité du pays.

*

Le 22 novembre 1963, alors que le crâne de John F. Kennedy explosait sous les balles, Lyndon Baines Johnson touchait donc enfin du doigt son ambition d'adolescent : entrer à la Maison-Blanche. Sans deviner, bien sûr, que ce poste ne serait pas la partie de plaisir dont il rêvait.

— Lyndon, en fait, n'a pas aimé sa fonction. Il n'est jamais parvenu à imposer sa vision d'une Amérique plus juste.

Car les amis qui venaient de l'installer dans le prestigieux fauteuil présidentiel allaient maintenant l'entraîner dans leur guerre.

Bien loin du Texas et des arbres toujours verts de Dealey Plaza.

77

Explications

Nous aurions pu nous arrêter là.

J'étais venu au Texas pour percer la vérité du 22 novembre 1963 et Billie Sol venait enfin de rassasier ma faim.

Mais je savais l'histoire incomplète. Et désirais connaître les motivations profondes du réseau Johnson. Pourquoi, au début de l'année 1963, avait-il été décidé de tuer le président de la première puissance mondiale ?

*

Ma question agace Billie Sol.

— C'est une histoire simple. Ne te complique pas la vie. Comment aurais-tu réagi si tu t'étais trouvé à un cheveu de la Maison-Blanche et que, soudain, on t'avertissait que tu allais tout perdre ? LBJ n'avait pas de cœur et aurait tué sa propre mère pour réussir.

— Mais...

— William, tu veux vraiment que je te dise ? Eh bien, tu es comme JFK. Il ne comprenait pas le Texas et ses règles. Il n'aurait jamais dû venir chez nous. Il savait qu'une majorité de Texans le détestait, mais il n'a pas compris le danger que cette haine représentait. Il a été stupide, aveuglé par l'orgueil habituel de l'élite de la Côte Est. En fait, John F. Kennedy n'a jamais cru que LBJ et ses amis auraient les couilles de le descendre !

*

Estes est en colère. C'est donc le moment idéal pour l'interroger sur son propre rôle dans cette gigantesque partie d'échecs. Il se tait quelques secondes puis me regarde.

— Pour tout te dire, je n'étais pas au courant de la planification du meurtre, même si le sujet avait été abordé à plusieurs reprises lors de conversations avec Cliff ou Lyndon. N'oublie pas qu'à l'automne 1963, Carter et Johnson limitaient au strict minimum leurs contacts avec moi : j'étais gênant. Et puis j'étais plus occupé à me battre pour ne pas me retrouver en prison que préoccupé par le sort de JFK. Depuis que Bobby avait cherché à atteindre Lyndon à travers moi, ma vie était devenue un enfer.

— Mais, aujourd'hui, au fond de toi, que penses-tu de la mort de Kennedy ? Aurais-tu approuvé la décision de le tuer ?

Alors qu'il a toujours joué franc jeu avec Tom et moi, Estes nous surprend tous les deux en nous gratifiant d'un extraordinaire exercice de langue de bois :

— Comme chaque bon citoyen américain, je respecte la fonction de président des États-Unis. Et même en tenant compte de mes problèmes personnels, je crois que j'aurais eu le plus grand mal à essayer d'ôter la vie au locataire du Bureau Ovale...

Saisissant que je suis plus amusé qu'intéressé par sa réponse, il se reprend et ajoute :

— Que j'approuve ou non le meurtre du 22 novembre n'est pas essentiel. Je peux juste dire que si l'on se place d'un point de vue texan, il méritait de mourir. Notamment parce qu'il était catholique et qu'à ce titre, il avait prêté serment au Pape. Or, à mes yeux comme à ceux de beaucoup, il lui était impossible de servir deux maîtres : entre Rome et le peuple américain, son choix ne nous paraissait d'ailleurs pas évident. Quand on pense qu'en plus il avait décidé de s'attaquer à nos producteurs de pétrole et qu'enfin il se comportait comme un Yankee prétentieux, en nordiste qui aurait dû rester dans son country club, je trouve que cela faisait beaucoup de motifs de chercher à le dégommer.

Sol est lancé. Il faut profiter de l'occasion et tenter l'impossible.

— Ton argent a-t-il servi à préparer l'assassinat de JFK ?

— Pour être honnête, je n'en sais rien. Mon dernier versement au fonds secret de Lyndon remontait à janvier 1963 et n'avait pas été effectué dans cet objectif spécifique.

— Et si Cliff t'avait demandé une participation directe au projet ?

Estes, malin, se met à sourire. Il a saisi la manœuvre.

— À toi de trouver la réponse, botte-t-il en touche. Mais avant de te prononcer, souviens-toi de ma situation délicate, du fait que j'étais menacé d'une longue peine de prison. Dans le même cas, si quelqu'un t'avait dit qu'en échange d'un million de dollars tes problèmes disparaîtraient, qu'aurais-tu fait ?

*

Au terme de tant de confidences, de révélations, de secrets révélés, de pièces qui, mises bout à bout, dessinaient avec une précision redoutable les rouages de la machine infernale ayant entraîné la mort du 35ᵉ président des États-Unis, il nous restait encore à éclaircir un mystère : comment Billie Sol avait-il appris tous ces détails et, surtout, pourquoi il était encore en vie.

— Tu le sais, lorsque j'ai appris la mort de Kennedy, je me trouvais à Pecos en train de manger un hamburger. Mon premier sentiment fut totalement égoïste : alors que la radio crachait les premières informations arrivées de Dallas, je me suis dit que mon cauchemar était fini et que Lyndon allait s'occuper de moi. Et puis, immédiatement après cela, j'ai été gagné par l'incrédulité : comment quelqu'un avait-il pu tuer le président des États-Unis ? Et en même temps, presque admiratif : comment Carter s'était-il débrouillé ? Mac Wallace était-il une nouvelle fois dans le coup ?

— Et alors ?

— Eh bien, je n'ai pas eu trop à attendre pour obtenir des réponses. Au début décembre, Cliff m'a demandé de le rencontrer à l'hôtel Driskil d'Austin. Une proposition qui m'a ravi puisque depuis le remplacement de Kennedy par Johnson, j'attendais qu'il m'annonce la fin de mes ennuis. Après avoir passé la nuit au palace, j'ai vu arriver Cliff... accompagné de Mac Wallace. À leurs têtes, j'ai d'emblée compris que notre rendez-vous n'allait pas s'annoncer facile.

*

— Mac Wallace et Cliff Carter me parlèrent peu de l'assassinat de Kennedy, mais ils en dirent suffisamment pour me convaincre de leur implication.

Lors de cette rencontre, Carter avertit évidemment Billie qu'il était hors de question d'évoquer devant qui que ce soit les meurtres perpétrés entre 1961 et 1963. Carter précisa même clairement que toute entorse à cette règle se solderait par la mort de Billie Sol.

— Alors, j'ai fait serment de silence, demandant en échange l'aide de Lyndon. Cliff m'a assuré du soutien de LBJ, en précisant cependant qu'il me faudrait être patient. Parce qu'à Washington, Johnson était placé sous l'œil des caméras et que chacun de ses gestes était disséqué. Même si j'eus du mal à admettre l'idée, Cliff précisa même que l'intervention de Lyndon pourrait se faire sous forme d'un pardon. Ce qui signifiait que je devais accepter de me retrouver en prison pour quelque temps.

— Et tu y as cru ?

— Oui, parce que je savais ne pas avoir d'autre choix.

C'est également lors de cette rencontre que Billie Sol informa Cliff Carter de l'existence de ses enregistrements. Avec cette révélation, je faisais d'une pierre deux coups : je l'avertissais que je disposais de moyens de pression quasiment atomiques tout en prévenant que je n'avais aucune intention de m'en servir. En fait, je lui ai fait comprendre que mon unique souci était d'assurer ma protection et celle de ma famille. Et pour lui prouver que mon objectif n'avait jamais été de faire chanter Johnson, je lui ai même proposé de lui faire une copie. Il ne fit aucun commentaire mais, à son silence, j'ai compris que la donne venait de changer.

Billie Sol Estes était devenu immortel.

— Avec le temps, je ne regrette pas cette conversation et la révélation de l'existence de mes bandes, ajoute Estes. Je suis persuadé qu'en décembre 1963, mon nom figurait sur la liste des candidats à abattre. Il était donc capital que Cliff saisisse que j'avais en ma possession suffisamment d'éléments pour me protéger. Et qu'il le répète à Lyndon. Désormais, mon meilleur et plus dangereux allié n'ignorait rien de mon assurance vie.

*

Le dernier témoin sent que la fin du voyage approche. Parce qu'il ne désire laisser aucune zone d'ombre, parce qu'il veut saisir l'ultime chance d'expliquer ses motivations et celles du réseau Johnson, il se confie, encore et encore.

— Aux yeux de Cliff Carter, renchérit Billie Sol, l'assassinat de JFK était une étape logique pour imposer au pays les idées de Lyndon, dont la vision politique lui paraissait beaucoup plus juste que celle de Kennedy. Et comme, début 1963, les malversations financières du vice-président commençaient à susciter des remous, que des accusations de financement de ses campagnes par le groupe Brown and Root refaisaient surface, et que Robert Kennedy attisait le scandale Bobby Baker et mes ennuis avec la justice, nous étions arrivés à un point de non-retour.

Face à une telle accumulation de mauvaises nouvelles, Johnson ne pouvait même plus, selon Estes, espérer que son poids politique le sauverait. On avait eu besoin de lui pour attirer les suffrages du Sud des États-Unis ainsi que le soutien financier des milliardaires texans, mais trois ans plus tard, à quelques mois du début de la campagne électorale, ces atouts n'étaient plus aussi essentiels. Les sondages indiquaient que Kennedy serait réélu sans trop de problèmes donc que la présence de LBJ sur le ticket n'était plus nécessaire. Le choix agricole de vendre les surplus de grains à l'URSS avait assuré à JFK le soutien des états du Middle-West, traditionnellement républicains.

Quant au Texas, fief des démocrates conservateurs, les cartes y avaient été redistribuées. On y avait d'abord vu la première victoire historique d'un républicain, remportant le siège laissé vacant par Johnson. Et ensuite, un projet de loi déposé au printemps par un élu local, George H. Bush, proposait de modifier le système électoral pour équilibrer le nombre d'élus texans au Congrès. Avec, à l'appui, un nouveau découpage électoral.

— Depuis 1948, Cliff avait verrouillé l'État pour Lyndon. Or ce redécoupage risquait de faire éclater les réseaux. En clair, Connally, soutenu par les financiers conservateurs proches de Lyndon, rencontrerait de nombreuses difficultés pour s'imposer au poste de gouverneur face à Yarborough.

Plus inquiétant encore, le projet prévoyait d'accorder une telle prime au sortant, que celui qui emportait l'élection se voyait quasiment assuré d'asseoir son pouvoir durant une longue période.

— C'est notamment cette réforme électorale qui avait conduit Kennedy au Texas, ses conseillers l'ayant averti de l'opportunité, pour la première fois, de gagner des points dans cet État hostile sans l'aide de Lyndon.

Si, dans ce nouveau contexte, un fidèle comme Ralph Yarborough l'emportait, Kennedy n'avait dès lors plus à s'inquiéter du Texas et assurait un peu plus sa réélection en 1964.

*

D'autant qu'à Washington même, d'autres grandes manœuvres avaient débuté. Le clan Kennedy tentait de prendre le contrôle du Sénat et de la Chambre des Représentants où, longtemps, les réseaux Johnson avaient été influents. Une lutte sans merci pour le pouvoir, où l'idée de pousser Lyndon hors du ticket présidentiel de 1964 parut de plus en plus jouable.

— Bobby avait été très clair avec les siens, confirme Estes. Il voulait voir Lyndon définitivement à terre pour l'empêcher de revenir au Sénat où, grâce à ses nombreux alliés, il aurait transformé le nouveau mandat de Kennedy en véritable enfer.

Et comme les couloirs du Congrès et du Sénat bruissaient de rumeurs assurant que les Kennedy rêvaient de s'installer à la tête du pays pendant des années, que Robert paraissait le candidat naturel à la succession de son frère en 1968, tout était réuni pour déclencher une guerre ouverte.

— Cliff pensait sincèrement que Bobby allait parvenir à détruire politiquement Lyndon. Les informations qu'il recevait démontraient que l'attorney général approchait du but. Bientôt, l'affaire Bobby Baker ferait éclater à la une des journaux les liens entre Lyndon et Jimmy Hoffa ainsi que certaines familles de la Cosa Nostra.

Dans son calcul stratégique, le clan Kennedy avait même intégré la possibilité de perdre le Texas. Un handicap qu'ils comptaient compenser en s'attirant les suffrages d'autres régions moins rebelles. Avec une méthode simple : s'en prendre aux privilèges texans jugés exorbitants par le reste du pays.

— C'est une des raisons pour lesquelles le président commença à remettre en question l'attribution quasi systématique des contrats d'armement à l'industrie militaire installée au Texas. Depuis le scandale de l'attribution du marché TFX, Kennedy tenait à démontrer qu'il ne céderait pas aux méthodes des millionnaires de Dallas.

*

— Mais c'est en décidant de s'attaquer au pétrole que JFK a vraiment signé son arrêt de mort. Car LBJ n'aurait pu agir sans les hommes qui l'avaient fait. Sans leur argent, sans leurs réseaux, Lyndon était comme une marionnette sans fil.

En 1960, en pleine campagne présidentielle, les avantages fiscaux accordés à certaines industries suscitaient déjà des débats. Dont le *oil depletion allowance*, un abattement de 27,5 % sur les revenus des producteurs de pétrole. Votée au début du siècle lorsque la recherche de l'or noir était hasardeuse, cette loi n'avait plus de raison d'être au milieu du XXᵉ siècle. Si une majorité en convenait, plusieurs projets de réforme n'étaient jamais parvenus à dépasser le stade des couloirs du Congrès, de nombreux élus recevant des contributions du lobby pétrolier.

Lors du troisième débat télévisé l'opposant à Robert Nixon, John F. Kennedy avait, lui, affiché sa volonté de s'attaquer à cette injustice fiscale. Le présentateur, gêné, lui avait alors demandé ce qu'il pourrait réellement faire, puisqu'il se murmurait que les producteurs de pétrole avaient imposé la présence de Johnson comme colistier afin de s'assurer que la loi les protégeant ne serait pas touchée. JFK n'avait pas répondu, réitérant juste son désir de revoir les aberrations fiscales.

Le candidat démocrate ne mentait pas. En octobre 1962, il imposa au Congrès le Kennedy Act, première étape de sa fameuse réforme fiscale. S'il ne toucha pas au *oil depletion allowance*, il supprima certains avantages fiscaux sur les bénéfices générés par les investissements hors des États-Unis. Or le premier secteur concerné était... l'industrie pétrolière. L'association des exploitants de puits de pétrole de l'Oklahoma calcula alors que ce texte allait diviser par deux leurs profits offshore.

Le 14 janvier 1963, JFK revint à la charge en dévoilant les grandes lignes de son grand projet. Cette fois-ci, il visa directement la oil depletion allowance et justifia clairement son intention en déclarant que : « Jamais plus aucune industrie ne devrait être autorisée à obtenir des avantages fiscaux au détriment de la majorité. » Kennedy eut même l'audace de désigner directement H. L. Hunt, le milliardaire de Dallas, qu'il détestait depuis que ce dernier se servait de ses revenus non taxés pour distribuer massivement et gratuitement une littérature anti-Kennedy.

— JFK n'avait pas non plus pardonné la campagne de 1960, commente Billie Sol, quand Hunt avait payé les tracts sur ses maladies et sa religion. Il n'avait pas digéré non plus que le même Hunt lui ait, d'une certaine manière, imposé Lyndon.

Les millionnaires texans pouvaient d'ailleurs se montrer inquiets. Avant de s'attaquer à eux, le jeune président s'en était déjà pris aux avantages du secteur de l'acier. Et, sans reculer, sans craindre la perspective de perdre des électeurs dans un fort bassin démocrate, il avait imposé aux riches propriétaires une diminution drastique de leurs avantages fiscaux.

— Cela ne faisait aucun doute, JFK était déterminé à imposer sa volonté. Il n'avait pas compris qu'il jouait avec le feu. En diminuant de moitié les avantages fiscaux, il amputait de trois cents millions de dollars les familles de Dallas ! Trois cents millions de dollars par an ! Soit largement le prix de la vie d'un homme, qu'il soit président ou pas.

*

Début 1963, un consensus se dégagea donc dans le camp de Johnson et de ses soutiens historiques.

— Conforté par l'écho du scandale Bobby Baker et de mes ennuis, John Kennedy allait se séparer de Lyndon. Il avait même choisi son remplaçant, un élu de Floride. Ce qui signifiait, pour les hommes d'influence texans, l'absence de représentants fiables à un poste clé de Washington.

Une première depuis vingt ans où la nomination de John Nance Garner au poste de vice-président de Franklin Roosevelt avait été suivie de l'éclosion politique de Sam Rayburn puis de celle de LBJ.

— Une fois débarrassé de Lyndon, les Kennedy allaient tout faire pour mettre en place une nouvelle structure de pouvoir. Qui, évidemment, handicaperait les intérêts du Texas. L'élection de 1964 s'annonçait comme un cauchemar. Le danger était palpable.

Et, peu à peu, à Dallas, les murmures cédèrent la place à un grondement de panique : « Il faut tuer cet enfoiré de JFK avant qu'il ne soit trop tard ! »

Poison

Le dernier témoin avait rempli son devoir.

Et moi, j'étais arrivé au bout du chemin.

J'avais fantasmé sur cet instant précis. Je m'étais imaginé, en commençant mon enquête avec Tom, que je serais habité par une intense satisfaction. Mais en fait, il n'en était rien. Au bout du compte, la nausée aux lèvres, j'étais fatigué.

Et puis les paroles d'une chanson de Bruce Springsteen ne cessaient de tourner dans ma tête : « Une fois que le serpent t'a mordu, tu deviens serpent à ton tour. »

À cet instant, sans savoir vraiment pourquoi, je pensais qu'elles avaient été écrites pour moi.

Pas de doute, il était grand temps de revenir à Paris et d'oublier le Texas.

Mais le retour fut difficile : le venin était en moi. Et la cicatrice ne se fermait pas. Je connaissais l'antidote : je devais revoir Billie et obtenir ce qu'il nous avait toujours jusqu'ici refusé.

Seules ses cassettes pouvaient me sauver.

Regrets

Tom ne fut même pas surpris de me voir de retour. Lui aussi s'était pris au jeu de l'investigation et souffrait de la même frustration. Pendant des mois, nous avions tourné autour de la preuve, Estes nous l'avait décrite mille fois mais, comme des enfants punis, nous n'avions pas eu le droit d'y toucher.

Si les heures passées en compagnie de Billie nous avaient enseigné que nos chances étaient minces, nous savions aussi que, pour réussir, il fallait miser gros. Aussi, Tom et moi avions convenu de le prévenir que le livre n'existerait pas tant qu'il n'aurait pas cédé. J'étais d'autant plus prêt à me faire le messager d'une telle menace que je le pensais vraiment. La dernière page resterait blanche tant qu'une infime parcelle de doute continuerait à me hanter.

*

Sol nous attendait chez lui. Lui non plus n'avait pas été étonné par notre subit besoin de retrouvailles transatlantiques. En fait, comme bien souvent, il avait déjà un coup d'avance.

— Alors, tu es toujours hanté par les fantômes de Dealey Plaza ? me dit-il.

Je souris et devine que je n'aurais même pas besoin d'avoir recours au chantage. Et puis de toute manière, je sais ne pas faire le poids dans ce registre.

— Je sais ce que tu veux. Je te vois me tourner autour depuis bien trop longtemps. Mais vois-tu, je n'arrive pas à me décider. Est-ce une bonne ou une mauvaise idée que de vous faire écouter ces bandes ?

Je balbutie quelques mots vides de sens.

— Et puis, reprend-il, il y a les risques. Ce n'est plus avec moi que tu joues mais avec l'Histoire. Alors, tu veux vraiment entendre ?

La notion de danger ne m'avait pas effleuré. Tom non plus. Nous n'étions même pas, l'un comme l'autre, capables de juger de la pertinence des propos d'Estes. Le saint Graal s'offrait à nous mais sa beauté nous aveuglait.

Alors, comme deux naufragés n'ayant plus rien à perdre, nous nous sommes jetés à l'eau.

*

Estes nous avait proposé d'écouter sa pièce essentielle. La seule qui nous intéressait : celle qui livrait les secrets de l'assassinat du 35e président des États-Unis.

Le 12 juillet 1971, à minuit et trois minutes, Billie Sol Estes retrouvait enfin la liberté. Il avait traversé l'épreuve des tribunaux et du pénitencier sans jamais parler, respectant le pacte de silence offert à Johnson et Carter.

— Vers la fin du mois d'août 1971, je reçus l'appel que j'attendais depuis ma libération, raconte-t-il. Celui de Cliff. Sa voix me parut plus lente, mais je la reconnus immédiatement. Il était de retour au Texas pour l'été et souhaitait me rencontrer. À cette période, Lyndon avait quitté le devant de la scène. Éreinté par la guerre du Vietnam, psychologiquement malade, il n'avait pas voulu se représenter en 1968. Son image et son « héritage historique » lui importaient trop.

Et, en grand champion de la politique, il préférait se retirer sur une large victoire, celle de 1964, que sur une défaite annoncée. Johnson avait su, lui, refuser le combat de trop.

— Cliff passa chez moi à Abilene quelques jours plus tard. Ayant quitté la politique avant la fin du mandat de Lyndon et travaillant comme lobbyiste, il vivait en Virginie, dans la ville d'Alexandria près de Washington. Grâce à son talent et à son incroyable liste de contacts à Washington, il décrochait fréquemment de gros budgets de recherches pour l'université Texas À & M. Apparemment, il avait toujours de l'influence au sein du Département de l'Agriculture.

Carter avait officiellement cessé de travailler pour Lyndon Johnson en 1966. Quasiment vingt ans après le début de leur collaboration. En 1964, LBJ s'était séparé une première fois de lui, Carter quittant les couloirs de la Maison-Blanche pour les bureaux du comité national du parti démocrate. En fait il ne s'agissait ni d'un changement de génération, comme certains observateurs l'analysèrent, ni d'une mise sur la touche, mais plutôt d'un changement d'objectif. Et d'une nouvelle manœuvre de noyautage. LBJ, envisageant alors de briguer un deuxième mandat, avait envoyé son général en chef au cœur de la plus importante bataille. Carter n'était pas venu au siège national du parti démocrate pour faire de la figuration mais pour y attirer de généreux « sponsors ».

— Il devint le patron du comité électoral et prit, seul, le contrôle du *President's club*, une entité du parti chargée d'attirer de gros soutiens à la candidature.

En somme, une caisse de résonance pour épais portefeuilles. Reprenant ses vieilles habitudes, il ne cachait pas, dans ses démarches, l'unique intérêt pour ses interlocuteurs de se montrer généreux avec sa structure : un solide don garantissait un accès direct au Président des États-Unis.

Mais, en 1966, Carter fut obligé de quitter la tête du comité national du parti démocrate. Ses méthodes de levée de fonds commençaient à soulever des questions d'éthique.

— Concrètement, Cliff fonctionnait alors comme il l'avait toujours fait. 10 % des sommes versées à la cause partaient dans les caisses de Johnson, et lui se servait au passage. Mais certains s'y refusèrent. La ponction lassait.

Carter vécut assez mal son départ de Washington. Pour la première fois depuis la Seconde Guerre mondiale, après les batailles de 1948, 1954, 1960 et 1963, il se retrouvait coupé du pouvoir.

*

— Nous avons commencé par discuter du passé et, à de nombreuses reprises, Cliff s'est excusé pour les années de prison que j'avais endurées, explique Estes. Mais je ne souhaitais ni l'accabler ni le blâmer. Le temps avait fait son œuvre et j'avais décidé d'oublier. Rapidement, nous avons évoqué Lyndon. Et Carter me confia que LBJ était devenu réellement paranoïaque, craignant que sa place dans l'histoire soit compromise par son passé. Il me précisa encore que Lyndon buvait plus que jamais, que son état psychologique s'était fortement dégradé depuis qu'il s'était retiré de la scène, et qu'il portait même des cheveux aussi longs que ceux des hippies qu'il détestait.

Cliff Carter était épuisé et amer. Déçu d'avoir tant œuvré, d'avoir tout accepté, d'avoir couvert et pratiqué le pire pour un homme qui n'avait pas su incarner totalement la relève que l'on attendait de lui.

— Il le savait, désormais une page était tournée. Lui comme moi avions conscience d'avoir échoué. Nous partagions la même analyse : Lyndon, comme tout grand leader, avait eu sa propre vision du monde. Mais l'ambition de modifier la vie des Américains s'accompagne parfois d'actions aux franges de la loi. Lyndon n'était ni un saint ni le diable. Il estimait, comme le dit le proverbe, que la fin justifie les moyens. LBJ fit considérablement avancer notre pays, même lorsque cela heurtait ses propres convictions. Ne se battit-il pas pour les droits civiques parce qu'il avait compris que les États-Unis en sortiraient meilleurs ? Johnson œuvra aussi pour la cause des pauvres, car il savait dans sa chair ce que souffrir de la faim signifiait. Mais un drame douloureux a marqué son mandat : le conflit vietnamien.

Pour Carter et Estes, le paradoxe de Lyndon Baines Johnson éclata avec cette sale guerre de décolonisation.

— Lyndon voulait améliorer la vie de son peuple mais, dans le même temps, causa la mort de milliers d'innocents au Vietnam. Or, ce conflit ne fut pas déclenché pour la grandeur et le bien de notre pays, mais pour satisfaire son besoin d'enrichissement personnel. Et Cliff, qui depuis ses débuts en politique aux côtés de Lyndon avait partagé les mêmes idéaux, s'était lui aussi trouvé en porte-à-faux. Et, impuissant, il avait assisté à la destruction de ses rêves de paix et de prospérité sur les champs de batailles asiatiques. À mesure que le conflit s'embourbait, la vérité devenait insoutenable : leur vision d'un monde différent, d'une Amérique conservatrice plus juste, ne serait jamais atteinte. Aussi, Cliff se mit-il à regretter les décisions prises par Lyndon et lui pour assurer que ce dernier devienne président des États-Unis.

Carter était même maintenant prêt à faire ce qu'il n'avait jamais imaginé : parler.

*

— Il me demanda si j'avais toujours en ma possession mes enregistrements des années 1960, raconte Billie Sol. J'étais soufflé. Je lui répondis qu'ils se trouvaient dans un endroit sûr et continuaient, d'une certaine manière, à veiller sur moi. Cliff hésita quelques secondes, puis lâcha : « Et si tu allais chercher ton magnétophone ? » Sa demande me surprit, mais nous venions de parler de la mort de Mac Wallace dans la banlieue déserte de Pittsburgh, Texas. Et aucun de nous ne pensait qu'il s'agissait vraiment d'un accident. Cliff avait tenté d'en savoir plus auprès de certains contacts et personne n'avait pu lui confirmer la nature même de l'accident de Malcom Wallace. En dernier recours, il avait décidé de demander sa version des choses à Lyndon. Cliff avait lui aussi constaté l'accumulation d'« accidents » cette année-là, et souhaitait me protéger. M'offrir les détails du 22 novembre 1963 lui semblait la solution la plus adéquate.

*

Billie Sol Estes et Cliff Carter s'installèrent dans le patio de la villa. Sur la table, entre un pichet de lemonade et des verres de thé glacé, une bande magnétique fixa pour l'éternité la solution du crime du siècle.

Carter raconta l'affaire pendant près de trente minutes. Il révéla tous les détails qu'Estes nous livra par la suite. Et sa confession déposée en face A, il quitta Billie.

— Ce fut notre dernière rencontre. Trente-six heures après m'avoir offert la vérité sur Kennedy, Cliff fut frappé

d'une pneumonie foudroyante. Et mourut immédiatement à l'hôpital...

*

Le dernier témoin fait une pause. Puis, refusant le
silence, ajoute :
— Si je n'ai pas parlé avant, c'est parce que je ne crois
pas aux coïncidences.

Les circonstances du décès de Cliff Carter sont effectivement étranges. Car avant que le clan Johnson n'annonce les raisons de sa disparition et prenne en charge
ses funérailles, la secrétaire de Cliff avait, elle, donné de
sa mort une version différente. Elle assurait que son
patron n'avait pas été victime d'une pneumonie puisque
son corps avait été découvert sans vie dans un motel de
Virginie. Nos efforts pour la retrouver furent, hélas,
vains. D'une certaine manière, la disparition de Cliff Carter – et n'est-ce pas finalement justice ? – rejoignait les
étagères inexplorées de l'énigme Kennedy.

*

Billie Sol vient d'enclencher le bouton lecture.
La bande siffle, souffle et se stabilise enfin.
Soudain, une voix métallique prend vie :
— Lyndon n'aurait pas dû donner à Mac l'ordre de
tuer le président.
Ma mémoire fonctionne désormais en boucle.
*Lyndon n'aurait pas dû donner à Mac l'ordre de tuer le
président...*

ÉPILOGUE

Ailleurs

Le rythme des voitures est devenu plus irrégulier. La lumière est désormais insuffisante pour décrypter les images pixélisées de la webcam de la fenêtre du cinquième étage. Dealey Plaza appartient enfin à ses fantômes.

Demain, un nouvel arrivage de touristes foulera l'herbe pelée du Grassy Knoll.

Demain, saoulés par de la bière tiède, les vendeurs de souvenirs viendront soulager leurs vessies contre la barrière de bois.

Demain, les gras effluves des hot-dogs à 2 dollars satureront l'air.

Demain, fidèle à quarante ans de mensonges, le Sixth Floor Museum déroulera l'éternelle histoire de la rencontre tragique, forcément tragique, entre deux destins. Celui de JFK, figé dans le rôle de la parfaite victime, celui d'Oswald, englué dans celui du prévisible assassin.

Demain, Dallas s'enfoncera un peu plus dans l'oubli.

Demain, je serai ailleurs.

ANNEXES

United States Senate

WASHINGTON, D.C.

November 23, 1960

Billie Sol Estes Enterprises
Box 1052
Pecos, Texas

Dear Friends:

I want to thank you for the very friendly
message you sent to me after my election to the
presidency.

I am most heartened by the many expressions
of good will which I have received. I am sure that
they reflect a broad unity of purpose in our nation.
I hope that my record during the next four years
will sustain your generous confidence.

With every good wish, I am

Sincerely,

John F. Kennedy

LA CORRESPONDANCE ENTRE BILLIE SOL ESTES ET LYNDON JOHNSON

Alors que la Lyndon B. Johnson Library – les archives du vice-président – nie l'existence de relations entre Billie Sol Estes et Johnson, les dix-neuf lettres que nous avons retrouvées attestent des rapports amicaux entre les deux hommes depuis la fin des années 1940.

LYNDON B. JOHNSON
TEXAS

United States Senate
Office of the Democratic Leader
Washington, D.C.

June 2, 1960

Mr. Billie Sol Estes
United Elevators
P. O. Box 1592
Plainview, Texas

Dear Friend:

Thanks very much for your recent communication advising me of your opposition to the Yates Amendment added by the House of Representatives to the Agriculture Appropriation Bill.

I am sure you will be pleased to know that this amendment was eliminated from the bill in the Senate. I am hopeful that this action can be sustained in the conference committee.

With best wishes, I am

Sincerely,

Lyndon B. Johnson

Lyndon B. Johnson

LYNDON B. JOHNSON
TEXAS

United States Senate
Office of the Democratic Leader
Washington, D. C.
August 2, 1960

Dear Billie Sol:

As the final weeks of Congress will be quite heavy in
activity I am stopping mY radio and television reports
and I want you to know I am most grateful for the assistance you have extended in helping make these possible.

When you are 1500 miles away it is difficult to constantly
keep in touch with your fellow-Texans but I believe my
weekly broadcasts were a great help in closing that gap.

Please know I appreciate so much your faith and confidence.

Cordially,

Lyndon B. Johnson

Mr. Billie Sol Estes
P. O. Box 1052
Pecos, Texas

315

United States Senate
Office of the Democratic Leader
Washington, D.C.

August 26, 1960

My dear Friend:

Many, many thanks for the delicious
cantaloupes.

You are a mighty thoughtful friend.

Sincerely,

Lyndon B. Johnson

Mr. Billie Sol Estes
Pecos, Texas

U. S. SENATOR...

LYNDON B. JOHNSON

FOR VICE PRESIDENT

★　　★　　★　　★

HEADQUARTERS · 1001 CONNECTICUT AVE., N.W. · WASHINGTON, D. C. · DISTRICT 7-1717

October 23, 1960

Mr. Billy Sal Estes
Pecos, Texas

My dear Friend:

We have had eight wonderful and successful weeks cam-
paigning all across the nation. Now we are heading
home to spend the final week among our friends who
mean the most. Lady Bird and I want to see you, and
I hope we will when we are in your vicinity.

I hope that you will be working -- for me -- to win
the victory in Texas on November 8. The Democratic
ticket is winning nationally and Texas will win with
it. We have made great strides this year toward end-
ing the prejudice against our region and state. I
believe we are on the threshold of new influence and
opportunity -- and a Texas-sized majority for the
"Texan's ticket" will open the door to the future for
the goals we have so long sought.

You know my gratitude for all you have done. You
have my thanks in advance for your efforts between
now and Election Day which will bring us the greatest
victory of all.

Won't you and your family help all you can now. I'll
be grateful.

Sincerely your friend,

Lyndon B. Johnson

LYNDON B. JOHNSON
TEXAS

United States Senate
Office of the Democratic Leader
Washington, D. C.
November 19, 1960

Dear Billie Sol:

I don't know how I could ever repay you for all the things you
have done for me. But, I want you to know I appreciate everything you have done, and will never forget it. I know you were
working against tremendous odds, and it is a tribute to your
intelligence and your perseverance that the result came out
like it did.

With every good wish, I am

Sincerely,

Lyndon B. Johnson

Mr. Billie Sol Estes
Box 1052
Pecos, Texas

318

January 12, 1961

Dear Billie Sol:

The roses were lovely and they added just the touch we needed to the house during the holiday season.

Thanks for remembering us -- it's wonderful to have friends like you.

Best wishes.

Sincerely,

Lyndon B. Johnson

Mr. Billie Sol Estes
Box 1052
Pecos, Texas

December 7, 1961

Dear Billie Sol:

Our mutual friend, Frank Moore, has written me of your assistance and I want you to know I am grateful for the hand of help you have extended.

When I can serve you or yours, I do hope you will call.

Sincerely yours,

Lyndon B. Johnson

Mr. Billie Sol Estes
P. O. Box 1592
Plainview, Texas

THE VICE PRESIDENT

WASHINGTON

February 15, 1962

Dear Billie Sol:

It was good to hear from you and I appreciate you writing me in behalf of the churches of Christ in Tanganyika. As I am sure you will realize, it would be improper for me to write direct to the Minister of Education in Dar-es-Salaam, however, I am this date presenting your thoughts to the Department of State asking that they take this matter up with the proper authorities of that country. I will be back in touch with you as soon as I have a report on this matter.

I am grateful for you calling this situation to my attention and I hope you will always let me know when I can be of service to you or yours.

Sincerely yours,

Lyndon B. Johnson

Mr. Billie Sol Estes
P. O. Box 1052
Pecos, Texas

321

Malcom « Mac » Wallace, tueur du réseau Johnson, a été impliqué dans de multiples exactions, comme l'attestent ces différents documents.

En 1951, reconnu coupable de meurtre avec préméditation, il fut seulement condamné à cinq ans de prison avec sursis. Il est vrai que le magistrat qui a rendu ce verdict était proche de son mentor.

En 1961, les services secrets de la Navy, l'ONI, enquêtèrent sur Wallace. Malgré un rapport négatif édifiant, il obtint un poste à responsabilité dans un secteur stratégique de la sécurité nationale. Il est vrai, encore, que Lyndon Johnson était intervenu en sa faveur.

En 1963, il se trouvait à Dallas le jour de l'assassinat de Kennedy. Et une empreinte relevée sur les cartons ayant caché Oswald, au Texas School Book Depository, contient trente-trois points de comparaison avec les siennes ! Malcom Wallace est le second tireur.

Enfin, s'il disparaît en 1971 dans un accident de voiture, des personnes dignes de foi le reconnaissent en 1979 à Las Vegas.

Jury Agrees On Murder With Malice

BY LEONARD MOHRMANN

Malcolm E. (Mac) Wallace was found guilty of murder with malice Wednesday and given a five-year suspended sentence for the slaying last Oct. 22 of John Douglas Kinser.

The jury, out 16 hours and 39 minutes, returned its verdict to Judge Charles O. Betts in 98th District Court at 9:04 a. m.

The 30-year-old former University of Texas campus leader was solemn-faced but for a faint smile as Court Clerk Pearl Smith completed reading the verdict.

THREE MINUTES later, Wallace was released from custody on his own recognizance under $1,000 bond.

He conferred shortly with his attorneys, Polk Shelton and John Cofer, and then accepted sentence which precludes appeal of the decision.

The 12-man jury empaneled a week ago filed from the room.

District Attorney Bob Long, who Tuesday described the slaying of golf professional Kinser as a near-perfect murder, left the courtroom as the last words of the verdict were read. Members of the district attorney's staff appeared dumbfounded.

Long's only comment was "You win cases and you lose cases . . . usually everything happens for the best."

There were smiles around the defense counsel table. Shelton had sat beside Wallace as the verdict was read. Cofer sat just in front of them.

Wallace had no comment other than that his plans "are rather fluid."

THE COURTROOM, filled Tuesday night with spectators awaiting a verdict, was bare but for a sprinkling of the curious and the interested Wednesday morning. A few had taken seats on the hard courtroom benches as early at 8:15 a. m.

Wallace's father, A. J. Wallace of Dallas, and his younger brother, James Eldon, sat near the defendant as the verdict was read.

Al Kinser, the slain man's father who heard closing arguments sitting near the judge's bench, said he was happy with the presentation of the case by Long and the verdict but added, "I am disappointed with the sentence."

He told a newsman, "If a man is guilty of murder and gets a suspended sentence, what is the value of human life? It just doesn't make sense."

The 12-man jury, with F. D. Nicholson as foreman, had been confined to the barracks-like jury quarters and the courtroom for 10 days. It received the case at 4:25 p. m. Tuesday after hearing five hours of closing argument.

The jury requested Tuesday about 8 p. m. to see the bloody shirt introduced in evidence as that of Wallace during the trial.

ADVISED THAT a judge would not be available until Wednesday at 9 a. m., the jury retired for the

(Continued on Page 6, Col. 5)

Wallace Gets 5-Year Suspended Sentence

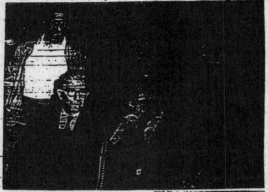

FIVE YEARS, SUSPENDED—Malvin Wallace, second from left, talks quietly with one of his attorneys, Polk Shelton, moments after being found guilty of murder with malice and given a five-year suspended sentence. Wallace was convicted of the October gun slaying of Golf Professional Douglas Kinser. Wallace's father is beside him. Behind Wallace is a classmate witness for the former University of Texas student president, Earl Dunbar.—(Staff Daughters Photo by Mike Oliver.)

9 Busy Courtroom Days Climaxed by Quiet Finish

BY WRAY WEDDELL JR.

Thirty-year-old "Mac" Wallace stared intently at each of the 12 jurors as they filed into the still-as-a-tomb courtroom.

As the solemn-faced men, weary from nine days of confinement and strain, took their seats

in the jury box for the last time, bright sunlight flashed from Wallace's dark, horn rimmed glasses.

His face wore no expression. The hands of the former University of Texas student presi-

dent lay still in his lap.

If there was tension within him when Court Clerk Pearl Smith cleared her throat to read the verdict, Wallace kept it out of sight.

No trace of feeling crossed his face as the clerk read the verdict of the jury: Guilty of murder with malice in the October gun slaying of Golf Professional "Doug" Kinser.

Still no expression when the sentence was read: Five years in the State Penitentiary.

Then came the recommendation —suspended sentence and for a fleeting moment Wallace's mask broke. A faint smile played about the corners of his mouth. But that was all. Quickly his face was as before—expressionless. And it remained thus while the court tied together the odds and ends of legality.

Judge Charles O. Betts had warned that there would be no demonstration of any kind when the verdict was read. There was none; only a low "hum" in the half-filled courtroom.

THE SLAIN man's brother, Winston Kinser, sat for a moment in the rear of the courtroom, then quietly left.

Kinser's father chose to stay at work in his downtown store rather than hear the verdict in person.

Wallace's father and brother and his attorneys huddled around him after the verdict. But his wife was not in the courtroom. A friend said she had not expected a verdict

Murderer Said He Worked for LBJ

Ex-Policeman Says Man Made Claim

DALLAS (AP) — A retired policeman said the Texas man whom swindler Billie Sol Estes named as the triggerman in the 1961 slaying of a federal official told police investigating an earlier killing that he worked for Lyndon B. Johnson, the *Dallas Times Herald* reported Friday.

Marion Lee, a former Austin police detective, said Malcolm E. "Mac" Wallace made the claim about the former president when he was arrested in 1951 on charges of killing John Douglas Kinser on an Austin golf course. Wallace was convicted of murdering Kinser.

Wallace told investigators "he was working for Mr. Johnson and (that's why) he had to get back to Washington," Lee said.

Wallace "indicated to us that he worked in some office that was connected with Mr. Johnson," Lee said.

At the time, Johnson was a U.S. senator and Wallace was ostensibly working as an economist for the U.S. Department of Agriculture, the *Times Herald* reported.

Estes told a Robertson County grand jury on March 20 that Johnson arranged the 1961 slaying of Henry H. Marshall, an agriculture department official based in Bryan. Johnson's family and associates have denied Estes' charge and accused Estes of making a wild accusation to promote sales of his biography, written by his daughter.

According to Estes, Johnson ordered the killing because he feared that Marshall could link him with Estes' illegal business dealings.

Robertson County District Attorney John Paschall confirmed Estes' testimony, but said it was unsubstantiated.

shop Mon. 9 to 6 Sat.

RCA SALE

RCA XL-100 25"

Anniversary Sale

Whirlpool

Whirlpool Washer

4-cycles makes this whirlpool

GOOD

325

Retired officer links Estes 'gunman' to LBJ

By WILLIAM P. BARRETT
Staff Writer

AUSTIN — Malcolm E. "Mac" Wallace, who Billie Sol Estes alleges murdered a federal official in 1961 on Lyndon B. Johnson's orders, told police investigating another killing 10 years earlier that he worked for Johnson, according to a retired law enforcement officer.

Detective Marion Lee, formerly with the Austin Police Department, said that when Wallace was arrested in 1951 on charges of killing John Douglas Kinser on an Austin golf course, Wallace told investigators "he was working for Mr. Johnson and (that's why) he had to get back to Washington."

At the time, Johnson was a U.S. senator and Wallace ostensibly was working as an economist for the U.S. Department of Agriculture. Still, said Lee, "He (Wallace) indicated to us that he worked in some office that was connected with Mr. Johnson."

Lee's account of a Johnson-Wallace link could be of significance in evaluating Estes' sensational claim to a Robertson County grand jury that Johnson ordered the 1961 slaying of Henry H. Marshall, an Agriculture Department

See ESTES on Page 16

involving Wallace, Estes, Johnson and Johnson political aide Clifton Carter. Estes said the agriculture official knew about Estes' fraudulent activities and could have linked them to Carter and perhaps to Johnson.

Marshall was found dead on his Robertson County farm in June 1961. A local justice of the peace ruled the case a suicide despite five rifle shots in Wallace's side. The grand jury that heard Estes' testimony last month changed the ruling to homicide but said there was no one left to indict. Johnson, Wallace and Carter died in the early 1970s.

Estes' claim has been widely attacked by historians, former Johnson aides and Wallace's relatives, who say he did not know Johnson and was in California on the day Marshall was shot to death.

One person who believes Estes, however, is Will Wilson, Texas' attorney general at the time of Marshall's death.

"I see no reason why he's not telling the truth," said Wilson, 72, a lawyer in private practice in Austin. "We just weren't able to crack the case then."

Lee's account supports persistent, though conflicting, reports and rumors in Austin that Wallace had some kind of longtime ties with Johnson or his family.

Several sources who asked not to be identified say the key to understanding the Johnson-Wallace tie is the 1951 Kinser case, in which no motive was officially shown. They suggest that the seemingly light punishment Wallace received in 1952 after being widely rumored in Austin political circles that Wallace killed Kinser in a romantic dispute over Johnson's younger sister, Josefa. The source speculated that Johnson, fearful of a politically damaging family scandal, arranged the light punishment to keep his family's name out of the news media.

The few officials still alive who were connected with the Kinser case, including Lee and then-assistant prosecutor Tom Blackwell, deny the killing was over Josefa, who died in 1961. They say it occurred because Kinser, described as a divorced man-about-town, was having an affair with Wallace's estranged first wife, Andre, who also is deceased.

Lee said he didn't know what role Johnson might have had.

Blackwell, now a district judge, denied any Johnson influence. "That's ridiculous," he said.

The presiding judge in the Kinser case, Charles Betts, now retired, said he never heard Johnson's name in connection with the matter but, citing judicial ethics, he declined further comment. "I just tried the case," he said.

Wallace grew up in Dallas and was a well-known student leader at the University of Texas. He died in a 1971 car crash at age 49.

Whatever Johnson-Wallace connection may have existed is shrouded in considerable mystery. Johnson supporters emphatically deny there were any links. For example, Walter Jenkins, Johnson's longtime assistant, said recently, "I don't ever remember the name (Wallace)."

Researchers at the Lyndon B. Johnson Library, the repository of

Files on Wallace missing, officials say

SUNDAY MAY 1 3 1984

By David Hanners
Staff Writer of The News

Records of a background investigation of Malcolm Everett Wallace — one of the men Billie Sol Estes implicated along with Lyndon B. Johnson in the 1961 death of an Agriculture Department official — are missing from government files, security officials say.

Two former intelligence officers said that in 1961 the Office of Naval Intelligence conducted a background investigation of Wallace, who needed a security clearance for a job with a California de-

fense contractor. But today records of that background check do not appear in Wallace's file.

The U.S. government routinely keeps records of people who have undergone background checks for security clearances at the Defense Investigative Services office in Washington, D.C. Dale Hartig, chief of the office of information and public affairs for the DIS, said that Wallace has a file in the Defense Central Index of Investigations but that the file does not mention a background investigation and shows no evidence that Wal-

lace ever held a security clearance.

Despite that fact, Wallace held supervisory and management positions with defense contractors from 1954 to 1969.

Sources close to a Robertson County grand jury said that in March, Estes told grand jurors that he, Wallace, Johnson and longtime Johnson aide Clifton Carter plotted the 1961 death of U.S. Agriculture Department official Henry Harvey Marshall of Bryan. The sources said Estes named Wallace as the killer.

The death of Marshall, who suffered

Please see FILES on Page 5SA.

UNITED STATES GOVERNMENT

Memorandum

TO : Chairman Screening Board Panel #1   DATE: Feb. 1, 1963

FROM : Charles C. Wise

SUBJECT: Review of Proposed SOR'r in re WALLACE, Malcolm Everett - 62-340

This will be a long memorandum; I am sorry but I do not feel sufficiently sure of the case to risk losing something essential in attempting to condense or simplify.

Applicant has been employed by Ling-Temco Electronics, Inc., at Anaheim, California as a control supervisor since February 1961. He presently has an access authorization at the level of Secret grant on March 15, 1961; no increase of level of authority is sought, but the submitting service, Navy, recommends that the existing access authorization be revoked.

Applicant's file discloses the following:

    1. He was convicted of deliberately killing a man by gunfire in October of 1951 (this was shown on his PSQ).

    2. He has twice been arrested and fined for being drunk (1952 and 1961). These were not reported on the PSQ.

    3. He may be ~~a sex pervert~~

    4. He may have communist or subversive inclinations.

When you add to the above that his ~~three~~ married wife, ~~an admitted lesbian~~, charged him with ~~having performed cunnilingus on their minor daughter~~ applicant suggests all the least desirable elements of an utter bum.

On the other hand applicant attended the University of Texas at Austin, was a leader among the student body, was active in campus politics, took a Bachelor's and Master's degree in economics, did post-graduate work at Columbia University, served with distinction as a research assistant at National City Bank of New York, instructor in economics at the University of Texas and City College of New York, instructor in philosophy (described as "one of the best instructors I have ever had" - by the head of the Philosophy Department) at Long Island University, assistant professor of economics at North Carolina State College, and Agricultural economist at U.S. Dept. of Agriculture. He is described by a number of friends and acquaintances as mild, ambitious, charming, and brilliant.

328

Study of this file is a frustrating experience; one seems to be
reading about two different people. If all of the facts alleged are true,
applicant is a real Dr. Jekyll and Mr. Hyde.

Perhaps the best way to come to grips with this case is to take each
of the charges against the applicant and analyze the evidence or information
upon which it is based:

1. Murder of John Douglas Kinser, operator of a pitch and
putt golf course at Austin, Texas.

Kinser was killed in his office by a man who fired four
times at him at point blank range. The murderer then walked
out and drove off in a car bearing Virginia license. Applicant
was picked up two hours later in a car answering the general
description of the get-away vehicle and bearing Virginia license.
No weapon was found but the paraffine test on his hands indicated
he had recently fired a gun. There was no evidence that deceased
and applicant had ever met. (At the time applicant was working with
the Department of Agriculture in Washington and living in Virginia;
he had made a trip back to Texas to see his wife.)

It is probable that applicant killed Kinser and it is more
than probable that the act was due to illicit, immoral, and
perhaps bizarre adulterous intimacies between the deceased
and applicant's wife. Applicant's wife maintained during the
entire trial (to police--she did not testify) that there were no
intimacies. However, she has recently admitted to our inves-
tigator that there were at least normal sexual relations between
her and Kinser. While she has on every possible occasion black-
ened her husband's reputation, she deliberately lied to the authorities at the time of the trial when the truth would have provided a
defense that almost certainly would have won acquittal from a
Texas jury. The Judge, when the jury brought in a verdict of
guilty to a charge of willful murder but recommended suspended
sentence, sentenced the applicant to five years imprisonment
(minimum which is possible) and then acted to suspend the sentence
and place him on parole (unusual to say the least). Parole was
interpreted as not requiring any probation report, but only that
applicant not be arrested for a felony during parole, which was
to run for the period of his sentence. Immediately upon the
expiration of the five years, parole was terminated, motion for
a new trial was granted, and the case (presumably the original
case) against the applicant was dismissed.

In the light of this dismissal, I am not sure that we
still have a conviction of applicant for murder. While the
procedure for setting aside the conviction of a felony is often
employed merely to restore a convicted felon's right to citi-
zenship, voting privileges, etc., Judge Thurman is quoted in
the record that this suspended sentence did not amount to a
conviction at all. While there is talk in the file that the disposition of the case may have been due to influence or bribery,
there is no real evidence of this and my personal conviction is
that the Judge felt either doubt that applicant had in fact killed
Kinser or that the facts if fully revealed would show the killing
to be justified.

We certainly cannot allege that applicant did in fact kill
Kinser. Applicant never admitted doing it, the weapon was
never found, and there is no evidence we could present since
the stenographer's notes of the court trial have been destroyed.
Even if we could prove it, in the curious circumstances of this
case it is not clear that the killing would have serious security
significance.

2. Two Arrests for Drunk.

A man who has listed conviction for murder on his PSQ
probably omitted two minor arrests for being drunk either because
he had forgotten them or because he had forgotten the dates and
other details. On the other hand, a man in his position and with
his education might be more ashamed of these than of one settled
murder. In any event, alone they would hardly seem of substantial security significance or demonstrate any real intent to
deceive the Government.

3. Sex perversion.

At the outset it should be said that almost all the derogatory
sex information against applicant contained in the file comes directly
from his wife or is hearsay attributable to her. The file is
loaded with charges from the former Mrs. Wallace that her husband
is a homosexual, a sexual pervert, an unnatural lover as a husband,
a molester of his own daughter, a wifebeater, and a contentious quarrel-
some, suspicious and possessive husband. She has signed a sworn
statement to most of these charges, and indicated a willingness to
testify at a hearing. On the other hand, she has admitted alcoholic
or ex-alcoholic, desertion, adultery, and liar. The only acts of
perversion with which she specifically charges applicant are with

acts under cover of the marriage relationship. I do not believe we can invade the privacy of the marriage bed and allege as perversion anything taking place therein. The ex-wife clearly states that her husband never forced her to any specific acts although she was afraid not to comply with his wishes.

I think this woman's testimony must be entirely discredited. In any event we have no evidence that could be submitted to a hearing board to prove applicant is a pervert of any kind. Several former associates of good standing in the community (including at least two who roomed with him in college or thereafter) deny any knowledge that he is a pervert and express deep doubts that it is so.

4. Subversive activities.

There is evidence in the file that applicant was an extremely aggressive radical in student politics, and that he led strong demonstrations when Dr. Rainey was forced out as President of the University of Texas. There is also evidence that his thinking in economics was considered extremely liberal by his colleagues at North Carolina State University. It is suggested but by no means proved that he may have disposed of the murder gun at the home of a friend named Chamberlain, who in turn is alleged to be a friend of a Communist Party functionary and may himself be a Communist.

There is, however, no evidence that applicant has been engaged in activities of proscribed organizations. That the Screening Board is also of this opinion is indicated by the fact that no allegation concerning them has been included in the proposed SOR.

I cannot find in the file evidence to support the allegations of the proposed Statement of Reasons:

Criterion 16. Under this criterion are alleged murder conviction, arrest for drunkenness, and sexual perversion. He was convicted of murder and of being drunk. It is not clear that these, standing alone, warrant denial of access. I don't think that the thrust of this case belongs here, but under 14 below.

Criterion 15. Admittedly the two convictions for drunkenness, total fines $23, were omitted from the PSQ. Conviction and probation for murder was listed, and that the omissions of these was deliberate or with the intent to deceive seems doubtful.

Criterion 14. This is the only possible criterion, I believe, under which a case might conceivably be made out against applicant. However, since this cites only the allegations already considered under criterion 16 above, I cannot see that a clear case for denial has been established.

Criterion 19. Lacking evidence that applicant is a sexual pervert it certainly cannot be shown that he could be coerced or pressured.

Criterion 17. I can't find any evidence which can be offered in support of this allegation.

I can think of only three things that might be done with this case:

1. It might be sent back to the forwarding service (Navy) for further investigation; perhaps the concerns expressed in this memorandum could in some manner be clarified by such action.

2. Applicant might be interviewed, either by the forwarding service or by Mr. Curtis in California, with a view to getting in the file a complete discussion of all these matters. This might help, but a man of applicant's intelligence can hardly be expected to make the case against himself.

3. Access to classified information at the requested level of Secret could be granted as clearly consistent. At my request Mr. Tilton carefully reviewed the file, and expressed the opinion that there was no case against the applicant, and that the SOR could not be supported. That is my view also. However, I suspect Navy feels strongly about this case and would make outraged reclama, even if the Screening Board Panel were to reach this decision. And I feel we must make another effort to resolve the basic dilemma: Is Mr. Wallace a highly unstable and unsuitable person to be barred from access under Criterion 14, or is he a Texas gentleman suffering in silence the slurs of an estranged and vicious ex-wife?

I therefore recommend that the Screening Board take another look at this case. I believe that it should be returned to the Navy with a substantial statement of our doubts about it, and that we request that they make additional investigation, covering at least the following:

1. An up-to-date background investigation; what has applicant done since 1952 = job performance, abnormal sex life, etc. If he has been a model citizen, it is significant. If he is as wife describes, he has not been alone for 10 years.

2. Interview with applicant going fully into matters listed on page 1 of this memorandum.

3. Any data indicating applicant has had nervous breakdown, psychiatric treatment, personality defect, or is otherwise unstable.

Thereafter, unless they determine to clear without such reference, the case should come back to us for further consideration.

, WRECKS TAKE TWO LIVES - - Malcolm E. Wallace of Dallas lost his life in the car pictured above when it struck a bridge abutment south of Pittsburg on Highway 271 Tuesday night.

DALLAS MAN BECOMES FIRST
TRAFFIC FATALITY of '71

Camp county recorded its first traffic fatality of 1971 last Thursday night.

Malcolm E. Wallace, 49, of Dallas, was dead on arrival at Medical & Surgical Hospital at 7:58 p.m., January 7th.

State Highway Patrolman Ronny Lough, who investigated the accident reported that Wallace apparently lost control of his car and it ran off the highway and struck a bridge abutment.

The accident occurred on US Highway 271 about 3.5 miles south of Pittsburg.

The highway was neither icy nor wet, the patrolman reported.

Only one car was involved in the accident.

QUAND BILLIE SOL ESTES PROPOSA
AUX AUTORITÉS AMÉRICAINES DE TOUT LEUR DÉVOILER

En 1984, Billie Sol Estes proposa un accord au gouvernement américain. Contre l'immunité, il offrait de prouver l'implication de Lyndon Johnson dans l'assassinat de John F. Kennedy. Une suggestion restée lettre morte.

EXHIBIT FIVE: Letter for Billy Sol Estes
seeking immunity from federal prosecution
(provided by Douglas Caddy, Attorney)

DOUGLAS CADDY
Attorney-at-Law

General Homes Building
7322 Southwest Freeway
Suite 610
Houston, Texas 77074
(713) 981-4005

August 9, 1984

Mr. Stephen S. Trott
Assistant Attorney General
    Criminal Division
U.S. Department of Justice
Washington, D.C. 20530

RE: Mr. Billie Sol Estes

Dear Mr. Trott:

My client, Mr. Estes, has authorized me to make this reply to your
letter of May 29, 1984.

Mr. Estes was a member of a four-member group, headed by Lyndon
Johnson, which committed criminal acts in Texas in the 1960's. The other
two, besides Mr. Estes and LBJ, were Cliff Carter and Mack Wallace. Mr.
Estes is willing to disclose his knowledge concerning the following criminal
offenses:

I. Murders
    1. The Killing of Henry Marshall
    2. The Killing of George Krutilek
    3. The Killing of Ike Rogers and his secretary
    4. The Killing of Harold Orr
    5. The Killing of Coleman Wade
    6. The Killing of Josefa Johnson
    7. The Killing of John Kinser
    8. The Killing of President J. F. Kennedy

Mr. Estes is willing to testify that LBJ ordered these killings, and that
he transmitted his orders through Cliff Carter to Mack Wallace, who executed
the murders. In the cases of murders nos. 1-7, Mr. Estes' knowledge of
the precise details concerning the way the murders were executed stems from
conversations he had shortly after each event with Cliff Carter and Mack
Wallace.

In addition, a short time after Mr. Estes was released from prison in
1971, he met with Cliff Carter and they reminisced about what had occurred
in the past, including the murders. During their conversation, Carter orally compiled a list of 17 murders which had been committed, some of which
Mr. Estes was unfamiliar. A living witness was present at that meeting and

335

should be willing to testify about it. He is Mr. Kyle Brown, recently of Houston and now living in Brady, Texas.

Mr. Estes states that Mack Wallace, whom he describes as a "stone killer" with a communist background, recruited Jack Ruby, who in turn recruited Lee Harvey Oswald. Mr. Estes says that Cliff Carter told him that Mack Wallace fired a shot from the grassy knoll in Dallas, which hit JFK from the front during the assassination.

Mr. Estes declares that Cliff Carter told him the day Kennedy was killed, Fidel Castro also was supposed to be assassinated and that Robert Kennedy, awaiting word of Castro's death, instead received news of his brother's killing.

Mr. Estes says that the Mafia did not participate in the Kennedy assassination but that its possible participation was discussed prior to the event, but rejected by LBJ, who believed if the Mafia were involved, he would never be out from under its blackmail.

Mr. Estes asserts that Mr. Ronnie Clark, of Wichita, Kansas, has attempted on several occasions to engage him in conversation. Mr. Clark, who is a frequent visitor to Las Vegas, has indicated in these conversations a detailed knowledge corresponding to Mr. Estes' knowledge of the JFK assassination. Mr. Clark claims to have met with Mr. Jack Ruby a few days prior to the assassination, at which time Kennedy's planned murder was discussed.

Mr. Estes declares that discussions were had with Jimmy Hoffa concerning having his aide, Larry Cabell, kill Robert Kennedy while the latter drove around in his convertible.

Mr. Estes has records of his phone calls during the relevant years to key persons mentioned in the foregoing account.

II. The Illegal Cotton Allotments

Mr. Estes desires to discuss the infamous illegal cotton allotment schemes in great detail. He has tape recordings made at the time of LBJ, Cliff Carter and himself discussing the scheme. These recordings were made with Cliff Carter's knowledge as a means of Carter and Estes protecting themselves should LBJ order their deaths.

Mr. Estes believes these tape recordings and the rumors of other recordings allegedly in his possession are the reason he has not been murdered.

III. Illegal Payoffs

Mr. Estes is willing to disclose illegal payoff schemes, in which he collected and passed on to Cliff Carter and LBJ millions of dollars. Mr. Estes collected payoff money on more than one occasion from George and Herman Brown of Brown and Root, which was delivered to LBJ.

In your letter of May 29, 1984, you request "(1) the information, including the extent of corroborative evidence, that Mr. Estes has about each of the events that may be violations of criminal law; (2) the sources of his information, and (3) the extent of his involvement, if any, in each of those events or any subsequent cover-ups."

In connection with Item #1, I wish to declare, as Mr. Estes' attorney, that Mr. Estes is prepared without reservation to provide all the information he has. Most of the information contained in this letter I obtained from him yesterday for the first time. While Mr. Estes has been pre-occupied by this knowledge almost every day for the last 22 years, it was not until we began talking yesterday that he could face up to disclosing it to another person. My impression from our conversation yesterday is that Mr. Estes, in the proper setting, will be able to recall and orally recount a vast and detailed body of information about these criminal matters. It is also my impression that his interrogation in such a setting will elicit additional corroborative evidence as his memory is stimulated.

In connection with your Item #2, Mr. Estes has attempted in this letter to provide his sources of information.

In connection with your Item #3, Mr. Estes states that he never participated in any of the murders. It may be alleged that he participated in subsequent cover-ups. His response to this is that had he conducted himself any differently, he, too, would have been a murder victim.

. Mr. Estes wishes to confirm that he will abide by the conditions set forth in your letter and that he plans to act with total honesty and candor in any dealings with the Department of Justice or any federal investigative agency.

In return for his cooperation, Mr. Estes wishes in exchange his being given immunity, his parole restrictions being lifted and favorable consideration being given to recommending his long-standing tax liens being removed and his obtaining a pardon.

Sincerely yours,

Douglas Caddy

BIBLIOGRAPHIE

AMSTRONG John, *Harvey and Lee*, JFK Lancer Publications, 1997.

ANDERSON Jack, *Confessions of a muckraker, The inside story of life in Washington during the Truman, Eisenhower, Kennedy and Johnson years*, Ballantine Books, 1980.

AYRES Alex, *The wit and wisdom of John F. Kennedy*, Meridian Book, 1996.

BACKES Joseph, *November in Dallas, Bus tour information booklet*, JFK Lancer Publications, 1996.

BENSON Michael, *Who's who in the J.F.K. assassination, an A-to-Z encyclopedia*, Citadell Press, 1993.

BESCHLOSS Michael R., *Taking charge : The Johnson White House tapes, 1963-1964*, Touchstone Books, 1998.

BISHOP Jim, *The day Kennedy was shot*, Gramercy Books, 1968.

BRAZIL Martin, JFK, *Quick reference guide*, 1990.

BUCHANAN Thomas, *Les Assassins de Kennedy*, Julliard, 1964.

CARO Robert A., *The Path to Power (The Years of Lyndon Johnson, volume 1)*, Vintage Books, 1990.

CARO Robert A., *The Means of ascent (The Years of Lyndon Johnson, volume 2)*, Vintage Books, 1991.

CARO Robert A., *Master of the Senate ; The years of Lyndon Johnson*, Knopf, 2002.

COLLIER Peter and HORROWITZ David, *Les Kennedy, une dynastie américaine*, Payot, 1984.

DALLEK Robert, *Lone Star Rising : Lyndon Johnson and his times, 1908-1960*, Oxford University Press, 1992.

DALLEK Robert, Flawed Giant, *Lyndon and his times, 1961-1973*, Oxford University Press, 1999.

DUHAMEL Morvan, *Les Quatre Jours de Dallas*, Éditions France-Empire.

DUNCAN BROWN Madeleine, *Texas in the morning, The love story of Madeleine Brown and président Lyndon Baynes Johnson*, The Conservatory Press, 1997.

ESTES Pam, *Billie Sol, King of Texas wheeler-dealers*, Noble Craft Books, 1983.

FURIATI Claudia, *The plot to kill Kennedy and Castro, Cuba opens secret files*, Ocean Press, 1994.

GARRISON Jim, JFK, *Affaire non classée*, J'ai lu, 1992.

GIANCANA Samuel et Chuck, *Notre Homme à la Maison-Blanche*, Robert Laffont, 1992.

GRIFFITH Michael, *Compelling Evidence, a new look at the assassination of President Kennedy*, JFK Lancer Publications, 1997.

GRODEN Robert J., *The Killing of a president*, Viking Studio, 1993.

HALEY J. Evetts, *A Texan looks at Lyndon, À study in illegitimate power*, The Palo Duro Press, 1964.

HEPBURN James, *Farewell America*, Frontiers, 1968.

HERSHMAN Jablow D., *Power beyond reason : The Mental collapse of Lyndon Johnson*, Barricade Books, 2002.

HUNT Conover, *Dealy Plaza National Historic Landmark*, Sixth Floor Museum, 1997.

KASPI André, *Kennedy, les 1 000 jours d'un président*, Armand Colin, 1993.

KELLY BILL (transcrit par), *Radio Communications from Air Force One*, JFK Lancer Publications, 1996.

KHUNS-WALKO Anna Maria, *Conference presentation documents*, JFK Lancer Publications, 1996.

LANE Mark, *Plausible Denial*, Thunder's Mouth Press, 1991.

LENTZ Thierry, *Kennedy, enquêtes sur l'assassinat d'un président*, Jean Picollec, 1995.

LIFTON David, *Best Evidence*, David S. Lifton, Signet, 1992.

LIVINGSTONE Harrison Edward, *Killing Kennedy and the hoax of the century*, Simon & Schuster, 1995.

MANCHESTER William, *Mort d'un président*, Robert Laffont, 1967.

MARS Jim, Crossfire, *The plot that killed Kennedy*, Pocket Books, 1993.

MATTEWS Christopher, *Kennedy and Nixon*, Simon and Schuster, 1996.

MEAGHER Sylvia, *Accessories after the fact, The Warren Commission, the authorities and the report*, Vintage Books, 1992.

OLIVER Beverly, (avec BUCHANAN Coke), *Nightmare in Dallas*, Starbust, 1994.

POTTECHER Frédéric, *Le Procès de Dallas*, Arthaud, 1965.

ROBERTS Craig, Kill zone, *A sniper looks at Dealy Plaza*, Consolidated Press International, 1994.

RON Friedrich and HOFFMAN Ed, *Eye Witness*, JFK Lancer Publications, 1997.

SALINGER Pierre, *Avec Kennedy*, Buchet/Chastel, 1967.

SALINGER Pierre, *De mémoire*, Denoël, 1995.

SAUVAGE Léo, *L'Affaire Oswald*, Éditions de Minuit, 1965.

SHESOL Jeff, *Mutual Contempt : Lyndon Johnson, Robert Kennedy and the Feud That Defined a Decade*, W.W. Norton & Company, 1998.

STEVENS Jan, Walt Brown, JFK, *Deep Politics Quaterly*, 1996, 1997, 1998.

SUMMERS Anthony, *Conspiracy*, Parangon House, 1992.

TWYMAN Noel, *Bloody Treason*, Laurel Publishing, 1997.

UNGER Irwin and Debi, *LBJ, À life*, John Wiley & sons, 1999.

VENNER Dominique, *L'Assassin du président Kennedy*, Perrin, 1989.

WICKER Tom, *JFK and LBJ : The influence of Personality upon Politics*, Ivan R Dee, Inc, 1991.

ZIRBEL Craig I., *The Texas connection : the assassination of J. F. Kennedy*, Weight & Co., 1991.

REMERCIEMENTS

Il ne me sera jamais possible de rendre complètement justice au travail de Tom Bowden. Enquêteur brillant, il fut aussi mon passeport pour découvrir les arcanes d'un État américain que je ne connaissais pas et que j'aime aujourd'hui. Mais plus que l'initiation au Texas, Tom est devenu un véritable ami. And friendship is bigger here, too !

Depuis ma première enquête, Thierry Billard, mon éditeur, a dû s'habituer à mes méthodes de travail, au prix de ses week-ends, de ses nuits et de ses vacances. Message personnel : cela ne fait que commencer. Merci pour tout.

Merci aussi à Maureen Bion-Paul, Virginie Pelletier, Guillaume Robert, David Rochefort et Axel Buret, qui ont apporté avec talent leurs pierres à l'édifice. Le – modeste – architecte les en remercie.

Évidemment, et pas parce qu'il faut le faire, je pense à Charles-Henri Flammarion qui, depuis *Dominici non coupable*, offre le cadre idéal et sans censure à mes enquêtes au long cours. Beaucoup de confrères n'ont pas cette chance. Encore merci.

Special thanks to Jay Harrison, you're the man !

Thanks to Nathan Darby, Kyle Brown, Jerry Hill, James Fonvelle, Pam Estes and her husband, Blake, Lois, Debbie, Georgia and Rich dellaRosa.

Merci aussi à Bernard Nicolas, Jean-Claude Fontan, Jean-Marc Blanzat et Laurent Caujat. Ma brigade anti-scoop préférée. Allez... On the road again !

Mog, ton amitié et ton enthousiasme me sont précieux. Ne change rien.

Merci également à Michel Despratx et Marc Simon.

Enfin, les pensionnaires du forum du **www.william reymond.com** m'ont permis, par leurs incessantes remarques et questions, de repartir avec envie sur les traces des assassins de Kennedy.

Ce livre est terminé, le débat peut commencer.

TABLE

TROISIÈME PARTIE
Autopsie d'un complot

7624

Composition PCA
Achevé d'imprimer en France (Manchecourt)
par Maury-Eurolivres
le 18 avril 2005.
Dépôt légal avril 2005. ISBN 2-290-34333-1

Éditions J'ai lu
84, rue de Grenelle, 75007 Paris
Diffusion France et étranger : Flammarion